中国新实力作家精选

慨的精品散文

路上的风景

刘学刚◎著

眼前的山过于沉静。水杉不语，湖面如镜。动观流水静观山，沿着古人旅游的审美路径，我开始了我的漫步。

知识出版社

图书在版编目(CIP)数据

路上的风景/刘学刚著. —北京:知识出版社,
2011. 10
ISBN 978 - 7 - 5015 - 6298 - 5

Ⅰ.①路… Ⅱ.①刘… Ⅲ.①散文集—中国—当代
Ⅳ.①I267

中国版本图书馆 CIP 数据核字(2011)第 198126 号

策　　划　刘　嘉
策划编辑　马　强
责任编辑　张　磬
责任印制　李宝丰
封面设计　晴晨工作室

知识出版社出版发行
地　　址　北京市西城区阜成门北大街 17 号
邮政编码　100037
电　　话　010 - 88390732
网　　址　http://www. ecph. com. cn
印 刷 厂　三河市兴达印务有限公司
开　　本　1/16
印　　张　14
字　　数　180 千字
印　　次　2011 年 10 月第 1 版　2024 年 6 月第 3 次印刷

ISBN 978 - 7 - 5015 - 6298 - 5　定价:58. 00 元
本书如有印装质量问题,可与出版社联系调换。

目　录

目
录

第三辑　缓缓行走

路
上
的
风
景

第一辑

琅琅书声

我在乡下教书

我在乡下教书

客车喘着气，翻过一片山岭，便是一个小站。小站旁边，卧着一所乡村中学和我最初的一些岁月。在琅琅书声中发动的客车，显得轻松多了。

校门旁边，是一个耳朵似的小屋。喝完看门老大爷端来的一碗热水，我想我的脸上很阳光了。我住的那间宿舍，原先是个仓库，课桌乱七八糟地横着，一律带着岁月磨损的痕迹。住进去的时候，我买了一盆花，零星的几片叶子，泛着淡绿的微光，我的心说不出的敞亮。那段时间，我迷上了养花，经常向学生讨要一些月季的枝条或者玛瑙似的种子。我亲眼目睹了一棵刺梅从返青、发芽到含苞、吐芳的全过程。

很多日子就这样过去了。

第一场雪推开校门的时候，我正拿着铲子往炉膛里填炭。炉子是早早搪好的。和泥的时候，掺上沙子、麻刀，然后从炉条的上面一层一层往上抹，均匀地涂在炉膛上，搪好了，还寻几块小石子或者碎砖头，很随意地塞进泥里，像极了绘画时的点染。这样搪好的炉子，节煤，保温，耐用。炉条上再搁两三稍大的砖块或者石头，一炉的煤就有了底气，这情形，很像老师站在自己的一亩三分责任田上。生炉的第一天自然是祭炉日，办公室人人都凑了份子，也就是现在流行的 AA 制。跑腿的活通常是我干，在稀稀疏疏布着几个小摊的小镇上，我开始和菜农讨价还价，在称好了大白菜临算账之前，硬要人家再搭上一块生姜不可。有一回用开水烫酒，竟把酒瓶烫破了，索性连水也喝了进去。校园的冬天真暖和，寒风使劲敲打着门环，我们埋进作业堆里，竟没有听见，等到房门大开，以为上级又派人来检查工作，一看，是风，并不像传说中的那么严厉。

几乎每天都是这样。腋下夹了书本，经过塔松氤氲着的庄重的气息，经过砖铺甬路和两边木槿天真的微笑，在教室门前，我准备着表情准备着可能精彩的开场白。我是语文教师，当然也教过政治、历史，还吹过一阵哨子，领着学生在操场上跑圈儿。乡下安排课程，不是根据特长或者专业，而是"需要"。"需要"这个词语，让我好长一段时间腰板好直，活像书架上那本西装革履的新英汉词典，神气得紧。我用普通话组织课堂，所有的树叶都竖成了耳朵；我用教鞭轻轻敲打某一个汉字，直到它闪现金属的光泽。在自习课上，我来回走动，像农人沿着田埂察看庄稼的长势，也许一场春雨过后，那两片子叶上面会长出多少嫩绿的风景。

黄昏的校园是静谧的。有风从我脸颊上拂过，就像是往事。在一只蝴蝶的提示下，我听到了操场北面一朵喇叭花内心的歌哭。那些个黄昏，我迷上了伤痕文学，读得最多的是何士光的《草青青》。那个女人来过一次便失去了地址，她哭湿的手绢早就干了，在晾衣架上正和我的领带调情。我记得我写过这样一首诗，诗的结尾是："红手绢，红手绢，/用了这么多年——还是新的。"

梦乡的入口

门朝南开着，是平房。这很正常。就像向日葵，无限可能地收集着阳光。北面是一些体育器械。跳箱敦实沉稳地横着，显得很自信。它后面还有一个篮球探出了大脑袋。

这是体育组的办公室。整个学校只有一名体育教师，西面是偌大的操场。办公室的东墙开了扇门，进去，是教师单身宿舍，我的宿舍在北面，中间隔了一道墙，自然也有门。每晚穿过三道门，才能放倒自己，我的宿舍显得错落又有点含蓄。屋子常年是深深的暗，像跌入遥远的时空。只要有阳光，我的被褥往往晾在外面，我喜欢看它们微风里陶醉的表情，沉静，闲适，像一个阳光下眯着眼睛看风景的人，我喜欢他的耽于梦想的气质。身子下的被褥蓬蓬松松的，柔弱无骨，我很容易地找到了梦乡的入口。

　　我教书的这所学校位于乡镇中心路的北面。路上的牛车汽车摩托车缓慢或者迅疾。路的南面是村庄。悠长悠长的牛哞炊烟覆盖着，村庄成了一个在静谧时光中缓慢走着的老人。在我看来，道路是一条河流，村庄学校是它的两岸。一棵树，在河之阴生长着，吐一些鲜鲜的叶子，结一些嫩嫩的鸟鸣。我开始把自己当做树一样活着了。

　　我很幸运，当我开始独立思索的时候，有了一间属于自己的小屋。夜里，我要连续拉动三根灯绳才能到达我的小屋。常常，只有一盏灯为我熬红了眼睛。乡间的夜晚是真正的夜晚，没有路灯，间或有此起彼伏的狗叫，整个校园就像熟睡的婴儿。我买的一本《崛起的诗群》，已经被我翻得边角都翘起了。我用阅读打发寂寥而漫长的夜晚。阅读给我带来了更深的孤独，因为无人可以倾诉。

　　我的小屋只住过一个客人，他笔名叫黑子，也爬格子。黑子高中毕业，没有考上大学，在一家啤酒厂干活。他骑着自行车，走了一百里路，一路打听着找到了我。来的时候已经是下午。冬日的阳光一声不响的，还是那么从容散淡，我还是很熟练地在学生的作业本上打着红勾勾，突然，一个黑瘦的男孩像一枚飘飞的叶子落在我的眼前。也许是烩火烧吃多了的缘故，那晚我们关了灯，让自己亮着。黑子枕着我软软的枕头，我枕着厚厚的诗歌期刊，我俩就像两行现代诗的句子，头挨着，脚伸向了可能的无限。

　　黑子走了，骑着他破旧的自行车，他带走了我的书《崛起的诗群》，他的身影像一枚落叶，越飘越远，我的目光无法确定他的去向。我再也没有见到我的书。依然记得那书是黑黑的封面，那是黑夜的封面，"黑夜给了我黑色的眼睛，我却用它来寻找光明"。

　　一个晴朗的周日，我走出学校，爬上了西面的山丘。我站在山顶，只看见了校园的一角红墙，我看不到我的小屋，它隐在了时间深处。

　　路上，缓慢或者匆忙，许多人许多车，在走，西去或者东向。

第一辑　琅琅书声

蛙声的道路

村里的年轻人都把离开家乡当做有出息。我没出息，转了一圈又回来了，回到我原先的学校教书。这是我熟悉的校园，像我熟悉我身体的每一个部位。三年的时间，能把石头变成金子吗？系着红领带，操着普通话，像一只城市飞来的鸽子，我停在许多仰望的目光里。

我生活得很快活，活像一只活蹦乱跳的青蛙。是青蛙。三年前，我是一只小小的蝌蚪，曳尾于这里，三年是一条河流，我丢掉了尾巴。我栽的月季还在，校园东北角那个树墩还在，它被书声打磨得光滑平整，那种形状叫圆满。池塘还在。

校园的天空是高远的。它所呈现出来的生活的宁静与舒缓，使我沉溺上了它的黄昏。校园空荡荡的，在我走过之后更加空旷。蛙声响了，像一张经纬细密的网，覆盖了炊烟的吆喝还有晚归的牛哞。蛙声还是湿漉漉的，柔软而有韧性。少年的语境还在。我不过是从讲台下面走到了讲台上。双手分开蛙鸣这茂盛的青草，我看到的是过去的沙砾和尘土。

乡村的土地，不是想象中的坦荡如砥。刚搬进新校的时候，我们的课桌是杌子，坐在小凳子上偶尔看看窗外，是一些些高低错落的土丘，像冬日一觉醒来门外的积雪。我们合上课本，开始一锹锹一筐筐一车车地运土，可怎么也填不平西面的土坑，索性把它的四围修砌平整，建成池塘。种上荷花，有了内容，名字就是荷花塘，放上几尾小鱼，水面便摇曳多姿了。在校园的黄昏坐着，谁都会耳聪目明的。有一个夜晚我失眠了。我闭着眼，把每一根头发都竖成了耳朵，正与蛙声的高潮部分相遇。蛙声是一群欢快轻灵的雀鸟，即使栖落在细细的电线上，也是一些跳跃的音符。群蛙齐鸣，音节繁复，它的节奏不好把握，就像学生们的自由朗读，你接收的只能是一片琅琅书声了。每一声蛙鸣，都是一块吸足了水分的棉花，绵软湿润，韧性十足，落在草尖上，该是沁凉的露珠吧。

在家乡的校园，我是唯一写诗的青年教师。我随便截取一段蛙声，就可以装进信封，寄到千里之外的都市发表。编辑来信说这是自然之声是纯粹之声。父亲说我是在学青蛙叫。诗成了我表达心灵的一种形式。诗让我保持着和外面世界的联系。常常在黄昏，我轻轻抚摩着信封左上方学校的地址，然后一眼就看到了池塘下面的青蛙，一蹦一跳的青蛙。打开报纸，一只大翅膀的鸟便降临了我的校园。

蛙声响了。我习惯性地推开办公室的门窗。我的动作是一种仪式。一群精灵悄无声息地在光洁的桌面上游动。不是风声也不是树影，它们是一群灵巧鲜活的小蝌蚪。我听到了来自我内心深处的声音。

缓缓打开的教科书

永远的黄鹂

两个黄鹂鸣翠柳，一行白鹭上青天。窗含西岭千秋雪，门泊东吴万里船。

——唐 杜甫《绝句》

黄鹂，单是汉字，就已构成视觉上的灿烂了；单是音节，就已充满听觉上的宛转了。"羽毛新刷陶潜菊，喉舌初调叔夜琴"，古远的诗句就在枝条上翠绿着。面对此情此景，谁不耳聪目明？

仿佛凤凰栖于碧梧，仙鹤止于高松，只有翠柳，只有春天里的翠柳，才能展现黄鹂的全部美丽。鸟是树金黄的心跳，树是鸟翠绿的羽毛。黄鹂鸣于翠柳，是鸟在其中生命得以辉煌、人在其中心情得以超然的一种极致。黄鹂就这么一叫，天就澄明了，地就碧绿了，人就轻松了。

那是春天里一幅最美丽的画面：黄鹂早早醒来了，柳树早早就站在等待里，谁都不想辜负这明媚的春光。尽管这个春天来得太晚太晚，这是盛唐的秩序被打乱后第一个色彩清丽的春天。让花草落泪去。让马蹄纷乱去。蜀中的天堑之险，应该把喧嚣挡在外面的。浣花溪畔，有花便是韵脚，有水定在吟咏。那一刻，诗圣走在黄鹂的歌里，黄鹂歌在诗圣的诗里。"两个黄鹂鸣翠柳"，这其中的一个，便是诗圣自己了。看着一行深受鼓舞的白鹭，诗圣把耳朵望成了八方。黄鹂唱着，诗圣吟着，两个黄鹂奏出千年不去的绝响。

我，就是被这一声绝响惊醒了的。沿着诗歌曲折的河流，我寻找千年之前的那个春天，那个明快的诗歌的春天。说白了，我在寻找一个答案：诗圣作诗1400多篇，出口就是经典，为什么独独一首《绝句》最为流传？为什么万里之外的那声莺啼一直响在耳边？

大河的源头是一行行晶亮的泪珠。从一根树枝逃往另一根树枝，北方之大，竟容不下两对倦飞的翅膀。"三年饥走荒山道"，诗圣哀鸣着入川了。几间拙朴平和的茅屋，尽管还穿风漏雨，但足可以歇一歇落叶般漂泊的心灵了。翻过篱笆的千朵万朵浸染着诗圣的梦境；柴门吱嘎作响，可是邻翁来话家常？只一瓢浣花的溪水啊，就冲走了所有山外的风尘。诗圣沉郁不起来了，诗风陡地一转，变得明快活泼、恬淡朴素。入目翠绿金黄，入耳宛转悠扬，诗圣哪有心思去惆怅？这破破烂烂的茅屋，不就是一棵苍翠劲健的大树吗？

社会嘈杂了吧？生活无聊了吧？环境污染了吧？那就读读诗圣的《绝句》吧。曾有一页日历沉重得几乎翻不过时，我目光的翅膀一时竟无枝可栖。忽听两岁的女儿小雨咬字不清地背着《绝句》，眼前不禁一亮：那千年之前走在春光里的不是诗圣，而是一个普通老百姓！屋能盖头，田足糊口，小老头品尝出了生活的富足。

对于黄鹂，孙犁先生说："它们的啼叫，是要伴着春雨、宿露，它们的飞翔，是要伴着朝霞和彩虹的。"对于诗人，他们的灵感，是要泥土和大地来孕育，他们的诗篇，是要和老百姓紧紧相连的。

诗圣之所以为诗圣，是因为他比我们更清楚风雨之后阳光的重量，更会选择一棵平凡的翠柳，然后放声歌唱。

秋天的东篱

结庐在人境，而无车马喧。问君何能尔，心远地自偏。采菊东篱下，悠然见南山。山气日夕佳，飞鸟相与还。此中有真意，欲辨已忘言。

——东晋 陶渊明《饮酒》

过了小桥，便是东篱。东晋是一个沉闷干燥的季节，东篱是唯一的清新明丽的花园。

短短的小桥，这喧嚣和静谧之间，多么洗练的一根藤蔓。公元405年，诗人从容跨过小桥，跌入了清新迷人的农家田园。狗吠深巷中，鸡鸣桑树颠。诗人从世俗中拾起自己的身影，不惑之年，临风枝条，其叶却也沃若。

菊花的情人，酒的知己，幽居南山的耕者，荷锄挑担，出入于山海经和农事。那时诗还没有诞生，一条条质朴的垄沟是挺进秋天的队伍。说是躬耕垄亩，其实是诗人把自己种成了桑麻，日晒几回，雨淋几回，直到秋天，才和大豆们结伴回村。

青梅煮酒，已醉过夕阳的橘红，该采东篱的菊了。南山正深秋。黄花丝丝抱蕊，菊叶含翠摇风。诗人的宽松袖管里满是菊花，像一群归巢的鸟。就在诗人寻觅鸟声的不经意间，南山忽然进入了他的眼帘：山色空蒙而又淡远，热烈而又沉静，像人生的中年。青霭蒙蒙泊在山上，黄花灿灿尚在篱边。诗人的目光不由得随鸟们飞翔，从飞行的路线中，他忽然发现了答案，却一时找不出恰当的语言，只觉得天空的飞鸟是一个隐喻。鸟声关关，一种活泼的东西穿透诗人固守的恬静，在心为诗，落地为菊：采菊东篱下，悠然见南山；山气日夕佳，飞鸟相与还（陶渊明《饮酒二十五·其五》）。

今我不为乐，知有来岁不。在尘网之外，快乐堪摘，山色可饮。那一个傍晚，采菊的诗人真的醉了。夕餐秋菊之落英，是诗人们的洁癖。高大的屈子只是一个模糊的背影。一杯浓烈的夏日，一壶深秋的黄昏，朦胧了诗人的双眼，他的眼前只有金蕊和流霞。千菊如炬，照亮了东篱的秋天。

东篱是菊的领地，舒展着秋天最惬意的笑容。菊在杯中，是新熟的酒；菊在枝头，是飘舞的蝶。醉了的诗人随便卧进哪一朵花心里，都能酣睡到天明，再喧响的功名也唤不醒他。

这是后人永远也无法模仿的两个动作。躬耕垄亩，提供了物质食粮；

菊采东篱，保证了精神给养。田园诗人陶渊明，创造的是中国文化人的一种至高理想。

课文：《大雪山》

　　大雪山在四川省的西部。没有人烟，没有花草树木，连道路也没有。一年四季，山上都盖着厚厚的雪。在夏天，别的地方热得人都摇蒲扇，大雪山还是雪片纷飞，冷风刺骨。

——《大雪山》（节选）

　　这是一个沉静的夜晚。一群灰色的绑腿，正在我眼前的这些文字里，挪动。

　　马匹和雪的喊声是惨白色的。围追堵截的冰雹急雨是黑色的。红军到来之前，大雪山猿猱欲度愁攀援。红色的五角星升起来，就是大雪山的日出。大雪燃烧。赤化的雪山，纷纷扬扬着洁白的颂词。

　　这一页轻轻翻过，对于我，是多么简单。对于我，大雪山多么遥远，像一个传奇故事。

　　大雪山，从形状上看，是一首古风，有着雄浑劲健的风骨。它的起句在1934年的瑞金。从地理上看，草地和大渡河是大雪山的左邻右舍。这很正常，像一句歌词"越过高山，越过平原"，扛着长枪小米的红军，是"奔腾的黄河长江"，停滞就是死水就是坟墓。

　　冰雹很容易地在洋铁桶上找到了韵脚。枪刺的拨子，弹奏着千根雨弦，踩响雪的颤音，是中国军人的摇滚舞在向全世界首演吗？插图上红旗挥出的角度，使我发现，这酷似硝烟中的许多次冲锋。

　　这是一场完美的歌剧。它的道具是毯子油布稻草布片羊皮，还有一碗辣椒汤。舞台说明只有一行文字：万里长征，这只是其中的一步。在寒风和山之间，雪光通明，雪花飞扬。山舞银蛇，澄清玉宇尘埃。

　　对于我，大雪山并不遥远，翻开纸张，我目睹着一种洁白的光芒。我陷入课本，爬上一座一生抵达不了的高山。深入文字，却无法深入红军当年的足迹。

我想，大雪山是一个连词，连接着延安的小米和天安门的红旗。就这样，红军这个动词，绝云气，负苍天，然后会师胜利。红军的宾语是新中国。

当我走近大雪山的时候，红军已经走远。所以，在校园的深夜里，我的目光只能执拗地进入，去挖掘《大雪山》不尽的矿藏。

明天的讲台上，那粉笔的碎屑，定是一些些漫卷的雪花，从六个方向擦洗着眼睛，在这样的语境里，我和我的学生开始翻越——大雪山。

路上的风景

乡村教师们

眼镜老师

师范生，在小村眼里是一个生僻的语词，自称"睁眼瞎"的乡亲们便亲切地唤他"眼镜老师"。

眼镜老师一抬头，学生们就觉得眼前刷地一亮。回家找根秫秸编个镜框，架在鼻梁上好不风光。其实，眼镜老师的两个圆圆的镜片，一个照耀眼前的道路，山里的坷垃石头很多，沟沟岔岔也不少；一个轻轻遮挡内心的忧伤。那个爱跳"快三"的女同学只来过一次，回去以后便失去了地址。黑板还是那么方正，粉笔还是那么洁白。密密麻麻的心事，知根知底的，只有深夜的日记。

好像那事情就发生在昨日。那个男孩一脸的好奇，老师的自由夹里有张相片，上面的人真美。眼镜老师想也没想，说那是巩俐。消息像长了翅膀，从教室到操场，从大街到小巷，眼镜老师搞了个好对象，名字叫巩俐，模样比电影明星还漂亮。男孩的姐姐嫁给眼镜老师，那是许久以后的故事。她常来学校借书，一来二去，知道巩俐只生活在电影里。

眼镜老师用普通话组织课堂，学生们都爱听他撇腔。眼镜老师拿着教鞭指了黑板：麦子。学生齐念：mèi zi。教鞭连连敲打：麦子。学生们一时拗口，眼睛齐刷刷望向眼镜老师，m－à－i，都觉得眼镜老师的口型变得好快好可爱，忍不住一齐笑出声来。一放学，学生们字正腔圆理直气壮了，爹，咱坡里种的不是 mèi zi，是麦子。咋啦，你爹种了半辈子 mèi zi，不是 mèi zi，还能是啥东西？板着的脸孔似怒非怒见怪不怪。觉着好笑，孩子他娘一口水呛着了，情急之下喷在孩子他爹身上。

眼镜老师也有几个同事，都是几个老民办，他们上完课后深入农忙，把眼镜老师一个人扔在夕阳下的操场上，眼镜老师钻进被窝后，整个校园显得更加空旷。闲来无事，眼镜老师就和一杯浓茶一起揣摩一个小课题，顺手拿支笔，蘸了墨水，涂抹些零零碎碎的感想，以此来打发漫长而寂寥的时光。农闲季节，小村过节性地放场电影，便有学生来敲眼镜老师宿舍的门窗。左手牵着一个，右手挽了一个，前面一群，后面一撮，杂在学生中间，眼镜老师一时兴起，索性闭了眼睛，独自咂摸师者的尊荣。

　　学校规模不大，再找一个炊事员，等于加重农民负担。于是，村里明文规定，对离家五里以外的教师一律实行派饭制度。说白了，就是眼镜老师一顿交上两毛钱，一天交上六毛钱，就有一个值日学生挎了篮子来送饭。其实，也不用交现钱，那场面太难看，到了月底甚至年底，村里会来一个把算盘拨得噼里啪啦的会计。一开始，眼镜老师一个人在学校里索然无味地闷吃，送饭的学生在办公室里翻翻老师批过的作业，或者拿眼瞅瞅老师的参考书。眼镜老师吃完了，那学生收拾了碗筷，再鞠一躬，拎了篮子就走。慢慢地，眼镜老师一边吃，一边和学生唠唠家常，学生有疑难问题了，也就拿来问眼镜老师。眼镜老师边吃边讲，吃得是津津有味，讲得倒饭渣乱飞。再后来，有大人炒了四个小菜，让孩子来拽眼镜老师。拗不过了，眼镜老师便坐在热乎乎的炕头上，刚一拿起筷子，便尝出了庄户菜的味道。进百家门，吃百家饭，小村的优待让眼镜老师夜半失眠了，眼镜老师躺下时自然摘了眼镜，那晚，眼镜老师却看得比任何时候都清楚。

　　眼镜老师去学生家吃饭，大人正忙着活计，眼镜老师手痒痒了，就过去打个下手，主人也不客气。班里有个学生辍学了，他爹病着，家里没人扛活。眼镜老师二话没说，请了假，去坡里帮那学生掰了一天的玉米，临走只撂下一句话：明天还来。第二天一大早，那学生挽着裤腿，一脚的泥巴去了学校，屁股刚挨着凳子，就是一脸的泪水。孩子不听话了，便有大人大声呵斥：瞧，你这个熊样，俺不指望你成啥大人物，当个老师，教个书，像眼镜老师那样，俺和你娘这辈子就没白忙活了。

　　眼镜老师的眼睛越来越不好使了。冬天，在微弱的烛光下，眼镜老师在蜡纸上刻试题，字越刻越大，眼镜老师以为自己的近视越来越厉害了，也没在意，视力实在模糊了，就用凉水洗把脸。后来，眼镜老师的眼睛更加混浊不清了，眼镜几乎成了摆设。后来的后来，乡亲们知道眼镜老师患的是白内障，治疗以后，双眼雪亮。乡亲们每每谈起这事，总是一脸的忏悔，好像是他们害得眼镜老师眼睛患病似的。

那些日子，眼镜老师鼻梁上依旧架着眼镜，尽管眼镜当时对他已基本失去功能。可那两个圆圆的镜片，怎么端详，左边一个都像太阳，右边一个都像月亮。

乡村校长

那天，被村长从玉米棵子里拽出来，推搡着上了村里的祠堂后，他便成了小村唯一的教书先生。

"地里不缺你这个人"，村长这话现在听来，更像是对那些庄稼说的。庄稼不会因为你多划锄了两遍，而把节令提前，青草来年照样把锄把磨得溜圆。早早换下开裆裤的孩子等不得，去东庄借读老受欺负。村长要强，朝东庄的村官吼了几句，便满坡里找他。祠堂不供祖宗我敬后生，有了拿教鞭的，不愁山旮旯里不长出好苗子。

孩子们恭恭敬敬地叫他"老师"，村里人客客气气地称他"校长"。他本是平头麦子，怔地高人一头，多少有点惶惶然。只好像庄户人夏秋看坡一样，卷上铺盖去了学校，夜里睡觉还抱着一本字典，清早用凉水搓把脸，便在讲台上底气十足了。从前，钟声只在邻村响起，遥远得像稀疏的汽笛，现在满地都是，生动如自家的鸡鸣，茂盛如坡里的麦苗。有时，敲钟的铁锤坏了，他随手抓起开了二亩荒的锄头应急，刚敲一下，便有一群雀鸟"扑棱棱"飞出树杈上的暖巢。

他身上的文化气息是从脚上的白袜开始的。有一天去乡文教组开会，他光着脚，拖拉着饥饿的黄胶鞋，一进屋就觉得浑身不自在，仿佛他成了一棵麦蒿，那些校长才是地道的麦子。会议刚开完，他第一个冲出来，跑到百货商店为自己挑了一双袜子，洁白洁白的，是粉笔的颜色。那些目光五颜六色的，他忽然觉得白色简单而亲切。有人打趣他：干头净脸的，不怕俺家土炕脏了你的白袜子？他嘿嘿一笑：俺教书是黑底白字，就是到你家变成白底黑字，黑着白着，还是本职工作，还怕你再让崽子旷了课去为你做活去！

那时，孩子们喜欢玩一种"打尖"的游戏。挑块榆木条或者槐树条最好不是白杨树的，两头削得尖尖的，用木板在地上一磕，在"尖"弹起的刹那，迅速把它击远，谁打得最远谁是胜者。这种游戏，危害性极大，张家小子玩得最漂亮，却光荣负了伤，幸亏没"尖"到眼球上。作为校长，他要让孩子们从单调无聊的游戏中脱离出来的唯一方式——是要让他们清澈的目光去追逐知识。于是，他拟定了一个雄伟的计划，发动学生参与"知识储蓄"，就是每人存入学校一本书，然后共享大家的所有，毕业时带走自己的那本，"利息"就是增长的见识。看到孩子们因为抢一本书而急红了眼，他有点自鸣得意了。书俏人红，孩子们的积极性就像春天的花朵，争奇斗艳。

都说君子坦荡荡，为什么自己的心里长戚戚？他想不明白，也解释不出来，有点越描越黑的架势。利用劳动课的机会，他带领孩子们去坡里去沟沿捡拾麦穗，拾得多了，成了钱，孩子们有新书了，教室里顿时亮堂了许多，门前的空地上也多了一面旗子，鲜红鲜红的。村里的闲言碎语也多了，说啥的都有，一些话不好听了，他晚上睡觉都蒙着被子，村长更是三天两头找他谈话。他一时气不过，大喊：咋啦，咋啦，俺不是吸血鬼，俺这是在给孩子们补血！

喊声再大，也只是一个人的，铁钟面无表情，远远的草垛也没有回应。那年期末考试终了，领回乡里发的"教学工作先进单位"奖状后，他也"届满"了。其实，他也不是什么校长，充其量只是个村小负责人，管着一群孩子和他自己。他到南方打工去了，在夏季的酷热里，他身上一阵一阵的凄凉，他终于没有等到秋的金黄，他不是一只候鸟，年年秋去春回。只是每年年关，村长都收到一笔汇款，定向捐给村里的小学。在集资建校的村民大会上，村长平静地读着这一串串数字和后面的汇款日期。村里人听了，出奇的积极，有钱的出钱，有力的出力，麦苗刚刚探出绿茸茸的小脑袋，崭新的小学校园已经举高了小村的地平线。

民师的妻子

民师的妻子不是军人的妻子，军人的妻子有"军嫂"这样一个炫目的光环罩着；民师的妻子也不是农民的妻子，农民的妻子有一面山一样坚实的胸膛靠着。

民师的妻子就是民师的妻子。在乡下，常常看到这样的情景——

在起伏的麦浪之上，民师的妻子手搭凉棚向村头的学校望望。许是琅琅书声飘成一阵凉爽的风，许是民师的宽慰融化了劳累，像一支粉笔在黑板上游走出神奇，一把镰刀，被麦芒般浓密的睫毛遮着，独自抒情。当镰刀悬成空旷之上的一弯新月，谁来收割这麦地里的最后一棵庄稼？

把妻子摁在饭桌上，民师扛一柄木杈和东邻打麦去了。塞几口馒头，用凉水洗把脸，民师的妻子也忙碌在打麦场上。和几户人家打完麦场，轮到自家时已是兵多将广，民师的妻子真正当了一回三军主帅。

在农村，家里有个识文解字的人，民师的妻子不斯文也大度。几户用一口机井浇地，民师的妻子静静地站在后面，站在禾苗焦渴的期盼里。村里组织公益活动，民师的妻子第一个跑在前面，跑在孩子的哭声抓不住的地方。这一后一前，这辽阔的空间里，阳光无法不灿烂，小树无法不参天。民师文弱而单薄，一个大男人挑不了几筐粪；民师工资很低，一个月买不回几袋米。所以，民师的妻子总是习惯用两手同时做活。左手抱着孩子，右手放着牲口；左手轻轻掸去民师头上的粉笔屑，右手端上来一碗喷香的米饭。

冬天，是农闲的季节。民师的妻子一脸满足地守候着孩子的梦话，把点点滴滴的时间柔柔暖暖的灯光一针一线地纳进鞋底，对面的民师还在勾勾画画圈圈点点。民师的妻子凑过去，说："来，我给你揭着作业。"每个孩子衣服的扣眼上，都缝上了母亲一颗慈爱的心；在教师青黄不接的一段时期，每个农村孩子的作业本上，或许还留有民师妻子灼热的手温。

随着经济的发展时代的进步，民师要么转正要么退休了。在不远的明天，"民师"这个名词只能出现在纸上，而民师的妻子呢？历史会怎样评述岁月将如何铭记？沉默而坚忍、拙朴而硬朗的民师妻子啊！

兰姐

兰姐第一次上讲台那天，特意用粉红手帕束了头发，整个人看上去轻松自如。

兰姐家很穷。弟弟考上了县里的重点。替姐姐好好念书。把弟弟一把推进敞亮的教室里，兰姐辍学了。小村偏僻，公办教师派不下来，兰姐就干了代课教师。那天，刚下讲台，一脸挑剔的校长就找到兰姐，说手帕太扎眼，转身写字的时候，有学生指指点点，分散了听课的注意力，当老师不懂点心理学知识咋成？兰姐用一根黑色松紧带扎了头发，埋进作业堆里，半天不见抬头。

兰姐很卖力，放了学还拎了一包作业或者试卷回家批阅。也不知哪个节骨眼儿出了问题，隐隐约约有人说兰姐整天往家里拿白纸。无风不起浪。有人说得有鼻子有眼，她弟弟用的演算纸就是学校的活页备课本。兰姐年终民主评议分数很低，教学成绩很高。兰姐的成绩太扎眼。代课教师，说白了就是临时工，每月大票一张半（人民币 150 元），校长也不用三天两头跑乡里要教师了，校长爱护公物，也爱护成绩。

忽然有一天，兰姐从包里倒出一些花花绿绿的糖块来，噼里啪啦的，像是秋风里炸响的豆荚。是花，都得开。兰姐嫁人了。男方愿意供她弟弟上大学。那天，兰姐扎着的粉红手帕，左飘右摆，像一只翩然起舞的蝴蝶。兰姐生小孩期间，学校只是象征性地发个七八十元，学校记挂着兰姐呢！孩子百日刚过，兰姐就趴在了办公桌上。她就是代课教师，总不能老让别人给她代课啊。

有一年，我和兰姐对桌办公，都教平行班的语文。每次去乡里参加评优考核会议，我们都把兰姐一个人抛在空荡荡的办公室里。开完会，兰姐把我满桌子的作业都看完了，递上来分门别类的批改记录。我说，兰姐不好意思啊。兰姐说，看多了轻车熟路了，了解一下你班的情况也很好啊。兰姐说，给我打听个事成不？我说，好啊。半天，推过来一张小纸条。我找了县教育局的同学，可得到的结果让我不忍心对兰姐说，县里确实想把一部分代课教师转为民办，可上级没有批准，说每年都有学生考上师范院校了，师资短缺只是暂时的。回来后，我对兰姐支吾着：可能吧，人家都这么说。兰姐的眼睛一亮，我分明看见两汪清澈的山泉。

我调到了城里，兰姐还在代课。后来，听说代课教师一律清退，我的眼前忽然飘过一抹红云，那是一方粉红色的手帕，它的光芒柔和却执着。偶然的一天，我做哲人状，在市声的喧嚣中行走。这么深沉啊。一看，是兰姐。我自个儿在村里办幼儿园了，来给孩子们买玩具呢！

粉红手帕，飘上飘下，兰姐整个人成了一只轻盈的蝴蝶。

走廊歌星

总是一到教学楼的走廊，他的嗓子就发痒，好像也只有走廊让他如此动情。走廊歌星，因此得名。

那时，学校里男生多女生少，男生的眼长得格外大，女生的头仰得特别高。我们只是一群从田野里蹦出来的蚂蚱，在霓虹灯的闪烁下乱了方寸，惟独他，像一棵开花的向日葵，立于绿叶之上，昂首向天。那时，学校里男生爱金庸女士迷琼瑶，一边是刀光剑影，一边是佳期如梦。惟独他，蓄着长发，造型酷似江湖游侠，唇边却飘出绵绵软软的"在水一方"，专找女生如梦似雾的眼睛。

他越来越像走廊了。走廊眉清目秀却一览无余、直白无味。不过，走廊大都出身名门，在高楼大厦的心腹中伸展自如。他，只是大山的褶皱里飞出的一只鸟，渴望走廊成为绿树，生动他的歌声。

师范三年，他最生动最真实的歌唱是毕业时在走廊里的哭声。他，被分回山村教书，女友要跟他拜拜，城里小姐的高跟鞋拒绝山路的蜿蜒。那一刻，我们没有幸灾乐祸。离开走廊，于他也许是一件幸事。

许是山太高太高的缘故吧，挡住了关于他的一切消息。突然有一天，他像是从山洞里钻出来似的，说是请我们吃喜酒，新娘是学校里敲钟的女工。席上，我们一脸的问号。"创世纪时，只有一个夏娃，亚当不娶她娶谁去？"他耸了耸肩，很幽默的样子，我们却没有笑。

他说，刚去那会儿，实在呆够了，生活太沉闷太单调太乏味了，终于在一个只有露珠醒来的早晨，他留了一封信，他不敢面对山伢子们满是崇拜的眼睛。走出大山，回头望时，却见一条大黄狗不顾一切地追来。那条狗很凶的，他一阵恐慌。当看到它嘴里叼着他扔掉的一双破袜子时，他惊呆了。直到学校里的钟声响起，他才回过神来。

那一天，我们把那家酒楼灌醉了，酒楼摇摇晃晃的，我们却非常清醒。

绵延起伏的群山，消解着急躁肤浅，沉淀着平和塌实。为了完成从耳朵到灵魂的洗礼，在一次城乡学校手拉手活动中，我们同学几个相约去了大山。钟声响了，四下扩散的音符，一下子攫住了心，牵扯着魂。沐浴着钟声，山枣一个劲儿地红，核桃憋足劲儿地圆。钟声，是大山同心灵撞击的对语，我们体会得远远不如他深刻。他有时也放开喉咙，他的歌声如山顶的白云飘出很远很远。大山，辽阔的音箱，厚重的回响，让他的嗓子发痒。

我们觉得他不简单。他干教导主任时，他妻子失业了，学校安装上了电铃。铃声清脆欢快，像活泼的山溪水，潺潺流淌，滋润着野草枯了又荣的大山。他，用脚步歌唱，留给大山的是一个忙碌的背影。

一个优秀的歌手，是用心灵歌唱的。他荣任校长后，忙着在大山之上建第一座教学楼，高高的教学楼，坚固的大山是楼的地基。这么说，大山里也有了走廊。

只是他，不再是走廊歌星，不再是向日葵。他，站成了山里的一棵苹果树。山里的条件恶劣山里的果树茂盛。它把果实藏于绿叶之中，把饱满和光泽藏于绿叶之中，并且果叶同色，远远望去，只是翠绿的一片。

红苹果，满山欲燃，果香四溢。那一天，很快的，浓绿也遮不住的。

记忆，关于我的校园

我的那些庄稼们

站在城市敞亮的教学楼上，乡村校园离我越来越远。有时极目远望，触摸的也只是一缕细若游丝的钟声，一角暗淡沉默的红墙。

离开那所中学已近十年，我以为我成了城市的一块砖。那天清晨，南来的风敲打我的窗户，这声音我熟悉，是老校长站在了单身宿舍外。校园还记得我，记得这只冬季里乡村练翅秋来时城市飞翔的鸟。很长时间没回去看看了，看看曾是我的那一块责任田。

那所中学，是一面宽敞三面绿。远远望去，是众多庄稼举在头顶的一颗硕大红润的果实。我清楚它的分量，我数得清饱含其中的缕缕阳光。就这么几排平房，把土地的潜能发挥得淋漓尽致。父兄们栽下树苗浇上心血忙完这些就走了，不远处很多农具在喊他们呢！他们干完的事，就是留给我的最大事情。

和一本诗集去报到的那天，老校长就领我认识各种庄稼。麦子向我鞠了一躬，高粱的脸红红的，我一一记住了他们的名字，记住了这拨动心灵的号码。爱睡懒觉的地瓜，越表扬越谦虚的谷子，一身布衣却白白净净的棉花，我用丰富的手语和他们交谈。眼前的校园是一部打开的乡土诗集，紫色的喇叭花绣出精巧的插图。好大一页书啊，一行行白杨在黄色的背景里挺立。这时，随便一声鸟啼，就是最动听的朗诵。那一刻，我手中的诗集掉下了地来。

两棵白杨之间挂着的那口老钟，让校园有了磁性，吸住阳光吸住花香吸住蛙鸣，汇成了一片琅琅书声。于是，我深入到庄稼们中间，察看他们的长势。地瓜这家伙又走神了，眼光长成长长的瓜蔓是不行的，会影响生命的质量。我轻抚了一下他的垂髫，提醒他精力要集中在下面，下面的书本里有机肥多，保准营养他个腿脚粗壮。下雨天玉米有时歪斜着身子，我拽了拽她的绿罗裙，端正她的坐姿，告诉她生长要始终向上，去接近太阳，去长成一个亭亭玉立的姑娘，才会收获一身金黄。那门老钟用深沉和浑厚记录着古老的岁月，我的庄稼们用翠绿和金黄唱和着鲜亮的生活。我喜欢这古朴中跃动着灵秀的校园，我率领我的庄稼们一茬茬走进秋天。

我的教室和父兄们的庄稼地是如此地唇齿相依，好像同住在一家土炕上，我在炕头，父兄们呵护着我的那一边。所以，我找不到一条法则，可以分开他们的庄稼和我的学子，我已经承包了乡村校园这块责任田。当夜里机器在不远处唱起民歌，父兄们的庄稼畅饮琼浆玉液时，一豆烛光照亮了我的教案，那汉字闪烁着橘红的光芒，成了一只只小小的萤火虫，我看见我的庄稼们梦的颜色了。大豆的梦飞黄腾达，高粱的梦红得发紫，还有棉花，她在做着白云的梦呢！

都是同一块土地上的收成，我的一点点成绩庄稼的一点点进步，却让父兄们那么高兴那么激动。一年到头，远亲近邻围坐一桌，这家就因为孙女戴了小红花而多喝了一壶热烧酒，古铜色的喜悦在爬满沟壑的脸上跳跃着；那家几碟小菜簇拥着一条红烧鲤鱼，一进屋东墙最显眼的地方挂着的儿子的奖状，红红地炫耀着一年的丰收，整个屋里都亮堂堂的。没有父兄们的汗水，就没有我的责任田里的收成；我的收成，又为他们的丰产储备了更多的力量。

我还是离开了那块土地。我至今记得我是敲响那口老钟才启程的。我的右手好一阵颤抖。左臂笔直下垂，目光昂扬向上，我敲响的是预备铃声，优美而抒情，那是大地的律动。那时候，心中只有一种感觉：头上的天好高，脚下的地好厚。就在那一刻，通过一根意味深长的麻绳，那口老钟传授给了我十年内功。

声音

几间青砖瓦房，卧在一个小山谷里，四围是一些十年的树木。书声响起的时候，像极了一句古诗：上有黄鹂深树鸣。

"吱呀"一声，教室的门响了，是我的老师。我们最爱听她朗读课文了："春天，果树开花了。梨花开了，苹果花也开了。我们村成了花园。"她的声音轻柔芳香温润，所有的小树都竖起了耳朵，校门外池塘的蛙鼓响了。

校园不大，四方围墙衔着一角蓝蓝的天。中间自然是一条甬路，东面是操场，西边是花坛。老师从家里搬来了月季，连花盆一起埋在了土里。老师说，等它长大了，会变成一花坛月季的。怎么变呢？剪下它的枝条，插了，活了，就是一棵新的月季。说是操场，其实是一块小小的空地。女生踢毽子，我们男生大多玩一种"跳跳长长"的游戏：原地起跳，一蹦三尺高。有点危险。后来，我们进行了发明创造，两个人手搭手有节奏地低空起跳，一伙人排了队，手搭在前面同学的肩膀上，一起轻快地跳动，样子很像现在流行的健美操或者集体舞。西边的月季，也在微风中舞蹈着，叶子在阳光下跳跃成了一群光明的鸟。——多么明亮的时光。

上体育课，老师就领着我们去爬山路。有些吃力了，老师便让我们坐在石头上听她讲故事。故事的结尾往往是"咱们回教室上课吧"。她说的是教室。我们都把整个大山当成了校园。有一天，她的声音有点沙哑了，就像画家笔下的枯笔。听大人们说，村长去学校看危房的时候，看上了我们的老师，要挟她做村长的儿媳妇，只要一答应，就要她到城里就工，不然，就不发她的工资。那一段时间，我们常常盯着她的背影，出神。她的两条小辫，左右摆动着，会像燕子一样飞走吗？迟到的学生来得也早了，捣乱的孩子比谁都听话，我们把校园打扫得像天空一样透彻。老师最终选择了我们。只是，许多不为人知的艰难，如纷乱的头发，被她编织成了麻花的辫子。

那年夏天，风一吹，教室的窗户哐当哐当直响。下雨了，蜿蜒的山路成了一条水蛇，唇齿间浸淫的剧毒，一下子击倒了一些稚嫩的身体。我的老师，依旧甩着她灵巧的辫子，拿薄膜，买铁钉，拎锤子，密密地钉牢了窗户。

山里的日子就是这样。一场雨淋了，校园的池塘满了，接着就是蛙声齐鸣了——

"秋天，果子熟了。梨熟了，苹果也熟了。我们村成了果园。"

如果没有小城

1987年秋天，父亲背着铺盖揣着钱包把我送到了小城上师范。那情形像极了乡下的秋收。父亲把块头硕大颗粒饱满的玉米挂在了大门两边的树上，其余的摊在了天井里。我是唯一的男孩，父亲很卖力地供我上学。

记得小城道路很宽天空很小，路两边有树，后来才知道那是法国梧桐，因为一句诗——连梧桐也说着优雅的法语。当时看它满身的疤痕，像被棉铃虫肆虐的棉花；再一看，树上根本没有玉米也不可能有玉米，我的身体一下子晾在小城的汽笛里。

还记得一入学，学校就强调人人要有特长。我不懂吹拉弹唱不会梵高米勒，只好看书写作，小学时我的作文就被老师在班里范读过。父亲告诉我，小草第二年还是小草，小树说不定长成大树。看书的时候，我产生了错觉。我以为赤足走在松软软的田埂上，父亲在河边吆喝：水浇到哪里了？这里了！这里，是我站立的地方。我听到了植物内部的水声。我开始以一个乡下人的姿态穿越着小城的斑马线。我轻轻一跃，就碰到了诗歌。

我是小城里唯一写诗的乡下人。故乡是离我最近的语言。风从小城的上空低低地拂过。小城与乡村不过是隔着一溜篱笆。常常在周末，我和一本书跑到小城东面的山上约会。我的眼前是轻烟缠绕的村庄，像菜园里的一些卷心菜，而小城倒像是野地里疯长的麦蒿。后来多了一个画画的女生。她画山画树也画我，我写山写树也写她。这样的场景，我们叫它"诗情画意"，我们的日子是"诗意"。她有一副扑克，世界名画的。我们两个人玩的时候，经常舍不得出牌，紧紧攥在手里，端详，像前生今世的幸福。

也许我最愿意说的，是爱情给了我新鲜的感觉。爱情是风，是阳光，是小城的街道，是最新的一期诗歌杂志，鲜活的，干净的，光洁的，水晶一般的色泽。她坐在自行车的后架上，任凭我以诗歌的方式穿越着小城单调的楼群，我身体中有一种澎湃的激情。在正午的阳光下，我习惯性地眯起眼睛，世界狭窄了，心却宽敞得很。在黑夜里，她的名字如一束皎洁的月光，亮亮地照在我的枕头上。她告诉我，暑假里，她整天泡电视，那男主角说话的语气真像你，低低的，如微风拂过湖面。

1990 年，不止流行《恋曲 1990》，当然还有许多故事荡漾在这小城里。我的一个男同学认识了一个女孩，就在学校对面的板房里理发。我去了，女孩果然漂亮。她长发飘飘，有一种飘逸出尘的美。要命的是墙上挂了一把吉他。问题是，我出门没走几步，她为我吹的发型，被现实的风一吹，全都乱了，只好用手梳回原来的样子。这是不是一个隐喻？

小城不长庄稼，楼群街道只是一味的浅白或者灰黄。出了校门往西，我常去的地方是一家报刊零售部。人民路是一棵笔直的树，它是树上的柿子，高处的柿子。那里的文学期刊新鲜得好像自己的手不干净。我买《诗刊》、《星星诗刊》也买《诗神》、《诗歌报》，当时一些文章看不懂，就像老家刚摘下的柿子，麻口，要放在瓮里捂一些日子的。店主是个乡下女人。你尽管看书不买也行，她自顾自地洗衣择菜生炉子。买书之前，要路过一家眼镜店。女老板是陕西人，我们用普通话交流：眼镜、明亮、美观。她的招牌就是"美亮眼镜店"。把眼睛"美亮"一番去看书，仿佛是一种仪式，就像读书前焚香焚香前净手，就像许多年以后，自己打着领带蹬上皮鞋，去一本正经地相亲。

我开始喜欢小城了。喜欢为冗长的街道做着响亮韵脚的路灯，喜欢路灯下浅浅又深深的影子。小城每天的词汇还是一样：汽车、高楼、物价。但我正赶上了爱情，天长地久的爱情。仅仅通过诗神、缪斯、女神这三个语词，我就推论出诗歌是一位女子，她聪慧灵秀，倾街倾巷。我爱得一塌糊涂。以致于当我失去了一场现实的爱情，我依然偎着诗歌，取暖，依然保持着恋爱时的特征，说话时语气低低的，注视时目光软软的，走路时脚步轻轻的。"即使脸上擦一阵苦风，/也当是你遥来的叮嘱"，想起过去写的这个句子，我的心中荡漾着无边无际的幸福。

小城，只有共性。它保存着我的爱情，它与众不同。

许多年以后，我回到了小城，是工作。学校附近的板房早已拆除。夜晚的练歌房流出一道道猩红的光芒，城市开始精力过剩了。眼镜店迁到了繁华路段，成了"美亮眼镜城"。报刊零售部的铺面依旧，恍惚间回到了从前。我一口气买下了所有的过期的文学期刊，搬回去，让一屋子的同事笑得直喊肚子疼。

过时了，没价值的，要打折的，你是原价买的？哈哈哈。

现在几乎所有的城市都有新区，小城也不例外。我来的是老区，显然是一本过期的灰黄浅白的期刊。不，它应该是一件瓷器，历时愈久，价值愈大。色泽鲜亮如初。

汶河

1997 年夏天，我的生活发生了变化。我上城了。"上"这个动词真是微妙，因为城市高高在上吗？去乡下转转，是"下乡"，人家都这么说。上城跟上山一样，很费劲的。找门路，往往比爬山路要艰难得多。山路，像一根绳子摆在那里呢。

还是上课下课，还是用水洗脸用普通话大声训斥学生，不过从乡村中学调到了城里的一所市属学校。学校在一条河的北面，南面是繁华不夜的市区。风吹稻花香两岸，那是别处的风景。像一棵灰灰菜，我的学校淹没在工厂村庄这些高大的植物之中，如果不近前，你看不到它的存在。学校名称是"职工三小"，我教的还是初中。一切都是因为那条叫做汶水的河流。一条河，分开了南北，分开了繁华和冷清。学校的学生读完小学，熟悉了这里的气息，也不愿穿过一座全长 500 多米的桥走 N 个 500 米的路上城里读初中了。我也会习惯的。甚至许多年以后，我也会感激那条河流的。

是的，我开始喜欢我的学校了。城市如此嘈嘈，喧喧，或许我更适合于站在桥上看风景，隔膜而温和地看着，不说话。在一个距离之外，喜欢着。

我的学校，它的气息恰恰切合了我的性格。校舍全是红砖青瓦的平房，像一个生活在城里的乡下人。它太偏远了，在高楼林立物价上涨的当今，它就是一个云深不知处的隐士，一个独钓寒江雪的寂寞渡口。在公共汽车站打三轮车，我必须说出学校东面的化肥厂，司机才知道该去哪里。我的学校所处的隐性位置也十分微妙：发放着城区教师的全额工资，在晋升职称时享受着乡镇教师的优惠政策。很像古代的小妾，住在偏房，却短不了捞点银镯绸缎什么的。就是现在，我们那里的乡镇教师只发城区教师工资的70%。城乡之间的人事调动也早早冻结了。我的学校，最后更名为"X市职工子弟学校"，第一届学生毕业证上的盖章算是落到了实处。我们还是说在职工三小上班，别人问教小学吗？也不再辩解，便转换了新的话题。

学校里同一年调来或者分配的初中教师都很年轻。辛一头飘飘的长发，飘扬着很艺术的气质，运起球来，也是2/4的节拍。殷教物理，在失恋的那天晚上，用烟头在左臂上很有章法地烧了6个伤口，疼了泪了，一觉醒来，还是把青春稳稳地投中了篮筐。我的妻子是殷和他的女友一起牵线搭桥的，他女友的同事。他们散了，我们聚了，殷说他是我的跳板，殷接着说走到一块儿是缘分走不到一块儿是缘分不到。真是一个"悟理"教师。森的遭遇如小说情节般的离奇曲折，大学本科毕业生按规定是留城并且教高中的。后来在一个失眠的晚上，聊着聊着，觉得也在情理之中了：新建初中，总得有人教生物吧。一年以后，他去了高中也算物归原主。

汶河的北岸，工厂不多也不怎么景气，我的校园在当时真的不算大。一条南北的甬路，把办公室、学前班、小学部、初中部、运动场、宿舍区像串冰糖葫芦一样串在一起。平房有些旧了，房前花坛里也只是些年年个头一般高年年花开红艳艳的月季，花坛三围用废弃的砖块斜斜地插了，很傻呆的表情。一下班，整个校园成了一个大大的花坛，花开千朵，各具姿态。轻轻掸掉衣袖上的粉笔屑，你可以泡上一杯茶，小口呷着，安适地看着窗外，从五岁到十五岁，花儿是怎样的绽放。茶香绵软，悠长，有着一种岁月的醇厚。西面的田野，总是比校园更春天一些。麦苗返青的时候，荠菜们也齐刷刷地举起了稚嫩的小手。森学的是大学生物，居然把麦蒿也挖成了荠菜，还好，不是麦苗。晚上，我们把荠菜吃成了忆苦思甜，我嚷着四体不勤五谷不分六亲不认，森只顾埋头吞食荠菜，像是在用实际行动表决心。择好洗净的荠菜，叶子青绿根须洁白，放在圆圆的菜盆里，青白相融，色嫩味鲜。我们每人面前摆了一个白碗，倒了酱油陈醋，撒了些许味精。我也不说话了。

　　我与汶河那时有了最亲密的交往。放学后的校园太寂静了，一种死亡般的沉寂。我们总要弄出些声响来，让世界知道我们的存在。辛弹手风琴，用脑袋打着节奏，低头的时候头发像瀑布，一抬头就是一阵猎猎的长风。殷大吼着，该出手时就出手风风火火闯九州啊，他身体里总有挥霍不尽的动能。我是架子鼓手，拿了教鞭，在桌椅上胡乱敲着，喜欢扮演一锤定音的角色。不过瘾，大喊大叫着，去了篮球场，分两对厮杀，直杀得天昏地暗筋疲力尽。夏秋时节，汶河自然成了我们大运动之后的休闲好去处。一个个"白条"投进浪里的姿势青春而性感。脱光了，在岸上站定，吸气，倒退几步，然后向前奔跑，飞速射出自己的身体，动如脱兔，疾如闪电。说时迟那时快，这多像武侠小说的惊险情节！从水底翻上来，抹一把脸上的河水，睁开眼，一个新崭崭坦荡荡的水世界。

　　那些年，无论春夏秋冬，都是我恋爱的季节。我谈过的女朋友也有几个，她们都曾和我在软软的沙滩上一起坐着，在长长的堤岸上共同走过。偶尔也写写诗，我当时用的笔名是"北方河"。汶河，是一条穿过我身体的河流。它的色泽和质感，或隐或显在我以后的生活里。在岸边走得久了，人，也成了一条河流。流淌着。鲜活着。清澈着。

解 词

"漂"

"漂"这个语词，似乎与安定无关与沉闷无关。"漂"是一种生存状态，像一个永不停止变动的流体。东汉许慎《说文》曰："漂，浮也，谓浮于水。"《辞通》则说："漂，犹流也。"可见自古以来，"漂"就是一个活跃的动词，行止无定，始终保持着生命的活性。

庾信《哀江南赋》中有句："下亭漂泊，高桥羁旅。"给人一种无根的惆怅和悲壮的苍凉。晚年的苏轼曾经这样总结自己："问汝平生功业，黄州惠州儋州。"我们清楚地感觉到，其实，古代文人是最早的"漂一族"。山河破碎之时仕途失意之际穷困潦倒之间，文人们"漂"在一个叫做异乡的地方，巨大的孤独或者痛苦包围了他们，于是，他们的灵魂在"漂"中领略铁马冰河的激越，栏杆拍遍的无奈。"漂"，使他们远离尘嚣而返璞，接近江湖而归真。古典的"漂"，就好像一片落叶，轻飘飘地无根滑落，失落着成熟。

水喜动态，只要有落差便径自漂去。南方多水，于是"北漂"一词率先闪亮。"北漂"一族们挤在窄窄的船票上，迎面而来的其实是一种期待——期待挑战期待碰撞期待投在异地的影子也优雅。"漂"，在今天，是一种新鲜的自由和活跃的思维，也是一种个性的张扬和生存的挑战。

尽管可以"漂"东"漂"西，但是于我等沉静之辈只能是隔叶黄鹂空好音。生活不是死水一潭。或许，我们可以从"漂"的本义中寻找一种区别于平凡生活的独到体验。生命中许多深刻的领悟出现在异乡。在"漂"过山东的沂水之后，我更加确信了这一点。

自沂水县城向西南行 8 公里，便是龙岗，便是地下大峡谷，便是中国溶洞河第一漂了。驾着无动力的橡皮小艇，利用双手掌握好方向，沿地下河自然漂去。沿途美景抢了眼，惊险夺了魄，荡远的是尘世的喧闹和忙碌，亲近的是心灵的愉悦与轻松。

"漂"拒绝沉寂拒绝平庸。无限风光在险"漂"。

和谐

"和谐"，无疑是近年来的流行词甚至关键词。走在街上，但见和谐和谐满天飞，仿佛一个廉价的标签，贴得到处都是，大有云蒸霞蔚、气象万千的格局。

前不久，闲读《左传》，一页白纸翻过，眼前刷地一亮："八年之中，九（纠）合诸侯，如乐之和，无所不谐!"（《左传·襄公十一年》）"和谐"这个语词，若果出处于此，倒彰显出汉语的无限魅力，蕴涵着一种博大的境界。

如乐之和，"和谐"这个语词与音乐有关。柏拉图说："相反相成的声音协调统一产生了音乐，音乐就是和谐之美。"晚年双耳失聪的贝多芬，前无古人地在《第九交响曲》的结尾加入了合唱《欢乐颂》。乐曲终了，身着燕尾服的维也纳人全部起立鼓掌，眼里漾着热泪。"和谐"最能打动人心。使灵魂归于永恒的和谐，这是音乐的使命，譬如一曲人类的祈祷。

赫拉克利特有言："一与本身相反，又复与它本身和谐，正如弓弦与琴弓。"刘勰《文心雕龙·声律》："异音相从，谓之和。"可见，和谐是一种巨大的包容杂多的统一。物物相谐，是中国古代文人追求的审美理想。"皆若空游无所依"，是鱼与水的和谐；"月出惊山鸟，时鸣春涧中"，是声与静的和谐。"鸟是树金黄的心跳，树是鸟翠绿的羽毛"，这是我写过的一个句子，追步着天人合一的境界。浑成之美，全在和谐。《决不向一个提裤子的人开枪》（作者：王开岭），单是这散文的题目，就能感动我们的心灵：和谐，让本来对立的水火变得相容相济。如果扣动扳机，这一声枪响引发的将是一次地震或者火山爆发，使蜜蜂离开花丛，老人离开长椅，灵魂离开躯体。城市说：禁止鸣笛。闹区说：限速行驶。绿灯说：平安前行。自己生活，让别人也生活，哪怕是一堵老墙一叶新绿。和谐社会，将因我们内心世界的和谐得以构建。

让"和谐"做主吧。

和谐的境界妙不可言。"但光与影有着和谐的旋律，如梵婀玲上奏着的名曲"（朱自清《荷塘月色》），这情景多么像一幅凝聚了闪亮灯火的浮雕，温馨，沉静，涌泛着内在的恒久的光芒，让人脚下生根，渴望成为树甚至石头。这浮雕的名字，就叫——和谐。

隐士

"隐士"，这个语词是一种存在的虚无。挤在《现代汉语词典》里的"隐士"，显得斋冷衾薄：隐居的人。它上声复入声的声调转换，恰好表达了这样的感叹：世间本没有隐士，真的隐士！

"隐士"，给人一种古典的静谧。它超尘脱俗，遗世独立，面朝冷壁，满目苍翠。《论语·季氏》上说："隐居以求其志。"这"志"，是一张试纸，能鉴定出隐士的成色。涧底束荆薪，归来煮白石。隐士即使遭遇饥寒困厄，也要保持精神上的独立和自由。中国的"隐士"，更像是一张镀金名片。"招聘隐逸，与参政事"（《后汉书·岑彭传》）。"归隐"，是为了"出仕"。一"归"一"出"，任谁都可以听见隐士们追逐功名的匆匆步履；一"隐"一"仕"，我们清晰地看到隐士们的人生轨迹：迂回曲折地实践着儒家积极入世的思想。所以，我把"隐士"读成了"隐仕"，我不知道这是不是一种误读。

"大隐隐于朝，小隐隐于市"。我偏颇地认为：越是京师，越是风云际会之地，大隐们与皇宫大殿的物理距离只有一箭之地，只要里面一声咳嗽，脚步比如今的网速还快。这句话，可以作为"隐士"的一个"部首"，我们不妨进行一番检索。

传说中的姜尚是个隐者，在商都荷担叫卖，挑子里的东西卖完，他只好把自己的影子沉重地挑回去。八十岁时，垂钓渭水之湄，前无古人地把鱼钩搞成直的，专钓周室的相印。人云这隐士如何高人，这隐士便是假隐士了。当代散文家朱以撒说："隐士都是自生自灭，终其一生如花开花落了无声息。"姜尚的这段经历，显然被神化了，但对于概括隐士穷其一生心志终其出仕理想的履历，却决不是一个神话。

魏晋南北朝时期，隐逸之风盛行，似乎深山越深隐士学问越深。于是，隐士们怀抱琵琶，半遮半掩，藏头深山老林，露尾相府帅营，看似千折百回，实则快捷无比。南朝人陶弘景每次归隐，从不隐蔽自己的去向，便于朝廷能在第一时间寻访得到，因此落了个"山中宰相"的名号。"山中何所有，岭上多白云。只可自怡悦，不堪持寄君"。他的从容优雅，或许我们可以从这个层面上来解读了。"隐士"，无疑是一定历史时期最实用的物质最耀眼的招牌。

躬耕大野菊采东篱的陶渊明是不是一个隐士呢？北宋人周敦颐如此"定义"他："菊，花之隐逸者也。"真正的归隐是不为人所知的。倘若真是隐士，天下谁人识得他？清人龚自珍有诗曰："莫信诗人竟平淡，二分'梁甫'一分'骚'。"一语破的，把陶渊明比作南阳卧龙，也把他排除在了隐士之外。世间，本无隐士。

"隐士"，这个语词的重心是"士"。欲做"隐士"，必先是"士"。孔子曰："推十合一为士。"清人段玉裁《说文解字注》："学者由博返约，故云推十合一。"由此可见，落叶般终老乡间的渔樵农牧不是隐士。隐士，不仅仅是完成行动上的归隐，更要实现灵魂的无拘无束和精神的清洁无尘。谁是真的隐士？我无法回答，永远。

"天下无隐士，无遗善"（《荀子·正论》）。愈是久远的名言，愈在岁月的打磨下闪现思想的光辉。隋朝开始，推行科举制度，隐士们不进科场，只好继续"隐"着吧。"野无遗贤"，朝廷之上林立着文武百官呢！当今社会，重视学历，更看重学力，可谓少长咸集，群贤毕至。"隐士"，只有下岗，成为一个典型的"古用今废"词。

古典的"隐士"，有时是古人失意时无奈挂出的挡箭牌，有时是古人出仕前高高举起的通行证。惟独，"隐士"不是隐士。一个语词，空有内

路上的风景

涵，悲夫！

中年廊桥

我说廊桥是架设在围城之外的风景。一些些柱子支撑着桥面，桥面之上，是状如茶亭的棚盖。这，就是我们视觉上的廊桥，物化了的情感家园。

一座阅历深厚的廊桥，很容易进入我们的审美理想。总有那么一两根柱子让人眼窝发热，它们看上去有点倾斜。桥板呈深褐呈浅白，呈现出一种岁月的深度和时间的光泽。一位优秀的作家，应该首先是一个生活的摄影师。因为美国作家沃勒的一部小说《廊桥遗梦》，我们的视野豁然开朗：遗梦何处不廊桥！

"廊桥"这个语词，游走在唇齿之间，滑烈又温婉。它阳平的声调恰如其分地传达着一种溪流般的情感，奔流却又不动声色，糅合着表面的平静和内心的波澜。在菜市场，你自行车的前轮不知怎的，吻上了前面一辆车的后轮。你慌里慌张地寻找着词语。那车的女主人递给你的微笑，竟是青菜般新鲜可口。固定在车后架上的婴儿座位，真像一枚绿叶，映衬着她的笑脸，好像苹果到秋天。也许，你的前轮，她的后轮，可以重新组装的啊。你的弗朗西斯卡走了，你一遍遍冲洗着心灵的底片。这个早晨真好，没有人知道你刚从廊桥回来，包括厨房里正在添油加醋的妻子。

《辞海》上说，"廊"是"独立有顶的通道"。我把这"顶"读成家庭的屋顶，遮掩着缤纷的心情。这样，两岸还是两岸，就这么缓缓地走，也许永远走不到一处，却又永远同路，仿佛乡下农田里的两条垄沟。青山还是青山，绿水还是绿水，仿佛什么也没有改变。但绿水见青山多妩媚，料青山，见绿水亦如是。

画面上的廊桥风吹不倒。廊桥：一封中年人欲休还书的情笺。日本作家清冈卓行在他的散文《米洛斯的维纳斯》中这样写道："她为了如此秀丽迷人，必须失去双臂。"弗朗西斯卡终于没有从摄影机的镜头中走出来，走进金凯的真实生活。廊桥，正是遗梦于斯，才奏响了追求可能存在的婚外情的梦幻曲。因为注定缺憾，我们获得了完整的美感。

在围城里遥望廊桥，那是一道美丽的彩虹。"廊桥"，越到中年，越加风情万种，魅力无限。

书生这个词

在洁白的纸上写下书生这个词，我显然被自己制造的光芒迷醉了。

纸上的书生超尘脱俗，遗世独立。一袭浆白的长衫，仿佛从容打开的书页，书生眉目淡远，朗声吟哦的可是生命中最生动的情节？或者着一身蓝道林土布的长袍，腋下夹了书本，匆匆行走在深秋的风里，一条白围巾横搭在肩上，像一行飘逸的唐诗。

书生，一定是白面书生吧。书生们坚守在"白屋留孤村"的"白"里，任冷雨敲窗，任白发三千丈，依然在人迹罕至的平平仄仄里独钓寒江雪。白色简洁纯粹，与其他色彩搭配，更能兀立出一种清洁的精神。

书生这个词，是不是可以这样解释：书生，为书而生，为书而痴。

在书生这个词的一些定语中，似乎穷酸更为贴切。穷是行走的际遇，是青灯黄卷凄风苦雨。把卷灯前读，读到眼痛灭灯犹暗望，坐听逆风吹浪打船声，不知怎的，鼻子陡地一酸，不觉泪水深深地填满双眼。书读到这步田地，书生可谓痴болезн至极。他们是一些粗布衣裳，耐磨禁脏，黑的蓝的青的颜色，一经岁月的漂洗，反而诞生了一种古朴明亮的白。酸是生命的质地，穷且益酸，乃至愚顽不化，寒灯独可亲，诗书继世长。穷是书生的食粮，酸是书生的长剑。佩剑书生琴心剑胆，这是我所能想到的最潇洒的描绘。书生拒绝把自己的酸性与世俗中和。于是，漂泊成了他们的宿命。一襲烟雨，书剑飘零，书生们渐去渐远，留给我们的只是一个模糊的背影。

书生皆去矣。

因为教书的缘故，我的视野常常塞满了一群学生，"零距离"接触，使我真真切切地看到了一些学生的座右铭，贴在书桌上，白纸黑字，清楚得很：书中自有黄金屋，书中自有颜如玉。可怎么看，都觉得这是一条丝绸之路，大路朝天地通向了香车美女。书是他们的坐骑，不，只能是一根撑杆，我亲眼看见许多即将奔赴考场的学子，在进行着一场书的葬礼：五毛一斤，被收废品的小贩装进麻袋，以后的事情可以想象，书们被粉碎成纸浆，幸运的话，制成餐巾纸，在红唇上闪亮一回，如果成为书纸，还是摆脱不了宿命，像红楼歌女，一旦年长色衰门前冷落，只能以"跳楼价"被处理被拍卖。最终无书可买无书可读无书可卖。

书生就是一个心甘情愿的囚徒，把一生的光阴监禁在了书的单人牢房——无期徒刑。譬如安徒生，他偏执地认为，人间的烟火能够熏黑他那洁白的想象的翅膀。在我蜗居的小城里，也确曾有过一群书生，他们指点江山激扬文字，我很是仰望他们，以小草卑微的姿态：X 老师，最近您又推出了什么大作？他们的发声包括语气惊奇地一致：早就不写了，写作那是年轻时的一时冲动。就这么轻描淡写的一句，让自己完美地平庸起来，沦落到连书生也不是的地步了。聚会时，男的全部侃绯闻，从国外漫游到国内；女的个个比美容，从染发流行到亮甲。诗人是"疯子"的代名词，书生也该是"傻子"的同义语吧。请君莫奏前朝曲，听唱新翻《杨柳枝》。他们有自己的醒世通言。

我不是书生，至少不是纯粹的书生。淡出淡入每一个喧嚣的白天和寂静的夜晚，白天我像凡人那样活着，在菜市场和小贩们讨价还价，价格下来了，难免要短斤少两。晚上像上帝那样思考，把白天的光芒聚焦在一纸32K 的空白，然后开始我的独步。我的所有白天几乎都是为夜晚而存在。在白天，有一次我还郑重其事地捧了自己的习作，去参加小城行业系统内的师生征文比赛，结果全身而退颗粒无收，外地的作家朋友很轻易地就找到了取笑我的理由：小城文人，十足的小家子气，你老兄好歹也算个作家啊！

我问耕耘，也问收获。每逢周末，骑着单车，去三路邮局支取稿费。穿过楼群浓重的阴影，走过广告牌五颜六色的注视，我和小商小贩没什么两样。在拿到一叠或多或少的钞票时，我还是想到了书生这个词，既然辞典上存在着书生这个词，总不会百无一用吧。否则，书生这个词，发明出来又有何意义？

写字楼

写字楼就是办公楼，好比玉米就是棒子，龙舌兰就是芦荟一样。

集文化、科技、景观、运动等概念于一体，导入5A智能管理，实现安防监控自动化、消防报警智能化，更有飘进飘出的女白领，以细微处见品位的得体打扮，在沉闷中引领写字楼的视觉风暴，写字楼哪一点逊色于金銮殿？在写字楼上鸟瞰一座城市，像面对一张地图，"君临"的定义如此形象而具体，所有的辞典都成了摆设。

与古代书斋的局促氛围不同，写字楼剩下的只有高雅和气派。书斋是心灵之鸟寄托的暖巢，写字楼是尘世之躯栖居的屋檐。书斋的主人是精神的富翁，写字楼的买家是金钱的主人。所以我说，按照现代汉语语法，"写字楼"应该是一个偏义复词，它更是一座楼，"手可摘星辰"，"写字"的含义已经被钢筋混凝土牢固地挡在外面，像城市拒绝牛哞和拖拉机。但是，这并不意味着"写字"这个语词可有可无。没有了"写字"，"写字楼"风雅全无，红衰翠减。"写字"，是这种楼的灵魂，如同炊烟之于老屋，广场之于城市。

写字楼的子集是写字间，写字间的子集是一台电脑、一个女秘书或者一段婚外恋，总有味精来调剂一天天朝九晚五式乏味单调的日子，公式化的生活中总有一些不规则的因子在活跃。写字楼真的是我们成就事业的依托？真的举高了我们的地平线？它的高度是不是等同于自信的长度？

据香港特区环保署抽查统计，有37.5%的写字楼空气质量超过标准。不久前，有关专家在北京市进行了办公场所室内空气质量抽样检测，结果发现，有害物质氨、甲醛、臭氧的超标率分别为80.56%、42.11%和50%。就是在这座城市，曾发生过某高档写字楼由于室内空气污染而多人中毒的事件。一种现代文明病"写字楼综合症"在危害着人们的身体健康。尽管如此，也阻止不了写字楼每天进进出出的匆忙步履。于是，在林立的写字楼之间衍生出美容院、健身房、氧吧，试图引领人们走出"亚健康"。

在这样的时代，也许写字楼还不是一条绿色通道，不是某种梦乡和家园，却可以让你的腰部挺直有力。其实，支撑起写字楼美轮美奂的，不是坚挺的钢筋，而是我们的双腿。写字楼因人而生动，人因写字楼而气派。写字楼，是一件外套，是个人形象的一部分。

没有比人更高的山。走在写字楼前的台阶上，站在徐徐开启的电动门前，人的身影或许只是一个标点，然而当他融入写字楼之中，远远望去，但见高高的楼阁触擦出澄明的天空，玻璃的时装折射着斑斓的都市风光。

时尚的注脚

所有的鞋子都是关于脚的注释，我称之为"注脚"。在过分看重脸面的中国，真正把女人的脚从层层包扎中解放出来，并且突兀于地平线之上的就是高跟鞋了。

如果你从摇曳的曲线上，读懂了"袅娜"这两个汉字蕴藉不尽的美感，你会发现伊人就是一棵从根生长的开花植物，自下而上，娉娉婷婷，像柔风起于细柳。高跟鞋是一位健美教练，它美腿塑身隆胸，赋予女人魔鬼的身段。一叶扁舟，潇湘洞庭。高跟鞋的体型是一种不自觉的动感，如流动的水，飘逸的长发，使女人在行走中款款深情步步莲花。而女人注定成为高跟鞋的模特；女人的身材、青春和性感，恰恰需要一双高跟鞋来注解。

古代的思妇常常依楼远眺，看看飘飞的落叶里有没有一只归巢的鸟；现在的美女只要一蹬上高跟鞋，目光便可以越过男人的肩膀看到整个世界了。尖尖的鞋跟，不仅仅是性的符号，更是个体"触电"坚硬路面的一根杠杆。特立独行，成为高跟鞋与众不同的个性。它的自由个性选择了优雅简约的风格，藕丝绕踝，莲花制面。"玉骨轻举，若生羽翰。凭虚御风，岂乘飞鸾"，随手拈来顾翰《补诗品》中的佳句，来形容高跟鞋衍生的风景是现成的。

高高的鞋跟舞低杨柳，轻移的莲步歌尽桃花。女人喜欢通过鞋子来完成与世界的对话。高跟鞋那足下的春风荡漾，那"笃笃"的清脆旋律，是别的鞋子无法复制和粘贴的。在我蜗居的这座临街的小楼，脚步纷沓如过江之鲫，独有高跟鞋的声音最为入耳，一板一眼，把整座楼房都踩成了音箱，让我真切地感受着我的存在。霓裳羽衣早已褪色，浔阳遗韵已经邈远，青空朗朗，何不婀娜走一回。高跟鞋，是啼绿的春鸟，歌喉一开，但见一个五彩斑斓的世界。

还有什么用文字解释不清的，请看脚下的注解。

香车美女

单是香车，就足以摄魂荡魄了，加之美女的渲染，更令人眼花缭乱。

工业化的汽车怎会制造出香气？莫非是沾惹了美女的脂粉？其实，香车美女，自古有之。《西湖佳话》中有这样一段记载，说钱塘名妓苏小小叫人制造了一架小小的香车，自己坐了去西子湖畔约会郎君。闭上眼睛略略一想，这香车美女，真真让人情摇意夺心驰神往。

只是，这驶自南齐的香车，经过了唐宋，穿越了明清，驶到今天，便改变了装束，变得熟悉而陌生起来。娇艳的美女或翘臀或挺胸，所有的姿势都在张扬一句话：对面的帅哥看过来，看过来，这里的汽车值得买。

正如每个人都有一个清纯的童年，再现代再抢眼的香车美女所展现的依然是一种悠远的意境。清人袁枚在《续诗品·振采》中的描绘，可以看做是对香车美女这一组合最好的诠释："明珠非白，精金非黄。美人当前，灿如朝阳。"香本无声，美本有形。只要美女，往车上一偎，这车就香气四溢光芒四射了。美女，当属点睛之笔。在当今社会，香车美女似乎已经成为一个固定词组，中间不需要穿插任何连词或者动词。香车美女，珠联璧合，相映生辉。"宝马雕车香满路"，车驶远了，但是经过的道路上，依然拥挤着浓郁的香气。多么雍容，多么华贵，甚至有一些些霸道，我们不能不惊羡于这一博大的美感。在这个过程之中，是美丽在行走，从我们的视觉走进去，从嗅觉中走出来。我们能不沉醉吗？

阿城在他的随笔《威尼斯日记》中，谈到那则古代寓言《买椟还珠》

时说："其实还珠的人是个至情至性的鉴赏家。"可见，盒子光彩照人，明珠都黯然失色了。由此想到香车美女两者之间的关系，我觉得应该隶属于"人面桃花"这一审美理想。美女玉面含羞，恰似桃花粲然开放。香风吹送之下，汽车看起来有时更像是城市里来去如风的侠客，琴心剑胆侠骨柔情的那种。再严肃的汽车也妩媚啊！树附风声，风依树起，香车美女相映红。

拨开喧嚣的市声，拂去庸俗的气息，一身洁净地站在香车美女前面，静静地玩味，慢慢地品评，你就是一个至情至性的鉴赏家。

黄霑的霑

前不久，一位文友想写一些娱乐时评，我推荐了南方某报，说上面有个黄霑专栏，值得一看。我用智能 ABC 打字，怎么也敲不出"霑"字，情急之下，只好切换成拼音：黄 zhan 专栏。

霑，是沾的异体字。"霑化"都简化成"沾化"了，这个"霑"只在一两个名字中固执着，譬如曹霑。万里滔滔江水永不休。霑，在视觉上，于我们是一种雨水的汹涌和才情的浸润。

中国的文人大都有精神的洁癖，李太白善咏月，刘长卿独钟水，苏东坡喜晴雨。黄霑去了，我把玩才子的锦绣词章，发觉这么一个有趣的现象：水，是他笔下永远鲜活的意象，一如他汩汩流淌的灵感。无论是"千里黄河水滔滔"的汹涌澎湃，还是"他朝相忘烟水里"的涓涓细说，莫不是"霑"的条条支流朵朵浪花。

时下的娱乐圈，"沾"了不少花粉，桃色的（姐弟恋），血色的（私生子），灰色的（患绝症），都一齐绽将出来，好一个花花世界！黄霑晚年修佛，但求一泓清清亮亮明明澈澈的水域。他的音乐是水，注入现实的土中，使土成泥，有了力量。逸兴驱山河，雄词变云雾。强国，健体，御侮，课间在操场上比比划划，那是少年的我和伙伴们在一起接招卸招，口中吼出的就是"万里长城永不倒"。他是优雅地变老的。年近60，又攻读博士课程，就为了多"霑"些学者气文人气。是水，在流淌中清澈澄明空灵。这就是"流水不腐"。

电视上在热播,活动一下拇指,发送你的名字到 XXXX,你会了解未来的命运。其实,只要你的眼睛注视这个坚守自我的"霂"字,一条音乐的河流就在你耳畔喧响,清洗耳朵清洗心灵。然后你会变得耳聪目明:什么该"霂",什么不该"沾"。

香格里拉

在我的辞典里面,"香格里拉"应该是最美丽、最富有音乐感的名词吧。单是一个"拉"字,就仿佛青春少女长长的发辫,流淌着潺潺的旋律。"拉",是我们触摸天堂的捷径吗?

《不列颠文学家辞典》在评述《失去的地平线》一书时指出:它的功绩在于为英语词汇创造了"世外桃源"一词——香格里拉(Shangri - la)。和谐着外来音译和藏语方言,"香格里拉"这个语词本身就是一种博大的存在,它的发音,简直跟香吧拉酿造的青稞酒一样,有种未饮先醉的醇香,那一丝丝甜味,就是奶酪的味道。

纸上的香格里拉,是一个飘荡着袅袅田野牧歌的理想王国,充满了诗意和梦幻。无垠的广坝,连天的草甸,遍地的黄花,成群的牛羊,闲适的悠游,适度的生活,神性的香吧拉如此虚幻迷离地游动在我们的现实生活和精神世界之间的地平线上。

香格里拉,距离我们的心灵并不遥远,它就在天的这边海的那边。作为人间乐土,香格里拉真的是云南迪庆的特产吗?一头耕牛和一辆汽车相携着,在黄昏的静谧里悠游;听见归人的脚步,一朵花忽然笑了。香格里拉,超越地理时空存在着。

香格里拉,在藏语中意为"心中的日月"。在它的照耀之下,触目所见,是赭色的外墙,是赤金镀成的屋顶,是物化了的理想家园的色泽和质地。"香"的藏语意义是"心",我情愿把它理解成一种神灵的暗示:再拥挤的城市也要容纳广场的呼吸,再狭窄的广场也要有一朵小花做梦的位置。寻找香格里拉,实际上是把我们的灵魂"拉"出世俗的躯壳,去关注一场宏大的内心的日出。

英国作家詹姆斯·希尔顿用他瑰丽的文字建造了一个安然、知足、宁静、适度的香格里拉王国。如果仅仅停留在1933年的纸张上，那是一个没有奶酪的陷阱。跳出去，找到心中的日月灵魂的居所，那就是我们的香—格—里—拉。

伊妹儿

"伊妹儿"是英文E－mail的音译，她的中文名字叫"电子邮件"。

"伊妹儿"，仅仅这卷舌的发音，就令人消魂蚀骨，更别提她是大众的情人、时尚的先锋了。"伊妹儿"，这个名字本身的魅力，让我忽然明白某些演艺明星为什么喜欢用英文名字包装自己。蝌蚪们丢掉尾巴，变成青蛙。一长串洋名字的队伍，距离维也纳或者好莱坞依然遥远。

上中学时，我就喜欢爬格子，幸得一手好字，书体端严齐整，诗作倒也频频见报，不至于辱了"校园诗人"的名号。前些年上岸，想重操旧业演练文字，有朋友说："给你申请个伊妹儿吧，很方便的啊。"伊妹儿？该不是给我请个女秘书吧，听说现在时兴这个。孔子曰，唯女子与小人难养也。我一脸正经。

古典诗词中的"伊人"，意象丰满，摇曳多姿。"伊人"，似乎就是一位在水一方、遗世独立的绝色女子。道阻且长，她是一个虚拟的存在。"伊妹儿"，更接近视觉上的真实，这个语词给人一种甜润亲切的感觉。她小鸟依人温香软玉长袖善舞。每每上网，总是和"伊妹儿"面对面，红袖添香，"鼠标"把盏，即使群星黯淡无光，双目依然放电。然而，看似近在眼前，却又远在天边。花非花，雾非雾，她飘忽不定，来去如风。要不是"邮件发送成功"的字样，几乎没有什么能成为她真实存在的证据。"伊妹儿"，是聊斋书生视觉上的狐女花仙，是行吟诗人听觉上的雨声鸟鸣。

我无法将一枚邮票和一封"伊妹儿"放在一起比较。在我蜗居的小城，已经分家的邮政电信恰恰是邻居，一个呈浅灰，矮小局促；一个呈银白，美轮美奂。一纸公文，累死几匹快马的时代不再。无人知是荔枝来。天涯海角，不过是促膝的一寸。

"伊妹儿"，有时也有些淘气。某次投稿，被鱼责的编辑原封退回，文章中间不知怎的，挤进了一些莫名其妙的乱码。"伊妹儿"，有时简直在捣乱。打开邮箱，是一封英文标题的新邮件。轻轻一点，"天上掉下个林妹妹"，动作张扬，只能想象。这之后，垃圾邮件铺天盖地，越拒收越猛烈，只好采用直接"永久删除"，终落了个风平浪静。那一天，挥毫泼墨，笔落宣纸，直觉上就是在捣蒜，睁眼一看，才知道下面的"东东"不是键盘。

"伊妹儿"，想说爱你不容易，想说恨你也不容易。一个外来音译词，却因缘巧合地融入了中国特色。以前给学生讲解现代汉语单纯词知识，说单纯词不能拆开用不能分开讲，譬如垃圾譬如阿司匹林。而今，似乎"伊妹儿"是个特例，终将进入《现代汉语词典》词汇的"伊妹儿"，她的义项如果仅仅释为"电子邮件"，似乎有点平淡乏味（《现代汉语词典》2002年增补本附"西文字母开头的词语"释"E‑mail"为"电子邮件"商务印刷馆出版）。

E时代的宽带世界，瞬息万变，说不定明天吼一声，"伊妹儿"就能漫游到别的星球。见好就收吧。

繁　花

葵花朵朵

青青园中葵，朝露待日晞。阳春布德泽，万物生光辉。

——汉乐府《长歌行》

葵花，不在城市里生长。

城市里，只栽种脚手架混凝土，还有高跟鞋和红绿灯。

饱满的葵花籽是城市的，它们很气派地站在大超市的柜台上，期待一双红唇烈焰般的亲吻。

低头是民间，仰首是长天。葵花依恋土地，它唯一的低垂的头，不停地诉说着秋实的赤诚。葵花是我们举手即可触摸的天空，而远在葵花之上，那一轮流转的金黄，不过是更高的花朵，晨开昏谢。谦卑的葵花热烈的葵花，是茫茫黄土的太阳，从早春到深秋，一直伴随着农事而荣而枯。

田垄上，沟渠边，篱笆旁，随便一处地方，都有葵花在生长。葵花，在农忙季节里灿烂着。在乡间，随处可见它们游动的身影。天刚放亮，早有几棵站在田间地头察看庄稼的长势，抬头就是一脸的阳光。畦埂上的那些，长得特别高大强壮，看起来更像一群"锄禾日当午"的汉子，挂着锄把，擦去汗水，看看头顶的烈日是不是又毒了几分？这样，能晒死地里的杂草，免得再糟蹋禾苗。许是常在井台旁转悠的缘故，村头菜园里的三两株，叶子尤为青翠，晚炊里，那该是母亲手搭的凉棚吧？

在葵花的注视下，我们一点点长大。每每抬头仰望，总能看见一张灿烂的笑脸，读不出它的一丝忧伤，也听不到它哪怕极细微的叹息。也许是因为我们这一些些籽粒，被葵花高举在头顶，眼睛只注意了远方的风景。这情形，极像劳累了一天的父亲，晚上还驮着我去大队的场院里看电影。就为电影的画面看得再仔细一些，我骑在父亲的头上，双腿夹住他的脖子，他抓紧了我的小手，仿佛只有这样才牢靠些，才成为父亲身体的一部分。那时节，放映场上最神气的我，除了偶尔感觉到父亲肩膀的宽阔身体的温热之外，我不知道还有别的什么。葵花，承受着生活的重负而又了无抱怨。

总是在葵花灿烂的季节，我们一次次远走他乡。黑黑的籽粒成熟，太阳消失了，只有枯萎的葵盘，像一张沧桑的脸。那年冬天，我把一个葵盘带回我蜗居的城市，供在我的书房。有一天，三岁的女儿问我，爸爸，等我长大了，你会怎样呢？我会老的，模样就像这个葵盘。爸爸，我不要长大！我不要长大！我鼻子陡地一酸，硬是把泪水咽回肚里，然后一脸的阳光，一遍遍对女儿教唱"葵花朵朵向太阳"。她，是葵花的后代，她应该保持一颗"向阳心"。

土地太辽阔了，黄色一铺千里。葵花，是站起来的土地。它浓得化不开的色彩，正是从土地上一点一滴地积攒起来的。

葵藿倾太阳，物性固莫夺。葵花，注定是皇天后土的太阳，它的每一朵花瓣上，都闪耀着农人的光荣与梦想。

菊花的婚礼

秋丛绕舍似陶家，遍绕篱边日渐斜。不是花中偏爱菊，此花开尽更无花。

——元稹《菊花》

要不是菊花把婚礼选在重阳节这天，说不定山里会有多冷清呢！

菊花可是十里闻名的好姑娘。牡丹进城开花店当老板成了富姐；玫瑰身价暴涨，飘进飘出写字楼、美容院、夜总会，是典型的"大众情人"。只有菊花，一身朴素的青衣，从春华走到秋实。据说，上山下乡的诗人一眼就发现了菊花，一杯菊花酒，一首抒情诗，落拓的诗人也自香其香了。菊花从来没有说过。春耕夏收秋种，菊花的婚期是一拖再拖。

不"五一"也不"十一"，就定在重阳节吧。菊花的情人是山上的太阳。

重阳这天，太阳早早爬上了山岗。太阳，是高山的儿子；菊花，是大地的女儿。正是菊花最芬芳的季节，正是菊花最灿烂的时刻，为什么花瓣一样的俏脸挂满了晶莹的秋露？菊花在哭嫁呢！她一针一线缝制的菊枕，给老人们治好了头风；她清早上山采摘的菊花茶，泡浓了多少黄昏？老人们都说，俺菊花可是百里挑一的好姑娘。今天咱菊花结婚，咱老人就过节吧。"不是花中偏爱菊，此花开尽更无花"，这分明是太阳热辣辣的情话。

菊花和太阳的婚礼在大山的簇拥下举行了。

农家的瓦房排成一管管唢呐，人们纷纷打开家门时，山村便流淌着喜庆的乐曲，一如轻松明快的山溪水，山路这面大鼓也被密集的脚步敲响了，满山尽是茱萸的请柬。风雅的诗人说"饮酒赏菊去"，庄户人前呼后应着："吃喜酒看新娘闹洞房了！"

大山作证。空旷的大山在牡丹们逃往城市后更加荒凉。菊花，一个有着石头一样坚韧性格和阳光一样芳香久远的山乡女孩的名字，她一生的坚持是大山最初的颜色和最终的灿烂。比早晨更早的时候，她眼眶里盈满明净的期待，点亮了清晨的第一缕阳光。太阳，这个勤劳的小伙，上山就是一天，有时月亮喊他半天才收工回家。菊花和太阳的结合，让人想起一种志同道合的爱情。有老人捋着银白的胡须笑了，这才叫夫妻相呢！

质朴的菊花，衣着和野蒿相似，她的美丽最容易被王孙们的眼睛省略。秋菊有佳色。太阳为她戴上了金黄的花冠。纷披的花瓣，是用缕缕阳光编织而成。初春的萌芽，盛夏的沉默，终于在风凉露冷后勇敢而坦然地吐露爱意。这是菊花的节日。在菊花和太阳深情凝视的一瞬间，人们陶醉其中了，畅饮新酒，泛萸簪菊，交换来的菊糕嚼在嘴里好甜好香，这是菊花的喜糖啊。

是花，总得开。看着菊花和太阳手挽手一起金黄地走向冬天，人们忽然觉得，今年的冬天会特别温暖。

莲在江南

　　江南可采莲，莲叶何田田，鱼戏莲叶间。鱼戏莲叶东，鱼戏莲叶西，鱼戏莲叶北，鱼戏莲叶南。

——乐府古辞《江南》

　　莲在江南，犹如菊开东篱，是一种遥远的妩媚。

　　江南可采莲，莲叶何田田。人生最幸采莲人。乘一叶扁舟，载一船清香，携一帆柔风，低眉抬眼之间，望不尽白云碧水、绿叶红莲。此花端合在瑶池，人间能得几回现？惟有江南，惟有水光潋滟的江南烟雨空蒙的江南，才能滋养出这般绝世的红颜。有花堪折直须折，莫留残荷听秋声。

　　站在北方的池塘边遥望江南，那该是十分荷叶五分花的清丽意境吧。叶是粉墙黛瓦，花是款步而行明明朗朗的江南女子。所有的江南女子都叫莲花。莲花在青山上采茶，莲花在碧水边浣衣，莲花在园林里扑蝶。她们的清眸如水，她们的黛眉如烟。她们有的叫小荷，有的叫芙蓉，有的叫菡萏，腰肢轻摆，袅袅娜娜娉娉婷婷在水乡江南，她们都是朵朵含笑出水的莲。无水不莲无莲不花无花不灿烂的江南啊。

　　徜徉在诗词歌赋的古典里，很古色古香地触摸莲花，我阅读的手指如呼吸梳过美女的云鬓，是一种麻酥酥绵软软微颤颤的感觉，眼睛被一些些嫩藕鲜荷润泽着，不由得湿润润亮闪闪清澈澈了。此刻，莲花就在我的掌心。楚腰纤细，莺歌宛转，吴娃双舞醉芙蓉。古典的莲花，简直就是一个美丽温柔娇艳的代名词。凌波微步，罗袜生尘。古典的莲花，象征着端庄静美优雅高贵的东方神韵。少年会老，岁岁年年，莲花依然是最初的容颜，如初恋清纯依旧颜色不改。既然今生注定不是蛟龙，何不做游鱼一尾，去嬉戏莲叶间，摇落满天的星星成晨露，一开口就是一些莹澈的话语。池面风来波艳艳，陂间露下叶田田。在水的透明中轻揽莲花的腰肢，再也不让多愁善感的姑娘撑着碧罗伞，独自在雨季里哀怨又彷徨，鱼是幸

路
上的
风
景

福的。在诗词的长河中，撑一支长篙，向莲花更花处漫溯，眼睛是快乐的。

北方杯水难以邀莲。江南多水，多以莲为芳名的女子，羞答答娇滴滴水灵灵在江南的夏天开放，默默又脉脉、幽幽又悠悠地飘着清香。选择夏天，去江南采莲，这于信奉不到长城非好汉的北方，是不是一种行为的背叛？我觉得，在柔婉可人芳香醉人色彩迷人的莲花面前，勇敢地吐露真诚，是一种忠实生活回归自我从心灵出发抵达心灵的率真表现。爱写在诗笺上，却埋在面具里，到了中年，再去做个采莲人，却要跨过一座长长的廊桥。那是横亘在红尘与理想之间的一座奈何桥啊，等在季节里的容颜也只能如莲花般的开落，红衰翠减。

江南可采莲，莲叶何田田。就在夏天，就在今年，打点心情，架起小船，去江南采莲。

洁白的茉莉花

> 刻玉雕琼作小葩，清姿原不爱铅华。西风偷得余香去，分与秋城无限花。
>
> ——宋 赵福元《茉莉》

这是一朵一朵洁白的茉莉花。在夏天的夜晚，像一颗颗星星闪耀在碧澄的夜空，像一叶叶银帆悠然在绿色的海面。

一卉能熏一室香，炎天犹觉玉肌凉。是时，我正在读泰戈尔（1861年—1941年）的《新月集》，我真切地感受着这浓郁的芳香。茉莉花名本是音译，南宋人王十朋有诗曰"远从佛国到中华"，说茉莉花是从遥远的佛国印度传入中国的。沿着茉莉花开辟的悠远的香径，1924年泰戈尔访华成功，分与秋城无限花。他的诗歌从此在中国广为传诵，如同茉莉花，现在各地多有栽培，已有60多个品种。

芳香浓烈而醇和，清雅而不浊滞，沁人心脾，这就是泰戈尔的诗歌。茉莉花在印度人的心目中，是纯真无邪、洁白无瑕的象征。"呵，这些茉莉花，这些白的茉莉花！/我仿佛记得我第一次双手捧着这些茉莉花，这些白的茉莉花的时候。"（泰戈尔《第一次的茉莉》）诗人的思绪，完完全全被茉莉花的洁白填满了。诗人崇尚白色，因为白色是一种简洁，仿佛最简单的生命形式。一朵一朵洁白的茉莉花，我感觉，那是等待诗句的白色纸页，它拒绝着繁杂与华丽、矫情与肤浅。

上帝创造了世界上的一切，还要诗歌创造什么。郑振铎说，《新月集》具有一种不可测的魔力，"它把我们从怀疑、贪婪的罪恶的世界，带到秀嫩天真的儿童的新月之国里去"。在印度的一角清净之地，住着泰戈尔和他的一颗童心。在阳台的角上，在那栽着杜尔茜花的花盆放着的地方，矗立着只有诗人才能看见的国王的宫殿：墙壁是白色的银，屋顶是耀眼的黄金。窗外榕树旁的小池里，日光在微波上跳舞，好像小梭在不知疲倦地织着金色的花毡。那里有的是贝壳，可以做餐具；那里有的是落叶，翩然成小舟。当然，那里有一群一群的花朵，在地下的学校里上学。连跳动的心都是花朵呢！"朝阳出来时，开放而且抬起你的心，像一朵盛开的花。"（泰戈尔《孩子的天使》）

泰戈尔的诗歌就是他的生活。竹鸡印在洁净软泥上的细小的足印就是一些些清词丽句，坐在泥土里用枯枝断梗随便一划，就是永远的经典。他不会精心雕琢去追求一种富丽堂皇。满纸是鲜活的意象，又看不到意象。意象于他已不是包装。丰富归之于单纯，绚丽凝练为朴素的风格。泰戈尔的诗歌，线条是那么简洁，自然得像生活本身，真是些灿然开放的茉莉花。叶子青翠，光泽和润；花瓣色淡，白洁如冰。花色照着我的小屋，夜晚更加静谧；花香洗涤着烦躁，盛夏里顿生凉意。

这是一个美丽的夜晚。自然的茉莉洁白的茉莉静悄悄地绽放，花香落在我的书页上，落在我所读的地方，"我要悄悄地开放花瓣儿，看着你工作"（泰戈尔《金色花》），今夜的茉莉花，就是泰戈尔柔和平静的目光，这是一种父亲般的注视。

泰戈尔的《新月集》，灿然开放的洁白的茉莉花，花虽小而质坚，色虽素而至洁。一篇一篇的诗歌，就是一朵一朵的茉莉花。清新的叶子自然地伸展，洁白的花朵恬淡地绽开。一身的淡雅与素净，却是花香也热烈，浓郁也持久。今夜，这些洁白的茉莉花，就簇拥在我沉默的书桌上，我听到了它们真实绽放的声音。

茉莉花，自初夏至晚秋，花开不绝，盖过各种花事；花香浓郁，有"人间第一香"的美誉。花开在绿叶之上，仿佛碧澄的夜空闪着璀璨的星光。泰戈尔，1913 年获得诺贝尔文学奖金，一朵东方的洁白的茉莉花，灿然开放成最高的星辰。

啊，这些茉莉花，这些白的茉莉花！

春来醒世的红颜

桃之夭夭，灼灼其华。之子于归，宜其室家。

——《诗经·周南·桃夭》

我国是桃花的故乡，桃花几乎遍布大江南北。黄山桃花峰，苏州桃花坞，每一处古迹，之所以能够穿越时空而来，似乎也因为沾惹了桃花的清香。女孩的乳名也常常润一花字。你喊一声桃花，一个村姑回过头，三个村姑回过头，家家户户沟沟岔岔，全是羞答答鲜嫩嫩的笑容。

我们喜爱桃花，因为它是一年中第一个给大地带来艳色的使者。时令既然是立春，可阳光几近无色，如冷冷的河水。风还是那么无拘无束，裹着你时不由分说。觉着天气转暖，闪念间，春寒就顺着裤腿直往上钻。白杨挑起毛毛虫，那不是春天，灰黄苍白怎会是春天？雀鸟唱着嘹亮的歌曲，也不是春天，随便一只麻雀，寒冬里也能吼几句通俗。春天在哪里？春天在哪里？你一千遍地问天，天空答你一把冷冷的雪花；你一万遍地问地，大地应你漫山遍野的枯草。

争开不待叶，密缀欲无条。在你一遍遍质问台历之时，桃花开了，而且开得这样迫不及待。桃花开了，桃花开了，桃花热烈成民间独醒的红颜。在过冬的铁褐色枝条上，桃花细嫩的微笑撞开春天的门窗，一夜之间，红色在大地上铺陈。阳光的表情还是淡淡的，桃花清幽的笑声却翻越了破败的栅栏，消融了最后一抹残霜。浅浅的笑意，纤弱的花萼，让人怜爱，也让人肃然起敬。桃花，这世上灿烂绝顶的红颜一降临人间，我们的生活便由寒转暖。你听，那是一只只站在枝头的春鸟，那是一朵朵集结火焰的宣言。你看，每一根桃枝都是一条通往春天的大道。周边的枯草也许明天就泛绿了吧？这样想着，你感觉足心痒痒，似有人呼吸。是新绿在顽皮拱土。

桃花红了，天空蓝了，衰草绿了，春风香了，细雨甜了。锄和渠水愉快地指向远方，一群女子走到返青的麦田里。她们是转世的桃花。桃花如梦。桃花从古典的民间从女子的腮上悄悄升起。

"桃之夭夭，灼灼其华"，最早的桃花在《诗经》里灿烂着，经久不谢。凌寒傲霜的菊花已不再是花，简洁得只有精神。桃花却是大俗大雅着的，它既以艳红的色彩妩媚的体态给人以视觉上的享受，又以优雅的诗意淡远的意境给人以精神上的愉悦。它娇嫩而又顽强，亲切而又飘忽。远远望去，万枝丹彩，洇染了一方天空，加之山岚的渲染，那情那景，依稀是桃源仙境，似近实远，忽隐忽现，似游龙腾雾，飘忽闪烁。走到近前，桃花玉面含羞，如空谷佳人，红中透紫的丽容在绿罗裙的烘托之下，显出一种骨子里的柔媚与风骚。转过一棵桃树。转过一棵桃树。你走进了一个传说。恍恍迷离中，你忘了来路忘了来生。走不出憧憧花影，你是一个心甘情愿的迷失者。

桃花的深处是村庄、流水和源远流长的春天。从桃花的花蕊到桃源，也许只有一步之遥。花开灼灼，我们的梦想也苗苗；花开从容，我们的步履也轻松。营养桃花的，是淳朴温厚的民间；浇灌桃花的，是永不凋零的希望。

人面桃花

去年今日此门中，人面桃花相映红。人面不知何处去，桃花依旧笑春风。

——唐 崔护《题都城南庄》

从没有一种景致让我如此目注神驰，从没有一种美丽让我如此意醉情迷。

在我很小的时候，就读过这样的诗句："出其东门，有女如云。虽则如云，匪我思存。缟衣綦巾，聊乐我员。"那时我固执地认为，朴素的美是一种高贵。看到第一朵桃花在《诗经》中"灼灼其华"，我就畅想着娶一位民间女子，轻盈的花轿从桃柯掩映的小径上悠悠飘过。她的脸庞桃花般红润，她的笑容桃花般灿烂。

一切都是由于那场考试，落魄和失意使很大很大的世界小成一条愁肠般的小路，曲曲折折地通向了都城南庄。生活是如此的宽容和公正，在我目光患渴心灵患渴时，遇见了你。不曾经受风霜打磨的眼睛是不会读出你风情万种的美丽的。许多年过去了，当我坐在节度使的惬意里，远远地在岭南回忆这段往事，我依然感谢那次落第，感谢困厄对我的帮助。

有人说，绝色女子是上苍鬼斧神工的大艺术。当你独倚小桃斜柯伫立，你该是一棵凝露的蔓草，清仰婉兮，适我愿兮！我饮着这杯暖茶，饮着你绯红的羞涩，两朵粉红什么时候绽放在你的脸颊？春风欲语，桃树还休。满树如娇灼春融，一株新桃照芳青。你在桃花中找到了青春的颜色，桃花从你的笑靥里找到了生命的形状。这是一种和谐的美，仿佛水里的月影。在我的家乡博陵，玲珑的拱桥倒映在河水中，绘成了一个完美的整圆。我知道，我的一生将被一种美丽包围。那是一种融合了人类和自然的美丽。当以后的诗美学一本正经地讲"人面桃花"是一种映衬之美互补之美，当美丽被抽象成一个理性的概念，他们的眼前怎会闪现这夺目的光环。惟独我，独享千年这瞬间的美丽。

我细数着自己的心跳，来到这里。还是去春的桃花还是清明的笑容。站在风中的我不是一张旧船票。一年来，我坐在一种美丽的清新里，读书写诗品茗忆清明日。我把你的美目读成了黑夜的灯盏，我把艳若人面的桃花想象成了灿烂的明天。而人面杳然美丽不再。没有了你，这桃花又为谁开？我不禁想起儿时六角形的雪花绽放在手中的短暂，短暂得像鱼儿跃出浮金的水面。在掌心晶莹着的，那是我感恩的泪水。毕竟这难得的际遇，一次足以丰富一生。

来到这里，我的眼睛省略了门当户对的爱情，我无暇去探究那一片飘絮的深层含义。作为一个男人，他可以在仕途上经风沐雨，却不可以没有这样一种爱情，一种朴素而简单的爱情，朴素到一蔬一饭味永难言，简单到一个眼神包蓄万千。我不知道世上还有哪位书生像我一样，以桃花润泽生命，与桃花一生相拥。

去年今日此门中，
人面桃花相映红。
人面不知何处去，
桃花依旧笑春风。

上苍泽惠，人面桃花映红一生。崔护有幸，天涯海角永沐春风。

虞美人

垓下已捐身，花枝血溅新。芳魂化幽草，羞作汉宫春。

——《虞美人花》

一种花草，名之以美人的名字，花色五彩缤纷，有着千娇百媚的神韵，根系深长，离开故土便会枯萎死亡。如此美丽而孤傲，恐怕只有虞美人了吧。

"单瓣丛心，五色俱备，姿态葱秀，尝因风而舞，俨如蝶翅扇动"。品着《花镜》里的描绘，恍惚间觉得花不再是花，而是一个娇艳多姿、翩然而舞的女子。影弱还如舞，花娇欲有言。它要诉说什么？"汉兵已略地，四方楚歌声。大王意气尽，贱妾何聊生"。这是一个柔弱女子在男人时代最刚烈的表达，她高亢的声音让许多长枪一时间找不到词汇。她，是虞姬。

虞美人，草本植物，茎枝纤细。虞姬，缟衣綦巾，窈窕淑女。虞美人，耐寒，喜向阳，宜植沙质土壤。虞姬，硝烟改变不了青春的颜色，只要伴着项王，唯愿山高路长。

项羽也许不是秦朝末年最优秀的男人，但肯定是一个值得虞姬为他慨然赴死的男人。

那是一个深夜，深得只有曼舞的水袖。娇小的身躯挡不住四面的楚歌，一柄长剑只能在莹白如玉的脖颈上做一次凄美的旅行。"项王啊项王，在你迎风屹立胸襟开张的时候，我只是你征衣上的一颗纽扣。而今，你要跃马疆场突围杀敌，我怎会延缓你的马蹄？"

虞美人的根很深，虞姬的爱扎得更深。芳魂化幽草，羞作汉宫春。在江上草和汉宫春之间，虞姬毅然决然地选择了前者选择了死亡。相传第二年春天，虞姬的墓地"嗟虞墩"上开满了一种小花，五颜六色的，人们都叫它——虞美人。

虞美人很美丽，它的美丽在于它的傲骨在于它所坚持的土地。虞美人很鲜艳，因为那是碧血凝就，是一种死后重生的绝色。不知人世间所有美丽的东西，是不是都来自彻骨的痛？是不是都接受了血的洗礼？是不是都经历了一番生命的涅槃？

有一则鬼故事：一万年才修得人形，再有一万年才修得七情六欲，才可以站在所爱的人面前，流下第一滴眼泪。

有一个女子，站在所爱的人面前，用第一滴鲜血，溅他出鞘的宝剑，用所有的热血，化而为花，厮守着他们生活的土地，生生世世。人已没，爱还在，弥而不去，终成香魂，在天为蝶，在地为花。

历史的杀伐声早已远去，汉家的霸业早已随江水流逝。只有虞美人，还是青春的模样，年年春天，开遍大江南北。习习春风里，那是一群翔舞的蝴蝶。百岁光阴一梦蝶。

啊，虞美人。

倾听雪语

六花未应腊，望雪一开颜。

——宋 韩琦《咏雪诗》

雪和雨都是水的精灵，却有着不一样的性情。雨，每走一步都要不同凡响。芭蕉叶上的雨声，鲜亮着千古的惆怅；油纸伞上的脚步，踩痛了百年的愁怨。

雨声，听不得也。那晚，雨寻来一个废弃的易拉罐，朗声吟哦，让人听了有一种清凉的伤感。还是听雪吧。那是一群翩然起舞的蝴蝶，洁白的翅膀，纷然的下降，落在瓦片栖在草色，轻软软，细沙沙。在薄暮时分竖起所有的听觉，倾听这来自天国的钟声，让人自觉不自觉宽阔了许多飘逸了许多。

一个静静的雪夜，我读懂了这样的诗句："村民们悄悄地回答，／火车悄悄地驶过。／那教堂圆圆的顶上，／长满青草，鲜艳夺目。"

俄罗斯诗人尼古拉·鲁勃佐夫（1936年—1971年）对生活的感觉，像雪花浅浅的絮语，打动着我的耳朵。是的，在世俗的斑驳与喧嚣中，谁能从一朵雪花的焚烧中提取细细的温暖。我静静地坐着，看这场大雪如何从内心铺开，悄声细语地抵达我的品格。也许我应该坐上一夜坐上一生，让这种洁白的声音完全赶走我心中的嘈杂。白色的敲门声，很轻。

走在雪地里，脚下发出干草一样的声响。雪落在树枝上，雪落在脚印上，雪落在雪上，大地白茫茫一片真干净。眼角有温热的液体，那不是我的眼泪。雨天里行走，一身泥泞，怎么也诗意不起来。列夫·托尔斯泰临终前离家出走是在一个下着大雪的夜晚。夏花的绚烂最终归结为秋叶的静美，在俄罗斯乡间的雪地里，托翁变成了雪，除了雪，再也没有别的什么，整个世界都是一座洁白的宫殿。是雪重新创造了天地，是雪把托翁的绝望改写成生命的飘逸。

俄罗斯给人的印象总是白雪茫茫。蓝白红三色旗中，白雪的光芒沐浴万物。雪永远是白的，久远的雪至今不化，永远也不会化，最深最厚的雪沉积在诗歌里。符拉基米尔·索科洛夫（1928年—）是"悄声细语"派诗歌领袖，他讨厌诗歌像雨点搞出形形色色的声响。"诗从来不是无声的，也不是'高声'的。诗只要是真实的和真挚直率的，即便是在细语，人们是仍然可以听到的。"多么自信的表达，闪烁着雪的清辉，隐隐透出雪的风骨。大雪扇动万籁，凌空飞扬，眼前满是洁白洁白的诗句："我希望在若隐若现的雪网中，/有一盏路灯在摇晃，/不要过早地熄灭它的光芒……/我希望人们的双手，/不再在昏暗中，在轰炸时/冰得冰凉……"一片，一片又一片，恍惚间，一个世纪的身影走过。纷扬大雪里，时间变得飘忽而缓慢，空间再也没有界限，在漫长无边的岁月里，谁都可以感受着精细的生命。

最细微的声音最有韧性，最能穿透厚重时空。"静"派诗人索科洛夫们以一种喃喃絮语灵敏着我们的听觉。我承认，这是这些年来最打动我的声音。"大声疾呼"只是瞬间的轰鸣，如丝如缕的诉说让人细腻让人深刻，让人的灵魂轻得不能再轻，变成一朵雪花，淡雅而空灵。

鲍尔吉·原野在他的散文《春雪化时》这样描绘草的歌声："草是草的歌声所唤醒的。那是清脆的，碎片式的，嘻嘻哈哈的歌声。像小孩站在岸上往水里掷冰。"世上有许许多多这样的声音，蛰伏在喧嚣之外心灵之中。静静地听，我的心呀，听那世界的低语，这是它对你求爱的表示呀。后面这话的原主人是泰戈尔。

只是，在我们这个渐热的星球上，漫天的大雪，如同太白先生的一袭白袍一样罕见起来。我蜗居的这座城市，有时下雪只是表示个意思，比时髦女郎涂在脸上的脂粉还薄。但是，只要有一朵雪花，只要有一朵，它就会从六个方向感应着你心的律动。

倾听雪语吧。浅浅雪声，宛如脉脉细流鲜活着我们的血管。世上所有的嘈杂和喧响，将纷纷失去声音而寂然黯然。

白雪，一个很耐咀嚼的意象，一座挖掘不尽的矿藏。

牵牛花开

卉中深碧斯为最，绣蝶红蜻宿近枝。巧补疏篱阴漠漠，善缘高竹实累累。

——宋 舒岳祥《牵牛花》

牵牛花开了，似欢快的微笑。这是一支歌唱的队伍，踩着节拍，吹着喇叭，一路摇摇摆摆向我走来。

最前面的一朵，圆似流泉，色如碧纱，仰面朝天，宛若空谷佳人吟咏风华。后面有一朵半遮半掩，脸颊飞霞，似有宋时的琵琶声入耳。这是我第一次在田间地头看一群奋然前行的生命。

听说，牵牛花初初绽放时，通体的洁白，牛乳里洗过的色泽，浓绿掩不住的清纯与明净。那时，我应该还在做梦，醒来后拉开窗帘，便把自己交给了喧嚣的窗外。现在才觉得，凝神谛听牵牛花轻快的脚步声，是一件多么美丽的事情。

原来生命是如此的多彩多姿，如一朵小小的牵牛花：素、碧、蓝、茜。然而，一朵牵牛花的花期极短，开在露珠里，枯在阳光下。短暂的花期，缤纷的色彩，丰富的生命，让人想起遥远的俄罗斯土地上的一棵嫩绿的小草——叶赛宁。

在田野上，叶赛宁自由地放牧着他的歌声，欣然接受着水草的邀请。诗，是有气味的，叶赛宁的诗歌，散发着一种质朴的泥土的馨香。高尔基说，叶赛宁是自然界特意为了诗歌而创造出来的一个器官。经历过十月革命的叶赛宁，三十岁时便把土地当成了永远的眠床。

我喜欢叶赛宁。这朵既然开放就要歌唱的小小牵牛花，这朵短暂而灿烂的小小的牵牛花。

开在秋风里的牵牛花，有一种恬然的自信，它饱满而灿烂地笑着。百尺柔条，千叶秀萼，这朵谢了，明晨还会有新的笑容绽开。插在花瓶里摆在餐桌上，有一些花永不凋谢，它们在美化真实的同时歪曲了生命，它们完美得太残缺，没有蜂闹蝶戏，没有暗香浮动。

地上一种牵牛花，天上一颗牵牛星，这是一种无意的巧合还是冥冥中的注定。总之，牵牛花灿烂着一个美丽的传说。天孙滴下相思泪，长向秋深结此花。据说，贫苦孤儿牛郎与天帝的孙女织女两情相悦，却被滚滚银河无情阻隔。一年漫长的等待，只为一夕的相会。农历七月七日，鹊桥，鹊桥下面葡萄架，葡萄架下碧玉串串。因为只有一天，所以中国只有一个乞巧节。在这一天，所有的事情都要带一个"巧"字，这样一年中就都会碰上巧事。

有一种花，在寂寞的长夜静静等待，等待绿叶上响动起清凉的露珠，它开放就要歌唱。它绝色而内涵丰富，但是它晨开——午谢，一生的努力，也只能获得短暂的灿烂。短短几小时的花期，却创造了生命的奇迹。

　　既然无法延长生命的长度，就只有拓展生命的宽度。

　　啊，今生今世，我愿做一朵小小的牵牛花。

中国书法

甲骨文

我和甲骨文的邂逅是在遥远的中学校园，记忆并没有随着历史教科书的泛黄而褪色。

那时，乡下的民办教师什么都教。我们的语文教师兼历史课，他还教过几天英语。我们在土炕上一觉醒来，似乎都精通了一门外语，譬如"枕头"的发音是"外布里是糠"，说得越快越富有英伦风情。他讲"甲骨文"时眉飞色舞，我们没理由不记住。别班的同学问他的名字，"叫什么文来？"灵感的火花粲然："甲骨文！"

后来，我和他对桌办公。偶然的一天，我读出了他脸上镌刻的甲骨文。那是田野里忙碌的风雕镂的、讲台上漫卷的雪润色的象形文字。几笔皱纹呼应顾盼，形断意连，眉间的"川"字如苍劲古藤。他的坐姿高古端庄，俨然庙堂之器。隔着千里风烟和厚厚的近视镜片，1899 年安阳泥土的醇香扑面而至。

好的徽宣能保存几百年，龟甲、兽骨却如镜磨面，越磨越亮。殷商的宫殿早已朽成烂泥一把，甲骨文却从土里站起来，愈发劲健挺秀，鲜活着三千年前的古国文化。中国的书法中，甲骨文最接近生活本真，也最能表达生活的意蕴。众多书家中，蔡邕的追求别具一格："凡欲结构字体，皆须像其一物，若鸟之形，若虫食禾，若山若树，纵横有托，运用合度，方可谓书。"漂泊汉末的他不识甲骨文，却因缘巧合的苛求着甲骨文的至高境界。在课堂上，学生辨析不清一些汉字了，我说："请同学们看黑板，这是它们最初的模样。"

三千年后，中国才发掘出了汉字的源头；我用二十年的时间读懂了中国的民办教师。甲骨文开创了书法艺术的先河；在师资青黄不接之时，民办教师传承了中国文化。

小　篆

小篆雍容大度，锋芒内敛，圆润温厚，有王侯之平静，将相之从容。

哥哥们从军去六国，阵前鏖战不相识，战国的硝烟无情地修改了他们的容颜。是西周的方鼎铸就了他的温厚？是咸阳的廊柱奠定了他的稳健？小篆神定气闲，吐纳万千，六王毕，四海一，他轻松地为大秦注册成功。删繁就简，更显精神饱满，透出一种雄浑的气魄和自信的理念。

小篆是强秦气象，造型圆浑齐整，有始皇君临天下的气度，有李斯藏锋蓄势的圆活。逆起回收，仕途奔波里宠辱不惊聚其心神；内敛包裹，动荡官场上苦炼内功以养其气。中国书法里，只有小篆是一种闭合的蚌，表面优雅排列着向心的环状纹，剖开内心，才是那晶莹如泪的珍珠。小篆的平静，包含了千般波澜万种起伏。

小篆光照雕梁画栋，也驻足寻常巷陌。你看，苏东坡歌着"问汝平生功业，黄州惠州儋州"，骑一头瘦驴，行吟在蛮烟荒雨之中。小篆的从容，是苏东坡的从容，是"也无风雨也无晴"的超脱与从容。流落民间的小篆，举手投足间是掩不住的浑圆与劲健，这是一种天生的安富与尊荣。工而不板，凝而不滞，后人效法小篆时往往"东施效颦"，得其表面，不得神韵。

我曾与泰山刻石对视了很久很久，恍惚间不知栖身何处，是秦是今？只觉一种饱满一种劲健一种沉着深入我的骨骼。

隶　书

如果说隶书是中国书法改革开放的总设计师，那么，后来的草楷行就是他举起的右臂下一个个鲜活起来的音符。浑圆的花苞绽开了自信的笑脸，张扬着恣肆奇崛的个性魅力。

元代篆刻家吾丘衍在他的《三十五举》中对隶书的评语尤为精绝："隶书须是方劲古拙，斩钉截铁，挑拔平硬，如折刀头，方是汉隶。"每每玩味至此，总觉得隶书鲜明的棱角，透射出一种义无反顾、勇往直前的胆识与魄力。

相传，隶书和一个叫程邈的秦国小吏血脉相连。程邈得罪始皇，系云阳狱中，覃思十年，损益大小篆方圆笔法，成隶书三千。铁窗和镣铐锁不住程邈涌动的思想，每一个小隶都跃动着人的灵性。冲破藩篱的隶书以其轻快的步伐走遍了两汉的大江南北，他服务大众，把自己定位于普通的一员。面对隶书的平凡，我们内心往往涌起这样的感受："字特雄伟，如冠裳佩玉，令人起敬。"（清《今隶偶存》）

隶书严整的结构，给人以四平八稳的感觉；周到的点画，使他的触角深入生活的方方面面。无论从哪一个角度来看，隶书总是那么骨气洞达，爽爽有神。

隶书永恒。改革者永恒。开拓创新的精神永恒。

正　楷

正楷是书法舞台上的俊美书生，一袭平整的长衫裹不住的高洁与端重，永远的眉清目秀，永远的儒雅方正。

正楷为人处世中规中矩，他的一生极有章法可循。少年是蜜蜂，吮过《四书》又觅《五经》；青年是劳燕，飞过柳梢飞过省城又奔皇都大殿；中年是绿荷，泥淖清涟里坚守自己的颜色。"横平竖直，端端正正，做人也像他"，正楷的精神，从魏晋流行至今。

端正草书的无规则，减省汉隶的波磔，正楷是中国书法艺术走向极致的一个关键。他既受文人雅士钟爱玩味，也为平民百姓欣赏使用。中国有句老话：五百年出一个圣人。我始终觉得正楷算是一位。他贯通古今，推动着中国文化的前进，成为传统艺术服务当今大众的楷模。正楷，正应了时下教育界"身正是范"这句话。"万世师表"，这话拿来定义正楷，我想是现成的。

　　人所追求的，其实就是正楷的最高境界。我有不少书法朋友，各有名头，都是走横平竖直的路子，畅饮着唐诗宋词补血养气，他们现在的书艺，书体端严匀整，书势挺秀伟劲，达成古代小说塑造人物"略貌取神"的境地。横平竖直，是人立身之本；雄迈清劲，是人兴业之象。

　　在校园公式化的生活里，我潜心临摹过柳公权的《神策军碑》，那时的我，正处在安排人生间架结构的学生时代。

仰望或者倾听

陆游：公元一一五五年的沈园

浣花溪畔的草堂，那是一代诗圣杜工部锦绣诗章的续篇；河南孟县的唐柏，那是旷世文宗韩昌黎穿越历史的双眼。而一提起沈园，我们的心总是被狠狠一揪，因为沈园不再有，不再有的沈园是我们心中不倒的建筑。

也许亲历过那场悲情，沈园才在花季年龄骤然老成了断壁残垣；也许不愿见证伤痕和悲恸，沈园才打点泪水，永远走出了仰望者的视线。

公元一一五五年春日。树若屏围，楼似乳燕；小桥像柳眉，大道如青天。在一脸灿烂的绍兴人中，我们一眼就能找到他，他是殊于众生的一个，他是陆游。前秋省试登顶去春殿试落马的陆游，怎么看那大户石狮，都是秦桧阴险的脸。

寺忆曾游处，园怜再顾时。城南禹迹寺的香火描绘不出青云的飞翔，旧日足迹已是沈园芳草凄迷，宫墙挡不住记忆，每一脚都踩痛往事。这是真实的陆游。英雄应该既像黄钟那样敲响"三万里河东入海，五千仞岳上摩天"的雄壮，又如二胡那般拉出"伤心桥下春波绿，曾是惊鸿照影来"的悲怆。在沈园，我们清楚看到了陆游纤丽柔婉的一角。从这个意义上讲，是沈园成就了陆游，一种沈园式的悲愤与苍凉从此熏染了陆游诗章。所以，那个让人看一眼就断肠的爱情故事，沈园只首映一次，便从此绝版。

对面座位空着，坐着陆游一生的思念。唐琬就在沈园，却分明在天涯。能见到的只有这酒杯，能听陆游心声的只有这酒菜了。"当生活的平静被东风吹乱，我竟不能保存她纤弱而美丽的生命，我愧对'亘古男儿一

路上的风景

放翁'的身后评。万卷诗书误我。也许出身寻常百姓家，倒能拥有'我与君相知长命无绝衰'的爱情。"

听到落红的一瓣瓣叹息，陆游明白了一个道理：在自以为是、专制蛮横的社会面前，个人的命运只能是这桃花。陆游很痛苦，他的痛苦就在于他的深刻细腻聪明睿智。清楚悲剧的根源却无力改写，这是一种令人窒息的痛苦。于是，沈园有幸，因《钗头凤》一词成名；园壁站起，举起了不平的大旗。就百年论，谁愿有此事？就千秋论，不可无此词！

一一五五年春天。在绍兴人凡眼看不到的地方，一朵花寂寞的枯萎，那是唐琬；一只鸟哀鸣着飞远，那是务观。据说沈园一面不久，唐氏愁怨而死。沈园之于唐琬，犹如清池之于刘兰芝，汨罗之于屈原。走出沈园，我们看到了一位英雄。他难道不是一位英雄吗？在文学的王国里，驱诗为利剑，驭词为长缨，领散文为千军，呼风唤雨，作品一万，千载谁堪伯仲间。他是真的英雄。一一五八年任福州宁德主簿始，位卑志远，从此以"肝心"铸剑，抗奸佞击金兵，铁马秋风大散关。左手执笔右手持剑，梦里作诗白天抗战。千古英雄，谁与争锋？

沈园走了，沈园的遗书只是一首词。这就是沈园。存活一世，只有一一五五年那一份记忆足矣。今天，以孤篇《枫桥夜泊》闻名世界的寒山寺，钟声不绝于耳，掏腰包敲钟者摩肩接踵，全然没有了夜半警世之神韵。沈园，不愿浅薄者来此指手画脚评头论足，不愿把一代英雄的悲愤廉价地出售。沈园是陆游生前的红颜知己。沈园化蝶而去了，我们心中却搭建起无数的沈园。

跌跌撞撞，摇摇摆摆，走到今天的古代建筑多多，而位列沈园之上者几何？一座几百年前就消失的小园，让许多摩天大厦汗颜。这，不能不说是一个奇迹，是沈园的奇迹，是陆游的奇迹，是宋词的奇迹。

沈园永恒。陆游永恒。真爱永恒。

介子推：大火里的灵魂

传说，天方国有一种神鸟，集香木自焚，而后在死灰中重生，毛羽鲜鲜，大音即即，从此永远不死。

"凤，火之精也，生丹穴"，轻轻掸去《春秋纬·演孔图》上面的烟尘，我们可以看见一道冲天而上的火光，一个傲视宇宙的灵魂。

也许，他觉得，只有深山老林才能栖息他的翅膀，只有大木长风才能放牧他的目光。困顿和疼痛只是选择的过程，一旦迈出双脚，步履却是一种坚定的从容。像一泓溪水流向辽阔的海洋，很快地，他的背影融入了绵山的深邃之中。背上的老母，尽管已经发苍苍视茫茫齿牙动摇，但一把坚硬的骨头，却为他遮住了尘世的喧嚣，包括乌鸦的聒噪鹦鹉的鼓簧，可能还有几声飘忽如羽毛的叹息。这时，即使万人齐喊，他也不会听见，他的听觉只有母爱的温热。远去了，一个背影，我们只能从捡起的一枚枚落叶上，去追寻过去的阳光。

追随公子重耳逃出晋国，这是他淬炼灵魂的开始。我们不必去细辨每一枚落叶上的每一条脉络，但我们知道，叶子曾经青翠的岁月金黄了，因为它飞成了一只鸟。十九年流亡的时光太漫长，无论风雨无论阳光，我们更愿意看做是一种文火，不紧不慢、如影随形地烘烤着他的思想：扶公子于至尊，泽恩惠于万民。所以，当公子眼花头昏、几天几夜滴食未进之时，他的第一反应是水可竭，山可无陵，公子的肠胃不能虚空。然而，前方空荡荡的，后面，在他们走过之后更加荒凉。割股献食，这是一个后人无法模仿的举动。他恣情而为，因为他的胸中燃起了大火。飘溢出醇香的，绝不仅仅是一块带有自己体温的烤肉。几截短短的木柴，捧出的是赤子丹心，也悄悄勾勒出绵山大火的雏形。那是怎样一片血淋淋的火光啊！

在上风头三面放火，只留一个出口，守株待兔般等他背着老母钻进精致的世俗的鸟笼，然后挂在深宫大殿浓重的阴影下。这，确实是个好主意。习惯了万人簇拥的晋文公重耳，显然忽略了重要的一点。他可以洞悉天下大势，却难窥一个清洁的灵魂：既然绵山是他的地平线，他的生命只能向上，不断向上。放火烧山，这个做法真的堪称经典，以至于许多年以后，面对这样一场大火，我们不知道是应该疼痛还是激动。

大火熊熊，吞噬了许多浅浅的脚印。但有一些印记却烧制成了陶罐，盛满一段鲜活的记忆。那一天，他抬起头看了看晋国的天空，阳光大好。他突然感觉到，所谓的忠臣，不过是国君手中的一把遮雨伞。他的伞面已经满是皱折，或许背脊佝偻的母亲，正需要伞柄做一根拐杖。白云无尽时，那时，他的心中一定荡漾着诗人的情思。就那么不经意间，推掉了常人看来千载难逢的机缘。尽忠而后孝，他甚至无暇顾及自己是否验证了一个古老的公式。老树龙钟，新绿细嫩，他只想在母爱的注视里，自由地觅食，畅快地呼吸。

那场火太大了，挡住了所有仰望者的视线。他与母亲之间的对话，只有火光听见。或许母子心志相通，交谈根本不需要语言。那一天，母亲搭在他肩上的手掌一定瘦小而阔大，孱弱而有力。有一片生命专门为一个生命而燃烧，真真值得歌颂。

如此火爆的场面，如此炽热的邀请，换了别人，自己先一把火，烧了用作舞台布景的竹舍，然后一溜烟似的跑到国都，像仙人那样活着，像凡人那样思考了。他，殊于众生，高洁孤傲，"非梧桐不止，非练实不食，非醴泉不饮"（《庄子·秋水》）。眼前的这场大火，于他的生命是一种保存，于他的思想是一个提升。大火，没有烧出来一个世俗的官吏，却锻造了一个照耀千古的灵魂。

一场大火簇拥着的一只大凤，这是一种无法企及的高度。

也许那年的大火过于猛烈，它大大透支了这以后所有这一天的烟火。于是，以后每年的这一天，家家户户都要吃寒食，而空中洁净了无烟尘。即使朝代更迭岁月嬗变，这一习俗也历千年不改，始终如一，如从远古走来的陶器。

也许后人感受到了他胸中燃烧的大火，试图以个人的方式，以一己的情感，稀释他充沛的热能。这一天，人们咀嚼着现成的食物，拌合着内心的火热，去品味"雨中禁火空斋冷"的寒士情怀。

时令既然是阳春，桃红柳绿，这一天，自然少不了踏青游春的脚步。杂在其中，我还是有点郁郁寡欢。他，已经走得很远很远了，唤不回的，难道是我的心在把他追赶？

传说，那场大火将绵山烧得寸草不留满山灰烬，却独有他的一片衣襟完好无损，字字彰显他"致君尧舜上，再使风俗淳"的社会理想。

于是，心中释然：眼前的和平盛世，不正是他千年所盼？扔掉厚厚的棉衣，我立感身轻如燕。

济慈：夜莺歌声最动听

有一种歌声，天生的清澈透明，它娇柔欢快轻松，一点一滴地愉悦着我们的生命，一丝一缕地浸润着我们的心灵。犹如约翰·济慈（1795 年——1821 年），他的诗歌热情达观，超越了苦难和不幸。倾听着他的吟咏，尘世的嘈杂被过滤，只有灵魂在升腾。

发现使人喜悦。真正的喜悦产生于震撼和感动之中。那一年是 1819 年，五月的一天清晨。当时，济慈是查里斯·布朗（诗人的朋友）屋檐下的一滴檐雨。济慈爱上了范妮·布劳恩，在他胸口隐隐作痛的是肺病，更是爱情。不停的咳嗽，很难把一段爱情读成行云流水。这时，一束新鲜的阳光照亮了他的呼吸。是夜莺，是夜莺在树叶间歌唱清风。没有了疲劳、热病和焦躁，济慈只有竖起来的耳朵。宿命充满玄机，像一粒游走的沙石遇上另一粒，攥紧夜莺的歌声，济慈没有松手。世上那么多声音，只有夜莺，轻轻取代了他的咳嗽。

艾米莉·狄金森在她的日记里这样写着：我曾经羞怯地敲过爱的大门，但只有诗开门让我进去。这是残酷的现实生活与幻想的艺术世界的迥然不同。现实生活里的济慈，一生与孤独、贫病同行：九岁丧父，十四岁失母，抚育他弟妹四人的外公外婆相继去世，自己身染肺病。然而，打开济慈诗歌的大门，我们没有看到浓重的阴影，更没有听到长长的叹息。许是隔着迢遥时空的缘故，我们穷尽千里目，也没有寻到夜莺的片羽，只有莺声消魂，间关切切。

"呵，我已经和你同住！/夜这般温柔，月后正登上宝座，/周围是侍卫她的一群星星。"（济慈《夜莺颂》）

跟随着济慈，我们走进一间温室：一种柔和湿润的温暖遇到了我们；

我们的眼睛为颜色鲜明的花与多汁的果实所吸引……这是丹麦评论家勃兰克斯的感受。站在济慈创造的艺术世界里，我们仿佛置身在全景的带有香味的立体电影之中。现实的阵阵咳嗽宛若晴空霹雳，揪人心口；艺术里的圆转莺啼犹如碧天白云，清人心骨。沉重的苦难玉成了欢快的诗篇，济慈吃进去的是草，挤出来的是牛奶，是血。

这就是济慈。在贫病交加的日子里，依然热爱着生活，坚守着自己活泼泼脆生生亮晶晶的心灵。因为他深深知道，恰恰莺啼永远比阵阵咳嗽更为动听。想起顾城的《一代人》：

"黑夜给了我黑色的眼睛/我却用它寻找光明"

济慈的"黑夜"不是十年，而是整整一生，尽管他终年只有 25 岁。25 岁确实短暂，但短暂的一生中，能有三个小时的谛听与歌唱，岂不是一种永恒？

"让我守着你，/在枝叶荫蔽下，看跳纵的鹿麋/把指顶花盅里的蜜蜂惊吓。"

济慈所说的"你"，不是诗人的恋人，而是孤独。连与孤独为伴，都这么美丽动人而又充满欢乐，生活中还有什么事情让人沉重呢？济慈，诗歌丛林里的一只夜莺，轻翅的仙灵，躲进山毛榉的葱绿和荫影，放开了喉咙。

去吧！去吧！展开诗歌的无形羽翼，让我们朝夜莺飞去。

薛涛：诗歌，永远的家园

在朦朦胧胧的年龄，我就喜欢上了薛涛。理由非常简单，就因为她的深红色的松花小笺。

那时我想，薛涛一定是个极聪慧极风雅极多情的女孩，一定给她的情人写过好多好多的诗。信笺红红地诉说着幽怨，那是一种让人看了顷刻熔化的感觉啊。我傻傻地想，当一回她的情人真好，让我在红笺暖暖的沐浴里英俊地死去。

在校园寂寞的黄昏，读薛涛的诗歌："去春零落暮春时，泪湿红笺怨别离。常恐便同巫峡散，因何重有武陵期？"摇曳多姿的语言，春天的花一样芬芳，秋天的树叶一般灿烂。这就是诗歌？猛然间我跌入了桃源仙境。柏拉图说："当爱神拍你肩膀时，就连平日不知诗歌为何物的人，也会在突然之间变成一个诗人。"漫步在薛涛窄窄的二十八字间，我觉得千年也不过是这短短的瞬间，瞬间的聚散悲欢。

这位万里桥边女校书，诗写得很好，人长得也漂亮。读了诗人王建写给她的诗，"扫眉才子知多少，管领春风总不如"，不难想象，她的才貌是如何为当时所倾倒。假如我生活在大唐，假如我是唐代的一个翩翩少年郎，我的诗歌，会不会滋养她的秋波？

生活中的很多情形，是不能想象的。有一位作家做过一份调查，说现代社会只有 4.2% 的女人寄情于诗。深红的松花小笺，连同水晶般透明、玫瑰般芬芳的情感，已经在世俗的漂洗中无可奈何地褪色。这些年，自己辗转了几个地方，无论如何，积下了一点点浅薄的阅历。少年时读薛涛的诗，似清空一气，觉得她不事藻绘，短语长事。而今，吟咏久之，便觉短幅中有无限蕴藉，藏无数曲折。正如浣花的溪水，澄碧而不浮浅，轻轻流淌间，拒绝了喧嚣与烦乱。

竹叶随风吟，燕子来筑巢。浣花溪畔，是一个诗的家园。距杜甫草堂不远的成都近郊，至今还耸立着一座薛涛"吟诗楼"，点缀着锦江玉垒的秀美风光。微雨夜来过，不知春草生。晚年的薛涛曾在这里品味着生活的安闲与宁静，早年的风花雪月不过是窗外的一丝落红。薛涛人长得好，歌唱得也不错。若是现在的女子，早把笔换成了口红，还写什么酸诗，早唱红所有的荧屏，成了天后或者三栖明星，年龄再大也要在镜头下演演二十岁妙龄。薛涛的可贵之处，就在于经历越坎坷心灵越宁静，世间越嘈杂诗歌越优雅。浣花的溪水，在潺潺流淌中越来越透明；吟诗的小楼，在栉风沐雨中越来越高耸。多么清新明净。多么质朴从容。想一想都让人心旌摇荡。

那应该是一个静静的月夜，绕过翠柳，便是小楼。鸟声清冷，露珠澄明。拂开满地的枇杷与薄薄的月色，我赶赴着一个千年的约会。站在吟诗楼前，聆听着自己的心跳，我感觉着时光的停驻，不让我回到尘世，也不让我老去。这时，薛涛发现了我，浣花溪流下了两行泪水，我和她却是一脸的平静。把姓名和身世都留在红尘，从此青灯黄卷，从此粗茶淡饭。不语还应彼此知。我们当然要侍弄文字操练诗歌。因为诗歌，是我们最初和最终的家园。

也许，她会悄悄地问我：为什么喜欢她？我无言。喜欢就是喜欢，不需要更多的解释，就好像诗是诗的意思。

朱淑贞：诗歌，心灵的选择

如果这世上果真有什么缘分的话，我想，那就是我和宋朝诗人朱淑贞了。

如果说人生是一条长长的隧道，那诗歌就是隧道深处闪烁的灯火。

那是一个秋日的下午，阳光薄薄的，初恋把我一个人扔在乡村校园的空旷里，走到千呼万唤也追不上的地方。当时我并不孤独，有忧伤伴着我，我硬是让泪水倒流回去，不让它冲淡我浓浓的思念。我清楚记得那是怎样的一个瞬间：踽踽独行在西湖边的朱淑贞一脸的愁怨，她轻轻的足音在我心中溅起了万千波澜。"此情谁见，泪洗残妆无一半"。那时，我真的相信了一见钟情。在一滴冷冷的水珠里，我和朱淑贞初初相遇。

爱情是一种死亡般的大痛与大美。纪伯伦说："它虽栽培你，它也刈剪你。"爱情是天堂也是地狱，使人销魂，也令人断肠。朱淑贞在热恋之时，放纵恣情，"娇痴不怕人猜，和衣睡倒入怀"，娇媚痴绝。只是如此活泼轻灵的诗句，在朱诗中寥若晨星，她一生明媚的春光，短暂得像我失去的爱情。"东君不与花为主，何似休生连理枝"，朱淑贞直面人生的惨痛，用诗歌表现着身世的忧怨，却获得了艺术和情感的永恒。在那年提前到来的冬天里，围着炉火，我和她的诗歌相拥而坐，窗外大雪飞舞，我不知道，那雪花是落在了宋时的钱塘还是我的窗前。

只要时间允许，伤口处总会开出一朵凄美的小花，但是不停地去揭它，只能深刻痛苦的记忆。朱淑贞投水而死时，那伤疤还是活的，它也是一种生命。喜欢朱淑贞，是因为她生活在真实里而不是在面具中。有个叫玛格丽特·杜拉斯的外国女人很会用文字表演爱情，她的自传体小说《情人》名噪一时，"这种表演性的内因，武断地说，系缘于她爱情经历的苍白与乖蹇"（凸凹《杜拉斯：文本的表演》）。"我手写我心"，我不知道，八百年后朦胧诗人手中挥舞的是不是朱淑贞的一方手帕。

对于朱淑贞，我想说，不幸、痛苦会和我们作不必相约的见面，是一种无法推开的存在。而诗歌，则是一种心灵的选择，它静静地等待，只要一声召唤，便来陪你走过风霜雨雪。

读朱淑贞的诗歌，仿佛看美人鱼在刃尖上赤足舞蹈，是一种惨痛而美丽的感觉。所以，和她做情人实在太累。两行泪水，可以被一双温柔或者粗糙的手擦干，四行泪却要流成海洋了。现在想来，和她做同桌挺不错。设想在一间低矮的教室里，我和她认真完成着困厄布置的课堂作业，应该是一篇体裁不限的命题作文。当然，我和她都会写成诗歌。我偷偷地看她如何开头如何结尾。情窦初开的我，被她的哀婉和细腻所着迷，于是，开始悄悄地递她一些小纸条，说自己如何如何寂寞如何如何伤感。甚至用她的诗句做成精致的书签，"把酒送春春不语，黄昏却下潇潇雨"，对她说，这句我最喜欢，因为她悲伤着我的悲伤。然后，就去拾几枚飘落的红叶，和她凝视大地的泪珠，听她幽幽吟出"红叶成诗梦到秋"的诗句。

既然是同桌，就免不了分别，我和她一别就是几十年几百年。偶然的一天，我轻轻翻阅那段日子的诗歌，我感觉到我目光的柔和，那些直白的诗句尽管骨韵不高，却也有翩翩之致。这些年，我说不清自己是成功了还是失败了，但我庆幸拥有一件弥足珍贵的往事，关于诗歌关于爱情关于朱淑贞。每个人都有自己的思想，我庆幸没有去抄袭她的情感，尽管我曾经非常非常地喜欢。

曾经有过的痛苦和失落，使我终于懂得，拥抱真实的生活，倾听阳光温热的诉说，远远胜过蘸着泪水，写一些忧伤的诗歌。

臧克家：鸟声永恒

1942 年 5 月，"皖南事变"之后，臧克家避难河南万县，一个叫寺庄的小巢收留了他疲惫的翅膀。一天的清晨，诗人被一声声清脆的鸟鸣唤醒。黑夜，是一口很深很深的枯井，他是被鸟声这根缆绳拉到阳光下的。

婴其鸣矣，求其友声。吟咏的诗人在地上，歌唱的春鸟在树上。诗人和春鸟共鸣着，周边都变成活泼自由的一潭。所谓共鸣，就是诗人忍不住也延颈鼓翼，朗声抒情。诗，是有声音的，这会儿的诗歌，有一种圆润流畅的韵味。万鸟齐鸣，那是诗人加入了大自然的合唱。鸟声，一束比一束明亮。诗人的心情不再冬天，呼吸变得顺畅，诗歌也为之激昂。而春鸟的叫声，仿佛音乐的前奏，竟开启了一曲恢弘的乐章："是应该放开嗓子/歌唱自己的季节，/歌声的警钟，/把宇宙/从冬眠的床上叫醒，/寒冷被踏死了/到处是东风的脚踪。"听到这真理的声音，谁的精神不为之一振？

据说小泽征尔第一次听《二泉映月》时，是双膝跪地，虔诚无比。我们在春鸟的啼啭中，一点一点地长大。隔着半个多世纪的风烟，我无法知道，到底是春鸟改变了诗人，还是诗人发现了春鸟？是春鸟的叫声鲜活了诗人的诗歌，还是诗人的诗歌使春鸟成为优秀的民间歌手？其实这些都不重要，真正重要的是蛰虫揭开土被，到阳光下爬行，是人类的活力在奔涌！听着真理一样的鸟鸣，诗人怎会再重复昨晚的噩梦。这充满活力的鸟鸣，必定经历了黑暗与沉闷的磨砺，正如天上的星星，越黑越灿烂。听春鸟啼鸣，其实就是清洗耳朵清洗心灵。

我们在春鸟的歌声里，把全身每一个毛孔都竖成耳朵：真理和自由，便是世间最美妙的音乐。愤怒出诗人。当空气近乎令人窒息时，总会有诗人的声音响起。臧克家以诗歌为武器，"诗人呵……/放开你们的喉咙，/除了高唱战歌，/你们的诗句将哑然无声"。抗日宣传工作屡遭破坏，个人也险遭不测，诗人在困境与郁愤中写下的诗歌，如同早醒的霞光，预言了天空的高远与明朗。诗人以生命为诗歌，从棘针尖上去认识人生，带着倔强的精神沉着而有锋棱地去迎接磨难，"一生献给了诗的王国"（谷牧语）。

诗人的诗篇，是"一部现代中国社会生活的编年诗史"（汪锡铨语）。

臧克家的《春鸟》，是一曲含蓄蕴藉的交响。谁将这段乐章，全神贯注地听过，谁的眼前就会无限春光。诗人的翅膀经过黑夜的打磨而翔舞九天之上。诗人，是一只大鸟，他的声音激越豪迈，穿透厚重时空，抵达的是我们的心灵，"我要用我的诗句，/去叫醒，去串连起/一颗一颗的心"。

2004年2月，也是一个春天，是青山添媚眼的春天，是流水孩子般的春天，是草木绽笑脸的春天。聆听着窗外真实而翠绿的鸟鸣，诗人便在天籁的清灵之音中复活，清晰可闻的是他心的跳动。

金斯堡：钥匙放在阳光下

1955年，美国诗人金斯堡（1926年—1997年）在6号画廊举行的朗诵会上朗诵了《嚎叫》的第一部分。他因为《嚎叫》而名声大震，成为"垮掉的一代"的翘楚。隔着半个世纪的时空，我们依然听见他歇斯底里地大喊大叫——

梦境！凶兆！幻影！奇迹！狂喜！没入美国的河流！

梦想！崇拜！光亮！宗教！一整船敏感的谎话！

诗的语言毫无藻饰。读着它，仿佛看见一个头脑近乎疯狂的人在旁若无人地顿足捶胸。"艺术的力量是宁静的"，许是太迷信席勒的这句话，我很不喜欢文章里满是惊叹号，我崇尚语言的内在张力。1997年，金斯堡逝世的前几天，在异常平静中，他写下了长诗《死亡与荣誉》：

"绝经期间我精神不振，是他诗歌的幽默感拯救了我没在医院自杀。"

"他真有魅力，才华横溢而且彬彬有礼，在布达佩斯我的居室作客一周，还亲自在洗涤槽里清洗餐具。"

多么纯情。多么平静。他就像读者的情人对着我们的耳朵轻声细语地娓娓而谈。判若两人。用这个成语来形容金诗的风格，恰如其分。金斯堡诗风的陡然转变，却是缘于他的母亲，缘于他母亲留的一张小小的字条。

"拖着自己走过黎明时分的黑人街巷寻找狠命的一剂"，在旧金山，金斯堡和一些有相似思想倾向的文学青年一起酗酒吸毒，搞同性恋。崭新的一天，于他不过是一针来劲的麻醉剂。他的母亲却希望出现奇迹，希望这匹外面无缰的野马能变成家里温驯的羔羊。情到深处淡如水。一天，金斯堡发现了诗歌的源头：

"钥匙放在窗台上，钥匙放在阳光下，回来吧，儿子，你应该有一个家庭，钥匙放在窗台上，钥匙放在阳光下。"

发现让人眼前一亮。金斯堡看了字条，整个身心为之震动。他觉得母亲的话是最美的诗歌。这些恬淡的话语如一缕缕柔风，轻轻理顺了诗人杂乱无章的头发。在温馨的母爱和纯美的诗歌面前，他成了一个随时听唤的小厮。金斯堡，发现了放在阳光下的"钥匙"，他以后的诗歌沿用母亲的语言风格，而为自己的诗风。一个大喊大叫的大男孩不见了，一个平静从容的汉子行走在 20 世纪的美国诗坛上。

上个世纪 80 年代的中国，许多诗人都在寻找着开启生命的钥匙。"太阳啊，/你看见了我的钥匙了吗？/愿你的光芒，为它热烈地照耀"（梁小斌《中国，我的钥匙丢了》）。走出迷茫走过深思走向沸腾，因为寻找，他们的目光变得睿智而且高远。因为母亲影响，金斯堡成了一位共产主义者，他的诗歌，像辽阔的大海，平静之中蕴含着万般波澜，"世界的另一半，在等待黎明到来"（金斯堡《日落》）。化浓为淡，化复杂为简单，是艺术的最高境界。

钥匙放在阳光下。只要用心，谁都会发现。叶蔚林去山中采风借宿吊脚楼时，他听到了最诗意的声音："孩子，进来吧。这屋里有一张眠床就是你的；锅里有一碗苞谷饭你吃一半。"（叶蔚林《山中笔记》）说话者是个发苍苍、视茫茫的老妈妈，叶蔚林觉得她是天生的诗人，他会一辈子记住山里的这种语言。这，无疑是一次金斯堡式的发现。

当诗人的创作寻求不到突破，当我们的生活遭遇了困惑，请别忘了——

"钥匙放在阳光下。"

路上的风景

第二辑
暖暖炊烟

路上的风景

故乡的消息

老锅

一口老锅，是故乡阅历深厚的眼睛。灶台熏染成锅底一样的颜色，它依然黑亮如初。

父亲常常说，一口锅，一只脚踏进去，拿东西敲打锅沿，那脚底麻麻的，便是好锅。现在想来，老锅莫非是故乡的根？锅在灶台上一蹲，整个村庄便不再迁徙而从此敦实沉稳。

锅的肚量很大。锅是见过大世面的。在锅眼里，你不过是一粒谷子。传说锅早年热血沸腾气可吞天，就在他飘飘欲仙之时，突然被抛进一个冰冷的模具里，极像一脸喜气的乡亲，准备迎娶小麦做新娘时，却迎来了一场连阴雨。大喜大悲过，大热大冷着，一口老锅的经历，肯定会让一个饱经沧桑的人吃惊。所以，再冰冷的年月，往锅里一煮，就化开了；再生硬的日子，往锅里一放，就绵软了。在岁月中游走的一口锅，看起来更像一个月下荷锄归的庄稼汉，脸色黝黑黝黑的，宽阔的肩膀能扛起一座大山。

我们是一些空空的粗瓷碗，除了一次次让锅底朝天，我们不知道还干了些啥事。我们用胃消化掉青青的菜白白的馍，却用心理解不了一口老锅。如同吵着闹着上山看桃花的孩子，缤纷抢了眼，馨香夺了魄，谁会驻足过冬的铁褐色枝条？然而，锅并不在乎这些。即使遭遇冷落，只要锅底一把火，锅上一块肥肉片，便褪尽铁锈焕发了青春。说来就这么简单，锅最怕清闲，烟熏火燎着，最持久耐用。"闲着，能闲出一身的病来！"年事已高极少稼穑的父亲昨天还这样说过。

一处宅子，可以没有五禽六畜，可以没有五颜六色，但不能没有一口锅。有口锅往灶上一放，生活就开始了。锅底的灰烬越积越厚，屋顶的炊烟越飘越高。在灰烬和炊烟之间，一口锅用它的博大和深沉，直观地表达着生活的圆满。毁掉宅子的办法只有一个，当掀去老锅的时候，灶台像深深塌陷下去的眼窝，没了精气神的宅子一夜变老，说不定哪一阵风就能把它带走。在故乡，浓烟，不叫做烟，而叫温暖；热气，便也不是气体，是魂魄。

我偏执地断定，无上美味在民间。故乡的黄昏是静谧的，一声悠长的牛哞，使时光变得更加飘忽而缓慢。锅如佛，端坐在火的莲花之上，灶里飞出几颗火星，溅成西天的霞光。院里的鸡们总是那么不紧不慢地刨食，石磨下敞着的巢口，是深情的眼睛。站在屋檐下的镰刀，手搭凉棚，眺望田野，镰把平滑细致，被汗珠打磨得均衡合手，那种形状叫完美。乡村此时独有的气息，任谁闻过一回也忘不了。刺鼻的牛粪和呛眼的灶烟相纠缠，干草的味道和热炕上的馊臭相交织。井里新汲的水，无色也无味，倒在锅里一烧，就有了一丝丝甘甜。这种气息不可言传，它是酵母，揉和着每一个贫瘠的日子，放在锅里一蒸，便是饱满灿烂的白面馍馍。这白馍，嚼在口里，全身没有一处毛孔不熨帖；咽到肚里，就是无边无际的舒坦。

然而，老锅离我们越来越远。我们的家园，被种上了茂密的钢筋水泥。柴火垛越来越少，煤气灶越来越多。高压锅电饭煲们很是矫情，它们志得意满的神态，让我们一天天失去味觉，我们早年骨子里沉淀的铁质，说不定哪天就和臭汗一起挥发得一干二净。

一口老锅，早晨煮热一轮太阳，晚上烧开一瓢瓢月光。熬冬为夏，蒸春为秋，一口遍尝世间炎凉的老锅，是我们一生的念想和依靠。

草垛

草垛是村庄的太阳。每每回老家，一看见守望在村头的草垛，心就暖了。

草垛敦实而沉稳，站在场院里一声不吭，和村庄的男人一样真实，寒冷硬是不敢进村。草垛的妻子苗条而飘逸，她的名字叫炊烟。如果谁家的烟囱几天不冒烟了，冷冷清清的，一准是这家的草垛顶不起大梁。外面的草垛越高大粗壮，家里的炊烟越丰腴秀颀。有了草垛，灶也底气十足锅也大腹便便。草垛和炊烟的小日子过得挺红火的，家里的饭菜香喷喷，地里的玉米黄灿灿。草垛，是庄户人家生活殷实的标志。

外村姑娘来相亲时，媒人老远就指着那威武的草垛给姑娘看：小伙子，是个好把势！庄户人的意识里有这么一个推理：你垛不了草垛，肯定干不利索农活；你干不利索农活，还不是让老婆孩子跟着挨饿。所以，麦子脱粒之后，垛草垛成了村里最隆重的表演。该流的汗流了，该收的麦收了，垛出的草垛实际上是三夏会战一个圆满的句号。一身轻松的麦秸们通过一柄杈团结起来，这个过程多么令人陶醉。

似乎所有的喧嚣都被草垛的博大所包容，场院复归于沉寂。孩子们进了福囤进了城市，无边无际的寂寞便留给了草垛。农村就有这么一群人，他们忙活大半辈子，儿子住上大屋娶了媳妇，自己不中用了却闹着分家，说什么老了，就图个清闲。在场院里，沸腾热闹的团聚，是有了麦粒；清静绵长的日子，是草垛的。秋雨中，戴上苇笠的草垛目光祥和；冬雪里，披着棉衣的草垛神情平静。炊烟在后面怯怯地喊他呢！是在倾听麦苗返青的脚步吗？是在翘首春燕北飞的翅影吗？草垛的心事，最清楚的莫过于黄土地了。黄土沉默着，一如站在上面的草垛。

草垛醒了，灶膛亮了，炊烟高了，太阳红了。多么朴素清新的早晨。多么宁静温馨的日子。站在村头的草垛，站成了一个村庄的封面。草垛身后，生动着一篇拙朴富庶的家园。一根炊烟一根主线，站在了云的上面。

咸菜瓮

有家的时候，就有了咸菜瓮。咸菜瓮和三间土屋是故乡同时结出的两个果子。在青菜奇缺的冬天里，我们和咸菜瓮唇齿相依，是咸菜瓮支撑起老屋的笑声。庄户人的日子是清淡的，咸菜瓮把它腌得有滋有味。

咸菜瓮无根，却比任何植物扎根更深。外地的风来过小院几回，想动员它外出打工，咸菜瓮纹丝不动，风叹息一声，绕着它转了几圈，带走了一些轻浮的薄膜。有一次，我晾在铁条上的裤子不见了，全家人都以为它跟风出走了，不料在咸菜瓮身边发现了它。像一个做了错事的孩子，它蹲在那里。咸菜瓮，是小院永远的守望者。家有咸菜瓮，心里塌实。母亲怀我时，就大口吃咸菜，大碗喝水，咸咸的水领我来到了这个小院。

一日三餐，咸菜瓮变戏法似的，总能变出不同的花色品种。两块咸菜头，一壶热烧酒，父亲的脸就大红大紫地炫耀，如秋后的高粱晒米。我一年比一年高大，它一年又一年付出。我是咸菜瓮养大的孩子，我身上流出的汗水都是咸的。

为了给咸菜瓮减负，我家又添了几口小缸，很专业，有鲜蒜系，有香椿系，真正兼容并蓄博大精深还数咸菜瓮。每年夏秋时节，我们把吃不了的青菜和吃剩的菜根菜头放心地交它保管。青椒对白菜头说了什么，我们不知道，白菜头中标后已经有了一股辣味；芫荽根对萝卜说了什么，我们不知道，萝卜成名后已经有了一丝香气。

我有些纳闷，咸菜瓮用了什么办法，使菜们消除了年龄界限跨越了语言障碍，而不分地籍不分信仰地进行交流？我常常掀开盖帘偷看，菜们神宁气平，大姜贴近咸疙瘩，豆角稳住鲜黄瓜，菜们的沟通是这样地悄无声息。一把年纪的咸菜瓮营造出一个美丽的童话世界。在咸菜瓮的故事里，没有尊卑贵贱之分，王子和乞丐都叫咸菜。所以，从里面培养出来的咸菜个个表里如一，心地纯正。

有了咸菜瓮，才算安了家。有了咸菜瓮，清淡的日子不再有。把三间土屋放进去，会从里面跑出大瓦房吗？咸菜瓮开口笑了。

耙

一个炎炎夏日，在课堂上讲解汉字构造时，我写了一个大大的"耙"字。我说乍一看，这是一种齿状的农具在和土地絮语。学生一脸的好奇。不，我不是在描绘一件出土文物。它，是我少年生活的一部分。

留在记忆里的是那种钉齿耙。孩子帮牲口，大人站在耙上，对着牛屁股重复着简单的口令。这是集聚了人的智慧、牛的力量、机械的性能而完成的一种对土地的创作。远远望去，那情形如荡舟碧波，是田园风光最美的一幅插图。

"三夏不如一秋长"。掰玉米前，耙就在角落里喊父亲。父亲调理耙的姿势虔诚而执著，少一根耙齿也不行啊，人少一个门牙嚼东西不烂。收获后的土地有些激动，隆起厚实的肌肉。这时，耙帮它们理理头绪，平心静气，打好下一季的谱。耙齿把大土块嚼碎留给小麦，仿佛一位母亲嚼烂食物喂给不满周岁的孩子。

论辈分，耙应该是我爷爷那辈人。露在木框上边的耙齿爬满了铁锈，下边的越发光亮，我清清楚楚地看到了岁月的深度和时间的长度。对土地，耙最有发言权。父亲扛着耙在前面一声不吭地走，我赶着牛在后面小跑。父亲把要对土地说的话全交给了耙齿。

耙地早上最佳，早上土地松软。我是一肚子怨气。眼睛还没睁开，就跟着牛跑；牛闹情绪了，在前面越拽，牛脾气越大。父亲站在耙上优哉游哉，像坐在自行车的后架上。你也来试试？父亲不想让儿子只是个会念"锄禾日当午"的娃。

耙地，运用的是动与静的辩证法。站在横木的右脚微抬，耙的右臂受到鼓舞，画着骄傲的弧线向前，然后右脚落下不动，控制情绪，同时左脚微起，耙左臂后来居上。身体依仗耙前绳子，略略后仰，与已经细腻柔软的土地成一夹角。在我的想象里，耙是一架古老的琴，人们用脚演奏，汗滴是音符，落在土地的曲谱上，奏不出一段轻松的歌。

劳动累了，光滑细腻的锄把、锨柄都可以平静一下呼吸，载起一段小憩。而耙不能，耙齿上面瞪的眼最大，在它上面的人只能站着。我就是在耙的注视下，站着走出了土地，站着走进了小城。站着做人，无论到哪里，这是耙和我说的唯一一句话，我现在叫它——祖训。

这些年，我越来越觉得，耙真是一位德高望重的长者。耙地，这再普通不过的劳动，却使我们一家人包括牛、院里的狗紧密团结在土地上，并且相濡以沫。有一次回家，看见二叔一个人牵着牛，坐在耙上的是装满土的粪筐，耙后线条直直的，全然没有土地的韵味。我扔下行李站了上去，二叔一脸的欢喜：这孩子，是咱庄户地里出去的！是耙，让我尽领城乡两栖人类的风采。

耙的一生，是匍匐着的一生。它从不站起，尽管自己宽肩膀、粗胳膊、魁梧身材。是它，使喧嚣的土地趋于平静；是它，使平淡的生活更加祥和。我永远也忘不了耙，一想起耙，就想起了我的父亲和那块土地。

土豆儿

土豆儿是村姑的小名，庄户人叫习惯了，长得再大也叫土豆儿。随便进一个村庄，你打听一个姓马的姑娘，那人准会说：不认得，你说小名我知道，你说大号，嘿嘿……土豆儿，养在深土人未识。

村里别的姑娘都风风火火的，个性张扬。你看红辣椒，只一眼就热血沸腾，辣妹子够味；黄瓜看似娇羞，在绿秧里半遮半掩，可一有风，就搔首弄姿，卖弄风情。长着窈窕身段的豆角，早长发飘飘地进城当了模特。只有土豆儿，安分守己。

一个诞生在春天的生命，注定茂盛一生。惊蛰刚过，土豆儿就往上探头探脑，往下小腿乱蹬。上面盖着的不是微膜，是太空被，保暖，不压嫩。外面世界花花绿绿的，土豆儿深居闺中，根须儿所及尽是养分；露出巧手，在阳光下绣出朵朵白花，惹得蜜蜂争风吃醋，一天跑好几趟。土豆儿非常珍惜在土里100多天的成长期。既保持内心的纯净，又笑迎八面的来风，这就是土豆儿的品格。难怪庄户人都说：还是土豆儿，最让人放心，没污染。你下了决心，决定要娶土豆儿。看了土豆儿敞在蓝天下心形的叶子，你以为你读懂了土豆儿。

但是，你必须等待。篱笆比你更清楚这一点。你不是麻雀，看几眼印象平平就飞走了；你不是蜜蜂，看人家过了花季就分手。其实，土豆儿很懂事。麦收家家都忙人人都累，土豆儿就换下绿罗裙，穿一身布衣，出现在厨房里，调节得人们胃口大开疲劳全解。土豆儿不要"三金"不要摩托车不要家庭影院，一把菜刀，一个菜板，一双筷子，一口铁锅，就行了。

这时，你认识到土豆儿的可贵了。黄瓜、豆角，有冰箱还行，条件一差，露水夫妻，长不了。当年唱通俗歌曲走红大地南北的小辣椒，现如今空在屋檐下，靠细数檐雨打发日子，真是红颜易老。还是土豆儿，还是去年模样，既不年轻，也不显老，平平淡淡，朴朴实实，从从容容，穿梭在民间。很多年以后，想想这些，每次你都流泪。

你，从心里爱土豆儿，这是真的。你说：土豆儿，给我生一大堆孩子吧，让它们个个像你，多好。土豆儿说：你把我横一刀竖一刀，有几个芽就切几瓣，种回我出生的地方。你必须这样做，等我干枯成一滴昏黄的泪，就没用了。你第一次怀疑自己的耳朵，一时间，竟以为是小时候听过的一个民间传奇。如此悲壮而伟大的分娩方式，平生你第一次看见。

以后的日子，你常常坐在菜园的空旷里，默默地想一些事情。你看到一个个小小土豆儿齐刷刷举起稚嫩的手臂，争着回答春天的问题时，你说你终于了解了女人，了解了女人的你终于站成了篱笆。

慌年

一进腊月门，父亲就掰着指头进行过年倒计时了。那神情仿佛是站在地头为扬花的小麦推算收割的日子。

小孩盼年，过年就有压岁钱；老人盼年，过了年就是寿比南山。到了父亲这里，就要慌年了。这不，木柴码了一过道，眼瞅着就要顶破大门楼。灶口熬得眼通红通红的，蒸馍馍煮猪头做豆腐，憋着劲儿要跟太阳赛赛跑。钟表上足了弦，也没父亲的脚步快；父亲的手脚再听使唤，也不如爆竹的花朵开得欢；只要这节日的花一绽放，即刻就果实累累了，累累果实是一张张饱满灿烂的笑脸。

眼瞅着小麦扬花，白面馍馍的香气就直往鼻子里钻；闻见空气中挤满的火药味儿，年味就浓了，年集就热闹了。爆竹市场就在年集的边上，就像一通热情洋溢的开场白，精彩的还在后面呢！大人赶集，手忙脚乱；小孩赶集，游手好闲。大人慌着挑肥拣瘦，专往人多的货摊挤；小孩急着瞧热闹出风头，泥鳅一样钻来钻去。古人造字，形象生动，这么多鸟扑棱扑棱地飞来，这么多鸟唧唧喳喳地啼叫，"集"的含义，一目了然。听见爆竹心慌慌，瞅着年货眼花花，既然过个肥头年，就不怕钱袋子松垮垮。父亲刚把鱼啊肉啊拖回家，猛一拍脑瓜，我刚才怎么就忘了买花椒和八角，没了这作料，年味可就变得不地道。

腊月二十三祭灶日。花花绿绿摆了祭品，整整齐齐剪了灶马。刚擦着火柴，父亲就催着灶王爷快马加鞭"上天言好事"，吃了柿饼和糕点，嘴巴要甜，"下界保平安"，再有七天来过年，行动要快，实在不行就搭乘"神州六号"载人飞船。腊月二十四，父亲磨刀霍霍，硬硬心肠，直奔鸡栏。可是手下发软，刀落了地，鸡满院乱窜，淋漓的血刺眼呢！全家人不忍正眼看，鸡也懂事，忽然一歪头便倒了地。父亲喃喃道：这样杀的鸡，煮出来味道才香。没了鸡叫，父亲反倒一夜没睡着。第二天一大早就去了坟地，和爷爷汇报一年的劳动表现。

春节没有脚，来得却比网速还快。年三十这天，一眨眼，家家门上贴了春联，红红的，就像秋后的高粱晒米，向太阳炫耀着自己的果实。年三十过大年，包饺子庆团圆，一夜连双岁，睡了一觉，其实就是打了个盹儿，人人都长了一岁。一抬头，小孩长得比秋天的玉米秸还高，老人活得比村头的老槐树还老。

拜年赶个早，后脚追前脚，进门先下跪，磕了财神磕长辈。大年初一忙完这些，父亲又坐立不安了：过了一年，也不知坡里的麦子长成啥样了，我去看看吧。

倾听春节

意大利现代画家基里科说，真正有价值的东西是闭着眼睛看到的世界。竖起耳朵，倾听春节，一些曼妙的声音，是一只暖暖的手，领我们走进一个新的福祉。

春节还很遥远，就有了一些细微的响动。这响动，必须凝神谛听。轻轻的，似小麦灌浆；细细的，如玉米吐缨。这声音，如天上的太阳，虽然遥远，却也感受到它的唇温。春节一直在运动，它是一条潺潺流淌的河，在五里外的集镇上涨潮了，流水与笑声相撞，浪花溅进了远远近近的村落。

　　一天喊三遍，雨也淋不湿的声音，是炊烟。现在，母亲忙着蒸馒头煮猪肉，一刻也不得闲。春节就站到农家的屋顶上，从早喊到晚，声音柔和又悠长。小麦进了囤，玉米入了仓，它的喊声，其实是一件很富手感的衣衫，正披向游子归来的双肩。在感觉中，春节就是一列全速前进的火车，轰隆隆的是心的跳动。

　　根扎进厚重的风俗，春联是家门口新种植的两棵树，上面落满了拙朴的麻雀俊逸的燕子。多看几遍，这些隶体楷体的鸟们就会开口歌唱。你一句通俗我一句美声，歌不尽春节的颂词，唱不完喜悦的心情。春节走到哪里，哪里就是一片红色的森林。它的脚步声，是一盏熠熠的灯盏，一束比一束明亮，照亮了高高低低的屋檐。春节好！春节好！屋檐下的人们一脸吉祥的光芒。

　　倾听春节，起先是隐隐约约的，用心捕捉，继而渐渐明亮，渐渐辉煌，终于鞭炮烟花般弥散在中国大地上。就在耳边，就在眼前，朗声笑着的是鞭炮，灿然开放的是笑脸。

　　倾听春节吧。世上还有什么比这种声音更清澈纯净，更能穿越苍茫时空，打动一个民族的心灵。

故园咏叹调

故乡的老屋

我没有站成院里一棵树，却成了飞出屋檐的一只鸟；我没有循着血脉的方向举高老屋的身躯，却让他佝偻在故乡烟雨里。作为故乡第一个从考卷里拔出泥腿子成为城里人的我，有些时候真说不清，我是一枚悬挂在老屋胸前的金灿灿的勋章呢，还是沉甸甸的十字架？我越走越热闹，老屋却越来越冷清。

老屋最早出现在我的文字里，那是露珠的梦乡、星星的憩园、童话的摇篮，我的故乡则成了红雨绿风、牧歌唱晚的同义词。这是我的老屋吗？这是我故乡的老屋吗？我却用这些陌生的风景兑换了廉价的快乐和肤浅的成功。许多年过去了，老屋会原谅一个轻狂少年的浅薄和无知吗？

几年前回老家，父亲平静地告诉我，东邻要翻盖大屋，他同意了。按照故乡民俗，东邻房子不能高于西舍。当时院子里堆满了上好木材、水泥檩条。母亲戏言，这会儿相亲好了。是啊，在农村，三间大屋就是最好的招牌啊。之后，是长久的沉默。老屋的黑漆门欲言又止，守住了他的秘密。故乡几度寒暑易节，故乡游走的故事换了轻骑，换了汽车，换了游艇，而老屋依旧以不变的姿势静听我归来的脚步声，并且用一年一度的春燕啼绿把我提醒。

我最记得的当属老屋的门槛。日常生活细节都镌刻在门槛上，踩过了谁的足迹谁的多少足迹，看不清了，也许世上有些东西其深刻就在于他的模糊。多少日子，走出门槛是灿烂的太阳，跨进门槛是温柔的月光。门槛是快乐的起点，是温馨的终点。从儿时的爬进爬出到少年的不经意间，门槛告诉我，那个风流少年可以仗剑远行了。

　　年年亲近老屋是把父亲送来的吊瓠子吃得回肠荡气的时候。老屋院子不大，这植物能够落户小院，也算得上一份福气了，并且有院墙扶持。她也争气，春来一个劲疯长，清晨秧上都噙着感恩的泪珠，夏来缀一身白花挂一枝丰稔，撑出阴凉，帮鸡们、鸭们赶走苦夏。这时，老屋含笑不语。看到自己的孩子们如此融融洽洽，世上还有比这更幸福的际遇吗？

　　当然，更多的是寂寞。雨在意味深长地下，风在沉思默想地走。老屋是浅睡低眠了，抑或在浅唱低吟呢？这时的老屋融入细密而无痕的烟雨之中，小雨成了天地之间我和他最晶亮的一条线索。

　　每次返乡还家，东拍西摄。那些照片，怎能拼回一段真实的往事？把老屋囚禁在窄窄的五寸里，衬以自己浅薄的笑容，就是对老屋最好的纪念吗？不，老屋有些超凡有些禅悟。他可以收容你的疲惫收容你的泪水，而当你一旦头也不回扎进外面的世界，老屋依旧静默在故乡的烟雨中。如此不动声色的面对落寞和历经落寞之后的不动声色，老屋该是一位圣者吧。

　　这些年，我常常想，我为什么能在无根的小城几经困顿而继续，也许正因为我的脚上还沾着老屋的泥土。记得前些日子，父亲看我女儿路过这里，说起老屋的归属，东邻欲买，卖就卖吧，就是老俩倒头后，在谁家发丧呢？我一急，爹，咱不卖！

　　遥远的老屋，故乡的老屋，成了我腮边挂着的一颗泪珠。

　　遥远的老屋，故乡的老屋，永远是我心中最为高大的建筑。

草帽，我的黄金小屋

　　尽管城市的楼群挤瘦了天空，尽管城市的肌肤疯狂地流行小麦色，我依然怀念我的麦秸草帽。楼群的表情太呆板，流行的东西只是过路的风。

　　草帽，是我在乡间的别墅。那里，沉默着厚得无法再厚的黄土地，起伏着黄得无法再黄的麦浪。我的草帽，那是田野上升起的一轮金黄，不是太阳不是月亮，那是我的黄金小屋。在一个有月亮的晚上，父亲坐在一片蛙声里，用麦秸和月光为我搭建起金黄的屋顶。从此，一顶草帽为我遮阳挡雨。即使许多年以后，远离了草帽，我莫名其妙的烦躁，仍然被一种想象中的阴凉抚平。

我的草帽，揉和了麦草和汗珠的味道。头脑昏沉了，只要嗅一嗅我的草帽，全身每一个毛孔都会打起十二分的精神。坐在地头小憩，抓起草帽扇扇风，扑面而来一股秋天的香味，让人好一阵子陶醉。当然，最奢侈的享受，莫过于枕着麦个躺在社路边的树阴里，做个"黄粱美梦"。草帽搭在脸上，即使树影把我撇开，依然有饱满的阴凉把我关怀。

更多的时间，草帽呵护着我在地里劳作。不管我的头仰得多高俯得多低，草帽总是高居我头顶。所以，草帽独具慧眼，更能察觉庄稼的一些想法。玉米该施肥了，大豆该浇水了，有了草帽，我才成为庄稼的主人。我的草帽，开在酷暑里，那是大自然的一朵笑容，是一种无可挑剔的圆满。不管我前面的庄稼有多稚嫩，一旦经过草帽的熏陶，就变成大片大片的金黄，换下绿罗裙的庄稼们朴素而又端庄。

雨季里，草帽是雨们最合适不过的韵脚。若是小雨淅沥，我的草帽最诗意。草帽几句清清爽爽的朗诵，逗发出庄稼们的灵感。总是草帽开头，所有的庄稼跟着浅吟低唱。在那种幽雅的意境里，谁都会成为优秀的诗人。那一刻，顶着草帽，倾听着庄稼们的语言，我感觉我也是一棵庄稼，我的长势良好，我的草帽越来越高。若是大雨如注，有我的草帽我的黄金小屋，我就不会倒伏。草帽和我的庄稼们站在一起，共同奏响一曲恢弘的乐章。

冬天的草帽，朴素而又安静。挂在墙上，仿佛乡间又多了一轮月亮。被一种成熟的思想浸染着，我的梦境也黄灿灿了。不是吗？醒来又是一个色彩斑斓的春天。草帽的颜色永远是土地的颜色成熟的颜色，永远透着一种质朴与恬淡。

当荧屏里两三江湖游侠扣上破破烂烂的草帽玩酷，当大街上一些少女斜着做工考究的草帽扮靓，我的每一根头发都望成了眼睛：给我，给我一顶麦秸草帽吧。我只有头顶我的草帽，才能成熟金黄的思想。有了这流动的黄金小屋，我不在乎五颜六色的目光，不在乎路有多长风雨有多大或者阳光有多么嚣张。

地瓜的新房

秋分刚过，地瓜就吵着要新房。父亲下坡，瓜叶七嘴八舌的：小麦早睡进了福囤，玉米也骄傲地站在树上。它们还托父亲带回些瓜蔓，让猪牛帮话。吃饱了，猪咴牛哞。父亲喃喃自语：过日子，还是地瓜实惠，充饥，能接趟哩。

门前的小土丘自告奋勇，说这里敞亮，风水好。地瓜大半年不见日月，父亲特意把窖口开得圆圆的。土一筐一筐往外跑，人一寸一寸往下挪。五六米深了，见好就收吧。挖出水来，地瓜是万万不敢住的。窖底东西各开一个大穴，存地瓜，叫"坎子"；南北两侧留好"腿子"，人好出入。长在地里，存在窖里，地瓜的一生离不开泥土。

地瓜风尘仆仆赶来时，母亲挨个抚摩它们，直到它们听懂母亲的手语，脸上露出红润。有毛病的不让进，会带坏其它地瓜的。块头小的只有干着急的份儿，不由得埋怨自己先前只顾捉"泥"藏了。不要紧的，孬好都是果。没入窖的，摇身一变，炫耀在原先的地里。远远望去，白亮亮的一片，那不是瓜干，是金币。晒干后，钻进福囤，与当红的小麦同仓共枕。地瓜的命运啊！

很多朴实厚道的地瓜，是在窖里度过自己后半生的，它们安安稳稳，与世无争。地窖是一个天然空调，冬暖夏凉，地瓜很知足。刚开始，还偶尔在窖底观天听风，大雪一至，封严窖口，地瓜便生活在无边无际的黑夜里。

冬天，猪牛在土丘前晒太阳，忍不住喊地瓜两声。原先在地里就没见面，盼回家又躲起来了，猪牛也想看看地瓜啊。地瓜却像一个认真完成老师作业的小学生，喊破嗓子，也不挪动身子。还是公鸡会办事，每天站在窖上，为地瓜唱一支光明的歌，歌声甜甜的，直沁进地瓜的心里。

窖里一定很好，要不地瓜上来后，怎么会容颜依旧光亮如初？

地瓜产量高，是一家人大半年的主食，进窖拿地瓜成了我的活儿。进窖后，四围憋闷，呼吸困难，草草抓取，赶紧逃离。头刚露出窖口，就歇了，大口地喘气。地瓜能保持住自己生命的颜色，却是如此不易。我们在看见地瓜朴素的外表时，往往会忽略它的韧劲它的淡泊。

我是吃地瓜长大的孩子，吃得肩宽腿长。窖里的地瓜，仿佛窖存的美酒，一直散发出岁月的沉香，浸润着我的生命。

住进敬老院

我曾经在一所乡镇敬老院住过一阵子。现在回想起来，感觉那里就是一个乡村的冬暖式蔬菜大棚，采光性能特好。北面是乡镇民政部门，隔一截矮矮的砖砌红墙，南边便是卫生院——妻的工作单位。

妻刚怀孕不久，就从单位的集体宿舍搬了出来。房间布置非常简单。唯一的电器是妻新买的袖珍收录机，唯一的排场是墙上挂了一幅画，牡丹大朵大朵地开着，像一簇跳跃的火焰。更多的时候，妻听着音乐，照着牡丹的饱满，创造着未来的孩子。我只是周末去那里一次。天气暖和，就骑自行车，半路上还钻到果园里拔一些苦菜，到敬老院的时候，看上去更像是从野外闲游回来。"回来了，大兄弟？"看门的大叔拄着拐，眼角的鱼尾纹也舒展出一些些笑意，站在门口，像是专门迎接我。还有一位老人年纪略轻，但双腿全瘫，只能靠两只手支撑着挪移。每次我进屋打扫半天，他才挪到门口，我右手往屋里一伸，做了个邀请的手势，他只是微笑，既不进来也不走开，痴痴地看我忙碌。他的注视让我的整理更加细致，有一次把最后的抹布洗得跟窗帘一样洁白，挂在铁丝上，飘来荡去，就像梦的形状。

我有看书的习惯。就那么随便翻几页书，一个白天就翻了过去。坐在马扎上，抱着一本唐诗或者宋词。我是敬老院的一棵盆景，偎着暖暖的阳光，躲着严厉的风雨或者伤感的冬天。院子四围全是砖墙，视线被阻隔，看到的就尽是细节。

西边是铁栅门，与外界隔而未隔，界而未界，一根根铁条成菱形交错着，像是拼贴剪辑一幅画。与一些果园菜地边的篱笆不同，这种铁门的两边还缀上一些圆形的图案，牛哞犬吠是浑圆的，风本无形，飘进来以后，也该是圆满的形状吧。我喜欢把西边作为一种背景音乐，常常面朝东边的菜园，想象着，和自己的手稿在一棵卷心菜中住下来，被一种清新洁净呵护着。这片菜园很开阔，极适合放牧目光。管理人员在菜园的四围栽上了月季，菜地的间隙里也零星点缀着几棵小花，像极了一蹦一跳的童年。

敬老院的建筑就像农村的一种简易板凳，中间细长，两边各探出来一截，算是支撑。西边住着那位看门大叔，还有我们一家三口（包括尚在妻腹中的孩子），最东面是集体伙房，我打开水的时候，曾到北屋看了半天热气腾腾的白面馒头，那一个瞬间，我想起的是传统的春节，奢侈明亮饱满华丽。北边长长的一排房屋当中，有一间最招眼，窗户上贴了大红喜字，像深秋的高粱晒米。看门大叔一拐一个"大兄弟"地来了。我说过论年纪我该称他大叔，他很执拗，我也坚持自己的称呼，各亲各论吧。他告诉我年前有两位老人在这院里刚结婚，那天真热闹，全院子的人都吃喜糖喝喜酒。说话的时候，我分明看见，他的舌头还舔了舔嘴唇，好像去年的酒渍还有。老伴，老伴，老来有伴，我们大家都是伴呢。他一边念叨着，一边去找那个用双手走路的人——他的表弟。他表弟总爱在大门口晒晒太阳，顺便帮表哥看看大门，也算是上阵亲哥俩吧。他耳朵有点聋，说话"呀呀"地吐字不清，像个孩子，却最听表哥的话。院墙以南，是妻的卫生院。她正带着我们的孩子出入药房和病床之间。翻过最后一页书，便是月亮的封底。我该做饭了。

夜晚是温馨的。我的脸小心翼翼地贴近妻的腹部，和我的孩子说着一些白天的事情。我很知足。我甚至觉得，只有我的孩子，才能看到我被幸福击中的表情。妻的呻吟，使整个小屋都充满着不可名状的生殖气息。

暖暖乡音

蝉声，响在我的耳边

蝉声，这土腔土调的高亢，来自我的故乡。整整一个夏天，它不知疲倦地响在我的耳边。

蝉声，是祖先青铜的面容，是故乡的喉咙。响在耳边的蝉声，是母亲的一句句叮咛，是一些些粗壮的树翠绿的风。我的耳边，已摇曳着万种风景。

群蝉歌处是故乡。在清晨，只能被枕边的蝉声唤醒。父亲的草帽早早升起在田野之上，麦秸的光芒深入每一棵庄稼的思想。摘下挂在天上的那把镰刀，赶在猪哝牛哞之前，我从田边割回了一筐新鲜。中午，是无数鸣蝉歌唱着的时间，蝉声，比天气更热情比炊烟更高远。

故乡的夏天，只流行一种音乐，它是土生土长的，底气十足，音域宽广。比汗珠更闪亮比绿叶更茂盛，那是大地的歌声。

蝉声，响在少年的耳边，是一股股热浪。也许是离乡太久太久的缘故吧，在钢筋混凝土的城市里听蝉，却是一阵一阵的清凉。

城市的空调很走红，城市的流行乐很火爆，但没有一个人像我这样，延颈探耳，凝神屏息，只为了捡起点点滴滴的蝉声。

城市的高楼很多，城市的阳台很多，但没有一处地方能让蝉声生动。这稀稀落落的蝉声，是故乡的炊烟吗？它从老屋的屋顶启程，赶到这儿，已是瘦瘦的一丝半缕，却弥漫在我的耳边，经久不去。

听蝉！回故乡去听蝉！蝉声，汹涌在耳边，血液才会大河般涌动；蝉声，汹涌在耳边，脚步才会呼呼生风。

故乡的道路，是不是已经眼睛只望着苍天，不再理会我可怜的脚步；故乡的树木，是不是已经把脸扭向一边，再也不想做我的保护伞。

我要回去，我要回去，只为了我的耳边更加丰富饱满。

既然我在城市里迷了路，就索性闭上眼睛，只让蝉声牵着我的耳朵；既然故乡离我太远太远，就干脆把蝉声当做一条回乡的通途。

蝉声啊，请响在我的耳边，这样，我的双耳才永不失聪。蝉声啊，请一直响在我的耳边，这样，在你最热烈的地方，睁开眼睛，我会看到世上最美丽的风景。

货郎鼓

货郎鼓，是民间最优秀的器乐。空荡荡的乡村，有一面货郎鼓敲着，就不落寞。数一数，它轻快的敲打拴着多少稚嫩的耳朵。

一根扁担，一头挑着新鲜，一头挑着破烂。一脸慈祥的货郎，这流落民间的演奏家，摇响了一段明媚的时光。货郎鼓敲起来，仿佛舞台上的幕布徐徐拉开，向我们走来了一个神奇的世界：泥老虎吱吱地叫，吹个气球满天跑，吃一口糖豆，从头甜到了脚。所以，在那些扯作业纸为风筝的岁月里，我那沉闷的乡村，最需要这种轻松而欢快的敲击。

就这么一面小鼓，两头系上两个小槌，就这么来回地摇着，就摇走了我童年的饥饿摇来了我少年的欢歌。院里的破薄膜，墙角的旧鞋底，还有村头上一个孤零零的油纸袋，它们都到哪里去了？一不留神，怀里的泥娃娃笑着说破了这小小的秘密。货郎挑着担子走了，挑走了乡村的一些陈年旧事，乡村开始变得轻松而又干净，熟睡的泥娃娃，偶而冒出一句梦话，也如密集的鼓点，鲜活了乡村的夜晚。

那是儿时最奢侈的一段时光。在鼓声中清洗着自己的耳朵，在新奇中明澈着自己的眼睛。货郎鼓拙朴的音响以及玩具们艳俗的色彩，与窄窄的胡同、汪汪的犬吠最为亲和。一群童真围上来，眼睛都长出了钓鱼钩。羞答答的玩具，只露出一只脚，却探入许多眸子深处，耳边的鼓声变成咚咚的心跳。小小货郎鼓，一个大大的吸盘，吸住了多少视线。货郎鼓敲起

第二辑　暖暖炊烟

来，多少拐角里弄，都被它从容穿过；货郎鼓摇起来，多少苦恼烦忧，都被它摇到脑后。

我喜欢货郎鼓，喜欢听它轻快的脚步。当许多年以后，父兄们的双脚敲响土地这面大鼓时，隔着城市的高楼，我依然听到了浑实厚重的鼓声，那是一种生命的律动，恢弘成一曲民间的绝响。

麻雀

我和一只麻雀，在陌生的城市街头邂逅。它一下子就喊出了我的乳名。这该是最乡最乡的乡音吧。尽管只是一句招呼，在这座城市，我却感觉自己不再孤单，并且全身温暖。

麻雀，我故乡的麻雀，它又一次把我灰色的目光引向了高远的蔚蓝。

麻雀还是那么欢快地歌着，像我无忧无虑的少年。一身粗布衣服的麻雀，丑陋而又瘦小，长得像土坷垃，是故乡最卑微的鸟儿。它总爱叽叽喳喳，活像村里的二娃向我喋喋不休地诉说着快活。

故乡，是麻雀的天然舞台。它迅捷的奔跑，是旷野碧绿的心跳。停在一枝翠绿上，它是故乡结出的一枚朴质而生动的果实，浓郁掩不住它喜悦的光芒；跳跃在打麦场上，它是乡亲们晾晒着的麦粒，灵动的鸟影注释着金黄的梦境。它是一粒鲜活的音符，润上了我视线的琴弦；它是一个醒目的标题，闪亮在我故园的上面。

我和麻雀一样，热爱着老屋的屋檐。然而，当我羽毛丰满，却飞出了故乡的视线。所以，这些年，我不敢肤浅地表达乡情，这些年，在无根的小城，我裹着衣领，和灰色的心情一路同行。麻雀明亮的眼睛，捡回了我丢在故乡的梦。

在上学路上，它轻灵的跳跃，让我的脚步平添了几分轻松；琅琅书声中，它的发音最纯正，并且裹着一股清新的风。它有多少次飞翔，我的少年就有多少个梦想；它有几滴哀鸣，我的一生就有几多愧疚。

我用石子击打过麻雀，就像那次我对二娃拳脚相加。那一次，麻雀在树上唱着民歌，我的耳朵容不下它的俗气。一块小小的石子，击碎了树叶的倾听，这是多年之后的一记重拳，砸向我的前胸。

小时候，我跟麻雀学着起飞，可飞过老屋的屋顶，我迷上了更远的风景。麻雀，只是从田间飞回屋檐，从屋檐飞向田间。在光秃秃的冬天，这卑微的生命，骨头依然很硬，是寒冷里醒着的种子，是沉寂中跃动的精灵。民族唱法的麻雀，依然是乡村最优秀的歌者。

今天，站在陌生的城市街头，说一口乡音的麻雀，朴实得像我的农民兄弟。回老家看看吧！回老家看看吧！我豁然明白：我这只栖息在城市枝头的鸟，只有飞回故乡，才能找到自己的暖巢。

第二辑 暖暖炊烟

乡村课堂

教女儿认识牛

现在城里的孩子已经很少见到牛了，工业城市的发达与牛的距离越来越远，说不定哪天，牛真的成了外星动物。女儿，我要花上一整天的时间，带你到乡下的老家看看，从村东到村西，从牛棚到坡里。

说来我总是幸运。我的童年和牛一起度过，嫩草上的朝露最为牲口所欣赏。那一沟肥草，年年为我的牛生长，叶片宽阔，茎秆粗壮，握住牛绳，仿佛握住一年丰收的光景。女儿，握着你胖乎乎的小手，我又看见了那片肥嫩鲜美的青草。

远远的，刺鼻的，是牛粪的气息。女儿，请不要捂起你的鼻子，在氤氲着这种气息的村庄里呼吸，你会像草木一样绽放清香。这牛粪味儿，闻久了沁透心肺。它，是一只手，对有些人是一种阻挡，对寻根的人，则是暖暖的牵引。真正有价值的东西大抵这样。

女儿，村东场院里晒太阳的那头老牛你必须认识，论起来应该是咱的一门亲戚。它曾是你姑姑家的整壮劳力，帮咱耕过二亩地运过四圈粪拉过六车麦子。现在，它老了，老成村庄的一部分，眼里满是慈祥的光芒。也许有一天，我也会拎个蒲团，挨着它坐下，在飘忽而缓慢的时光里，静静地反刍过去的岁月。女儿，这是一个令人眼窝发热的情节，呆久了，我会一脸一脸的泪水。

牛的眼睛特别大。乡亲们形容一个人的眼大，不说虎目圆睁，也不说眼如灯笼，就说他长着一双大牛眼。有人说，眼大无神。牛又生性木讷不善表达，行动迟缓，跟不上时代节奏。于是，便有人觉得牛软弱可欺任意东西。深水无声。女儿，当今社会，世风流转，光听其言只看其面，往往真假不分良莠难辨。一旦缰绳落入他人之手，拉着不走拽着倒退，人，永远都要有一点牛的脾气。

女儿，你听见牛哞了吗？一声牛哞，将远远近近的农家凝成一团连成一片。牛沉默寡言，偶尔一喊众声哑然。为什么古代出了那么多优秀诗人那么多锦绣诗章？牛的做法，死啃硬吃，不是没有道理。胃消化不了的，交给岁月。女儿，唐诗宋词，永远是艺术的极品，背过了，总有一天会在体内发酵在血液里汹涌。你要学会安于寂寞，有一种牛的坚忍与执着，万不可做花枝招展状。三年不鸣一鸣惊人，这是许多名人成功的路径。

牛，不是狗，只会摇尾乞怜；牛，也不是猫，善于摆尾做秀。较之全牛，牛尾是小气了点，却是既灵活又实用的部位。赶走不必要的烦扰，保持内心的纯净，这就是牛的尾巴。牛尾巴拽不得的。一拽，躲闪不及，会遭牛踢，稍不留神，牛尾甩在脸上，几道红红的血印。牛也好，人也好，最忌别人拽他的尾巴。女儿，牵牛，要抓牛的鼻子，这一点非常关键。

女儿，从村东走到村西，从牛棚来到坡里，你看见我们的脚印了吗？那段土路上依稀有几个，一阵风就能把它们带走。然而，这深刻在大地上的梅花状的足迹，就是牛的蹄印。路面再硬，也会留下生命的擦痕，因为牛的内心充实，因为牛习惯了脚踏实地，因为牛负载着常人不能承受的重量。

女儿，到乡下走走，看看耕牛闻闻牛粪听听牛哞。这对于认识生命理解生命，花一个白天是值得的，花上整整一年时间也是值得的吧。

父亲的菜园

在钢筋水泥的城市，在城市的一个小小的厂区，有一角巴掌大的菜园，父亲和一把锄头最早发现了它，然后是露珠，是蜜蜂，最后是我。

父亲从我那局促的单元楼挣出来，像一头执拗的老牛，寻了一家小厂，成了工人，确切地说，是看护工人阶级的劳动果实。那块空地，像是专门等待父亲似的。新鲜的泥土躲藏在乱石碎块之下，却打发一两棵小草站在微风里呼喊父亲。父亲是看大门的，眼不花，耳不聋，看得真切听得清楚。远离故土以后，父亲终于有了自己的一份土地。刚去看门，父亲就打来电话说，别担心，我睡得塌实呢！

父亲清明回老家上坟，带回来大包大包的种子，或许我会记得它们成熟的模样，小时候的事情，很是陌生。每逢周末，走下讲台，掸去手上肩上的粉笔屑，去看看这些菜们，便成了我必修的一门功课。史铁生说："在人口密聚的城市里，有这样一个宁静的去处，像是上帝的苦心安排。"这去处，于他是地坛，于我自然就是父亲的菜园。

菜园边上有一棵樱树，守望者的姿态。在我的直觉中，樱花的美丽过于嚣张，开得早谢得快，像庆典春天的礼花，很能渲染节日气氛。青菜们拱出地面的时候，樱花落了满园，看上去，整个菜园更像是一张洇染开的画布。青菜们却是疏密相间，错落有致，行伍整齐，样子像极了一群在春风中朗诵的小学生。

地是头茬子，决无大蒜韭菜等过冬的菜蔬，也无了声名之累，青菜们可以自由率真地成长。土豆儿就种在菜园最北边的垄上。它们条件稍稍优越一些，土质松软如面包，畦垄阔大如厂房。土豆儿是不以出身高贵而矜持的那种。清明下种，麦收才能食用，100多天的时间，深居土中，土豆儿只为根系的发达，探出的茎叶即使缀一点点小花，也很素淡，不张扬，很像生活中经历的一些人，他们走在人群中很不起眼，接触日久，才觉得他们别有风度，是人群中的诗人。父亲在土豆儿之间的垄沟里撒一行油菜，种一溜茼蒿，填补着岁月的空白。油菜茼蒿们生长周期短，个把月即可采食，在土豆儿未露头之前，它们先狠狠地风光了一把。油菜叶宽，茼蒿茎长，各有各的优势，叶大的采光好，茎长的吸水性强，无一不是物华天宝。它们或茎或叶，均以碧绿养眼鲜嫩动心。嚼一口油菜叶，满嘴都是新鲜；刚一凑近茼蒿，就是扑鼻的香气沁人心脾。

有些日子，工作很是紧张，生活有些窒闷，我便常去父亲那里，坐在菜园边，透透气。在我眼里，菜不仅仅是菜，而是一群鲜活跃动的精灵。在菜们的眼里，或许我什么也不是，连一只蜜蜂也不是，蜜蜂采蜜还能授粉，我都不知道自己干了些啥事。人类一思考，上帝就发笑。于是想起浇水，拎了几桶便大汗淋漓。然后坐在地里，双手支在身后，什么也不去想，甚至闭上眼睛，什么也不去看。常常在这时候，父亲走过来，拔一些刚刚露头的草，说一些好好持家的话，说面不够了就去买，自己蒸馒头吃便宜，买面的钱算他的，说你娘的手没劲，肌肉萎缩，别让她干重活。看看时间不早，他便赶我回家。

在菜园边，我很少说话，像一个认真听讲的学生。常常在傍晚，父亲燃一支香烟，陪着我。借助烟头的一亮一闪，我看见，土豆儿的叶子墨绿墨绿的，浓得像化不开的梦；扁豆白色的小花，羞答答地开放成夜里的微光，匍匐在园的四边；豆荚谦卑地生长着，好比一些随笔，从容而闲适。

牵挂一棵西瓜苗

作为一个大男人，不去聚焦两岸关系巴以局势新动向，也不去热衷点数钞票或者傍傍领导，却不害臊地去日牵夜挂一棵小小的西瓜苗，说来真真让人耻笑。

女儿一个突如其来的想法，激活了那以后的许多日子。那天，四岁的女儿用舌尖轻轻送出一粒黑黑的种籽，爸爸，这种籽种到地里，能长出大西瓜吗？能！要不，咱一起种在爷爷的菜园里吧。父女俩一拍即合。怎么会不能呢？经过女儿唾液的滋养，它已经是一颗珍珠，何况又在易拉罐里浸泡了两天两夜，石头也会发芽的啊，那易拉罐是刚刚废弃的，正好起复委用，做了育婴箱。还是有一点隐隐的担忧：万一不发芽怎么办？只有一颗种籽，就像一脉单传。或者，刚跟风儿学会一点点嫩绿的手语，就引来了一只饥饿的麻雀。

种籽还是破土了，就像国产电影的故事情节——既在意料之外，又在情理之中。我和女儿举行了一个隆重的庆典仪式，女儿拿出看家的本领：歌伴舞《花蝴蝶》，女儿准备在今年六一盛妆出演的节目。女儿摆动着灵巧的双臂，是一只流连在绿色间的蝴蝶吗？我们寻来树枝，围成一个小小的篱笆，蜜蜂们可以自由出入，个头大的雀鸟请站远点观赏，风儿雨儿经过时请放慢脚步。其实，我和父亲埋藏着一个秘密，在厂区的一角还栽培着一些西瓜苗，这秘密露珠知道，太阳知道，一只来串门的七星瓢虫也知道，就是天真的女儿不知道。

父亲渐渐适应了城市生活。他在一家小厂看门，工人不多，三十几个，很有小国寡民的韵味，显得厂区宽阔得像田野。如果再有一些绿色哪怕是几棵青草，父亲每晚就像在自家炕头一样睡个囫囵觉了。一棵西瓜苗，在这里生长着。扁豆那架势，像一些勇敢的护花使者，茄子一脸憨相，忠厚老实，还是黄瓜秧活泼，教着西瓜苗如何如何绣花，它们捧出的花朵，金黄金黄的，是采撷着阳光的丝线一点一点织成的吗？我指着西瓜秧上的一朵一朵黄花给女儿看，女儿的笑容比西瓜还甜。爸爸，有的花为什么叫"谎花"啊？它们的花很美，就是结不出西瓜，好比一个人撒谎时说得好听，其实根本没做好事。可是它们也很好看啊。女儿为谎花辩解。时间一长，你就知道了。忽然觉得有点沧桑，便一心和女儿去数黄花。

这段时间，我学会了"扣花"，就是人工授粉。不断地摘一朵"谎花"，在另一朵挂果的黄花面前晃悠几下。我干得很起劲，所有的谎花都找到了它的另一半。等所有的瓜坐稳，选一个视觉效果最好的留下，其余的轻轻掐掉。只能这样，这是最好的结果。要把一个西瓜养大，多么的不易。

我和女儿隔三差五就来这里，父亲很高兴，直夸孙女长得快。女儿谦虚得很，说西瓜长得才快呢，都和她的拳头一般大了。说完，又像一只蝴蝶径自飞向了菜园。这时，我便和父亲说话。常年在外学习工作，举目无亲，自己渐渐学会了与沉默相伴，偶尔回老家一次，也是蜻蜓点水，和父亲谈不了几句。这些时日以来，我和他却谈得很多，仿佛前些年的沉默就为了现在的倾诉。倾诉也是倾听。

我是男人，却英雄气短，喜欢侍弄文字，注定成不了鲁迅或者茅盾。没有我，地球照常运转，太阳照常从东方升起。既然可以不怕死，就可以从容地活了。父亲菜园里的一棵西瓜苗，没了我，可不行，浇水，施肥，还有"扣花"。我的欣赏，就是它蓬勃生长的力量。

男人就该金戈铁马吗？男人就该纵横捭阖吗？我也是男人，我不知羞地牵挂一棵小小的西瓜苗。

致外甥书

小雨给你写信了。学前班的老师布置作业，她一下子就想起了你。一放学，她就问我，大邮筒在哪里？一开始我以为是打油桶。我现在是彻头彻尾的凡父俗子了：小雨太小，你姥姥一直病着，肌肉萎缩。

小雨是第一次写信。我告诉她，想说什么就写什么，字不会写了有老爸呢。一些字，我先写好，然后从第一笔开始，又一笔一笔地写来，让这样的一棵禾苗渐渐长成了庄稼。她还不会书信的格式，想想让她顶格让她空格，我多么愚蠢。田野里的花朵是最美丽的，叶子鲜鲜花香淡淡。把它固定在局促的花盆里，说白了，是忘不了自己教师的身份。

我还欠你一封信呢。我这辈子亏欠的人太多，你是一个。我在乡下教书的时候，你还小；等你上了小学，我却走了。你妈妈每次说起你的学习，我都好一阵子惭愧。我是你唯一的舅舅，你唯一的舅舅是教师。去秋，读了你的来信，我更惭愧了：在我看不到的地方，你长大了，而我毫无觉察。过了暑假，说什么也要让你到城里来读初中。

这些年，我像一个蜗牛把家背在背上，走到哪里都背着老小。你姥姥的身体是一天不如一天。跑北京的大医院会诊过，淘民间的偏方治疗过，她现在就只有嘴还能动弹：到中午别忘了接小雨，下猪肉丸两个开锅就好了，快睡吧别熬夜了早上还要去上班。这声音，在我听来，是世界上最动听的音乐。我早上开始去体育场跑步了。跑到高尔夫球场那里，我总是停下来，看了又看，看了又看，那一群运动着的老人里没有你的姥姥。我不知道，我老了，还能不能打出那么漂亮的一记球，挟着一条优美的弧线，稳稳当当地落在指定的小巢里。我最近是如此地痴迷这个"巢"字。"你是在你妈妈的暖巢里孵化的一只小小鸟，你还不懂得'飞'是一个最活泼最轻盈的汉字"，这是我写给你的诗句，当时你刚满周岁，毛茸茸的小手抓着那张报纸不放，紧紧地，就像现在的我，死死地抓住每一个日子，我怕一松手，我的母亲就会飞走，飞到再大的哭声也追不到的地方。

我愈是怀念你姥姥健康的日子，就愈是珍爱活着的亲人。你姥姥只有两个孩子：我和你的妈妈。你妈妈有了你，我有了我的女儿。生命是如此地繁衍生息，绵延不止。就像老家地里的麦子，在深秋播下种子，风过雨过霜过雪过，终于在来年的夏天炽热地举起了自己的累累果实。

我与信给你，不为劝导你如何好好学习不想约束你不要干什么，只是想和你说说话，我把你当成了一个倾听者，或者说，是一种朋友般的谈心。就像一个走下讲台的教师，来到了学生身边。

你家天井里的杏树快开花了吧。我觉得，杏花是很有层次的花朵，含苞时是纯正的红，开了，渐渐地淡，繁盛时但见洁白洁白的雪。所有的颜色，归结于明净古朴的白，也是杏花走向凋零的时刻。

今年暑假，再来玩吧。记着带上你家的杏子，把最大的一枚送到你姥姥的眼前。

味蕾上的故乡

阳光的河流

酒像某种女人，让你难舍难分。先是被它的异香吸引，味蕾上的焦渴，使得你的身体成为爱的器皿，想整个儿装下它。然后，酒像长蛇进入，搅动你的五脏六腑，颠覆你的现实世界，让你沉醉，燃烧，沸腾，整个人处于一种曼妙的飞升状态。你进入另外的时间，成为另一个人。

酒与爱情，是否有着某种隐秘的关联？有力的爱情，是透明如水的，也是热烈似火的。爱情带来麻醉和欢愉，是超脱生活表层的幻觉。

想到酒的出现，不妨对此进行一番大胆的虚构。酒的传说很多。相对于真实的情感，传说更像是一场超时空的虚构接力。在我们视线的终点上，酒以透明的液态的形体存在，它能让我们看到什么。

景芝酒厂的生产流水线，呈现着时光的序列。空空的酒瓶，在迷宫一样的路线上寻找着春雨的灌注，像挺秀的小树，长出夏天的浓郁，成为绚烂的秋，却不像苹果一样长出伤疤，或者香气散尽，果实腐烂成泥。它以它的通透纯净回应着时间的无涯。由此想到酒的酿造，是否遵循着一个精密的数学公式？它依赖的是粮食与水的临界点，还是时间的缓慢进程？如果是后者，那么，酿酒本身就蕴藏着太多的艺术成分。在纯粮酿造车间蒸腾的热气里，一群强悍的男人在烧旺的大锅周围劳动，就像万物朝向心中的太阳。雄性的气息内敛，酿酒工艺在包装车间显露出它阴柔的特征。清一色的女工在检查着酒瓶的透明度，粘贴醒目的商标。在线形的流程上，她们每一个细小的动作仿佛朵朵轻柔的浪花，呈现着流水的韵致。像生命的创造，最后的工序由女性完成。

　　这让我看到了时间的幻象。最初的酿酒人，他的身影摆渡在庄稼的波浪之上。泼洒的阳光，把他渲染成油画里的人物。他在劳动，更像是深陷于阳光的芬芳和植物的气息里，无法自拔。他对时间和往事有着绵长的情意。他像《香水》里的格雷诺耶，有着惊世绝伦的嗅觉。是嗅觉，让他在大地的劳动中抓住了飘渺的梦。他企图保存香气的唯一方式就是为粮食安排来生，让眼前的梦浸染遥远的未来；或者，循着香气的路径，他可以在许多年以后轻易地抵达过往的激情。庄稼夏荣冬枯，去年的种子长出今日的果实。在这有限与无限的形象暗示下，他发现，形态的变换可以使短暂的事物达成恒久。由此，我对今天的一些技术产生了怀疑，"真空包装"给出的时间期限是常温避光下的短短两三月。越发地神往那最初的酿酒人。是怎样的一种单纯而热烈的激情，使他把固态的粮食固执地指向了液体的白酒？

　　大地上的香气如花绽放，赤橙黄绿青蓝紫，让人自然而然地看到万物之上的太阳，它的七彩归结为清澈的金黄。酿酒人，他在个人的隐秘王国里，掌握着上天的旨意，他从大地深处醒来，植物的香气在如水的阳光里升腾，那是酿酒人提炼出的梦境，一种透明的芬芳。作为酒上好的大曲，梦境无法复制，我们只能从迷醉的酒香里确证着它的存在。

　　这样的酒香，无疑使更多的味蕾得以复活，能够在平淡的生活里品出酸甜苦辣，最大限度地解放了人类的知觉。从某种意义上说，"透瓶香"使酒具有一种亲和温暖的气息，我们因此看到了那个被香气的祥云笼罩着的普度众生的神。

　　我愿意把酒看做居住在人的身体里的神。三杯两盏落肚，"酒助神威降猛虎，谁道三碗不过岗"，人类认识到自身力量的单薄，便创造了酒，用"酒劲"和身外残酷的世界相较量。想起梁山聚义厅里，一碗鸡血酒，八百里水泊荡涤乾坤，水浒英雄代理着上天的权力。想起醉卧沙场，将士们试图在酒的力量里规范世界的秩序，以戈止武，酒成就了多少快意英雄。外部的酒成为身体的内核，人变得强大起来，就像西方电影里的超人，完成着常人状态下很难完成的事业。有了酒，人类实现了自我救赎，身体里生出神性的力量。

酒是一种宗教。精深教义的外延，多是一些慈祥的宽厚的造像。酒的光洁的面容，具有亲和力和可信性。人们乐于接近它，像一个个虔诚的信徒，向酒倾吐着内心的隐秘，获取温暖的抚慰。"借酒浇愁"，人们把个体无法消解的苦难，全交给了酒。酒杯似乎成了人们身上生长着的器官，酒如血液，很容易打通全身的经脉。一个获得内力的人，他因此与别人不同。他的面容看起来并无二致，我们只能从他的举止中窥探他内心的火焰。"酒入豪肠 七分化作月光/剩下的三分 啸成了剑气/绣口一吐 就是半个盛唐"（余光中《忆李白》），李白是绕不过去的一个人物，他似乎为诗歌而生，他的身体同时也是一个巨大的酒的容器，他和酒纠缠，仿佛在所有的时间和自己相恋。他举杯邀明月，当歌对酒时，酒使他成为燃着的焰心，光芒照耀着他的领域，再难消散。"酒中仙"不是一个荣誉称号，而是一种落拓不羁超然出尘的生存方式。

酒把天上的阳光和人间的芳香融为一体，充满着深厚的慈爱和深层的悲悯。作为大地的精华庄稼的魂魄，酒改善了农民和生存的关系，酒在溶解劳动艰辛的同时，也热情地覆盖了他们的困窘，激活沉闷的氛围，使得空气里的每一个分子都在膨胀，生活不断地呈现着它新鲜的表情。他们身上交织着的汗味与酒的热烈，彼此的属性正好对接，如水涌流在植株里，"长辈贪杯我闻香"（臧克家），不知杜康、XO为何物的乡民们，一杯家乡的白酒让他们活得有滋有味。"沾唇不禁念故乡"，是酒在证实着我们的籍贯。酒，是味蕾上的故乡。

去参观的酒厂位于大地的中央，四围是青青亮亮的庄稼，阳光在大地上流淌。庄稼在阳光阔大宽厚的抚慰中，向我传送着大地深处的气息。

煎饼的味道

就想吃母亲摊的煎饼。

母亲摊的一手好煎饼。"圆如银月，大如铜缸，薄如剡溪之纸，色如黄鹤之翎"，这是蒲松龄《煎饼赋》里的描述。

我不知道，从什么时候开始就有了这样的印象。母亲盘腿坐在蒲团上，面前卧着一面鏊子，母亲刚用"油搭子"匀匀地擦了一遍，鏊子黝黑的脸庞即刻泛起油亮的光泽，像酷酷的很男人的笑。火是玉米秸火，焰长，面大，势头均匀，鏊子滚烫的时候，母亲左手舀了面糊，扣在鏊子正中，右手握了竹笓，悬肘，提腕，但见面糊径直而下，如溪水出涧，到鏊子底部，又旋即攀援直上，像秒针，速度快，也毫厘不差地走一个圆，竹笓逐渐平起内收，鏊面上就现出一个圆满的圆。满是面糊的满，是一种弥漫，一种覆盖。煎饼熟了，母亲轻掀两边，米黄色的一张煎饼，薄薄的，浮光轻闪之间，隐现出母亲的笑脸。

我的小舅就认母亲摊的煎饼。小舅结了婚，儿子上了大学，还经常请母亲过去摊煎饼。这是经年之后的一种味蕾上的认同。姥姥去世的那年，母亲已经19岁了，她的身后拖着四个弟弟和一个妹妹，小舅只有5岁。外公当过私塾先生，我就是在他的窗台上读到了《水浒》、《三国演义》，我迷上了文学，在我的小学时期。多年以后，在别人的赞美里，我多么羡慕我的母亲，她摊的煎饼大而薄，卷起来只有拇指那么粗细。母亲是嫁出去的闺女，却是泼不出去的水。夫家、娘家是一个村的，腿去也就五分钟，来来回回，不过从一面鏊子走到另一面鏊子。在老家，摊煎饼还有一个说法，叫"办干粮"。逢年过节，割麦忙秋，母亲总要提前办好两家的干粮，那些年，除了摊两摞煎饼，似乎真的没有别的干粮了。两摞煎饼，白天摆在堂屋里，夜晚晾在石磨上，煎饼越翻越薄，日子越积越厚。许多年就这样过去了。

母亲嫁我父亲后，就像一面鏊子站在屋角，悄无声息。或许，家里让她忙的活太多了，譬如摊煎饼。我家人口多，二叔、二姑、三姑都姓郝，父亲是大哥，姓刘。我还有一个大姑，也姓刘。爷爷病逝了，奶奶抱着不满周岁的父亲，改嫁了东朱耿一户姓郝的人家；大姑10岁，送给南林村一孙姓人家做了童养媳，挨到长大，成婚不久被抛弃，大姑先是改嫁东朱耿，然后又是南林（夫家姓曹），最后是院上，现在，子孙一大群，活得挺滋润。说说我家吧。二姑、三姑先后出嫁，二婶过门了。三姑和二婶是换亲。说来也巧，撮合这门亲事的是父亲的姑表，他把妹妹的女儿许配给我的二叔，又安排我三姑嫁给他的外甥。也就是说，二婶的母亲是我的表姑，我一直这样称呼她。两门亲事，看似错落盘结，事实上没有一点血缘纠缠。我是不是说得有点凌乱？

其实，我想说的是，我们一大家人在一起，日子不会太好，但也不会更糟，这种情形，很像一种干粮，它是煎饼。煎饼的质地就是一家人的品格。

记得母亲摊煎饼以前，头天夜里，就泡了满满一盆粮食。摊玉米煎饼，要把玉米大豆碾成馇子，然后和小麦一起浸泡。如果是瓜干的，先把瓜干泡软，切碎，最后和玉米大豆们在水盆里会合。遇上年头不好，一家人就四处打捞榆树皮，去大碾磨碎了，再囤里瓮里寻些高粱瓜干小麦玉米，它们颗粒大小不一，颜色红黄不均，却都是土地上长出来的物华。在温润的水里，过了一夜，玉米性子绵软了，小麦胖胖的，十足的富贵相。天亮了，粮食们从磨眼里涌进去，再流到磨台上的时候，就是面糊，你根本分不清哪是玉米，哪是大豆，哪是榆树皮，只是晶莹的黏稠的一盆。

在农村，摊各种粮食的煎饼，几乎都要掺些大豆，半斤即可，一斤也行。这样，煎饼就不会粘鏊子。没有哪一种煎饼用大豆命名，你用牙齿反复分析，也只是品出整个煎饼的松酥爽口，大象无形，大豆如空气，却是无处不在。它可能不是房屋的檩条，但它一定是袅袅的炊烟，有了炊烟，房屋不是房屋，是家。粮食的粗细其实就是日子的枯荣，一把大豆，就把粮食们结合成了煎饼，大若茶盘，薄如蝉翼，闻着吃着，都是无边无际的舒坦。

后来，父亲和二叔分家了，在我舅爷爷的主持下。家什是我和团结（二叔的儿子）轮流挑的。他指了指手推车，我说，我要鏊子。老宅子给了二叔，我们一家四口早些年不停地搬来搬去，妹妹小，觉着新鲜，睡觉也踏实，听不到深夜里父亲重重的叹息，和母亲轻轻的安慰。母亲人随和，手艺好，经常被左邻右舍请去帮工。摊煎饼，盘腿时间长，重复动作多，两个人一倒班，就可以减缓一下劳累。农村给了母亲一面巨大的鏊子，让她不断提高她的技艺，她用一张张煎饼和村里人对话。她特别在乎别人的邀请，似乎整个人活在了乡亲们的认同里。她不在乎身体的疲惫。作为回报，母亲往往拎回来几张新摊的煎饼，让我们爷仨吃了个风卷残云。问她，她说吃过了。母亲只是看，脸上荡漾着微笑。这是母亲一生中极为荣光的时刻。

我家一日三餐，多是煎饼。饿了，一碗白开水泡一张煎饼；闲了，掰几块干脆的煎饼充点心，咬出满嘴的"嘎蹦"声，日子不也是这样的酥脆响亮吗？过日子，好比摊煎饼，是要粗粮细做的。粮食们在深夜的水中握手，在清晨的石磨里相融，在上午的鏊子上结合，这太像一种仪式了，繁琐而神圣。摊煎饼的母亲，坐在蒲团上，有如挥笔的画师，不同地块、不同季节的粮食们，可能粗糙，可能瘦弱，现在已是细腻温软的面糊。色彩丰腴的面糊，母亲挥着竹篾的画笔，把它们绘成了一张张太阳，或者月亮。

我的母亲，现在和太阳月亮们生活在了天上，即使人世间有千万面鏊子，于我，不过是一些空空的蝉蜕。我再也吃不上母亲摊的煎饼了。这样写着的时候，我的脸上，已经流出三尺长的涎水，或者泪水。

萝卜小豆腐

俗话说，萝卜白菜，各有所爱。我要说的萝卜小豆腐这道民间小吃，在那些年代是贫农出身，绝对吃香。

豆腐，因是"都福"的谐音，只在过年时打扮得白头净脸晃晃人眼。萝卜，被冬天宠坏了，"冬吃萝卜夏吃姜，不劳医生开处方"，那时，只要抬眼看看乡间初冬的菜园，一定有萝卜们青翠着最后的颜色。贫下中农一条心，朴素的阶级意识使煎饼紧密团结在大葱周围，也使萝卜和豆腐在一口老锅里相濡以沫。

时令既然是冬天，坡里的活儿都忙完了，该收的收了，该种的种了——去菜园里拔萝卜实际上成了一项轻松的娱乐活动，握惯了锄把拔完了玉米秸的大手拔起萝卜来，那情形简直是欢快的舞蹈，泥巴四溅如音符纷飞，跑到女人手里的萝卜温顺得像刚刚懂事的孩子，一脸恬静地享受着柔情的抚摸，这场面，哪有半点劳动的艰辛？更有顽皮的孩子伸手去拔，萝卜闹情绪就是不听指挥，刚准备使出吃奶的劲，萝卜偏偏自己从土里跳出来，让那孩子摔了个四仰朝天，一嘴的泥土堵不住满园的笑声。乡下至今还有"拔萝卜"的游戏，大人（有时是大孩子）爱昵地搬起孩子的头，把孩子从平地上"拔"起。

终于等到了萝卜小豆腐。萝卜埋在天井朝阳的地方保鲜，是今冬明春的菜蔬。掰下的萝卜缨喂猪，太奢侈了，还是来一锅萝卜小豆腐吧，是菜，也可充饭。把萝卜缨洗净，剁成指甲盖般大小，烧一个开锅，捞出来，放在井水里一浸，便是一盆色彩养眼的翡翠了。在菜板上剁碎剁细，用两手攥去菜里的水分，攥成一个个"拳头"样的菜团。该磨豆子了。豆子，是昨天夜里早早泡好的，在石磨里三磨两磨，豆子与水就变成豆浆了。石磨是上下两扇的，下扇不动，周边却涌流着珍珠的瀑布。青青的菜蔬，白白的豆腐，在火的热情簇拥下相亲相爱了。火最好是玉米秸火，焰长，面大，势头均匀，五六个开锅之后，便是食物中的鸳鸯配——萝卜小豆腐。

许多年后偶然的一天，在城市的美轮美奂里大谈文学，饿了，绅士般打开精美的菜单，点上一道"珍珠翡翠白玉汤"，服务生端上来，竟是一盆萝卜小豆腐，一时间谁也顾不上高谈阔论了。忽然想起家乡的一个女孩，课间对同桌说她昨晚如何如何吃了三碗萝卜小豆腐，不想被男生听了去，从此私下里叫她"萝卜小豆腐"。那女孩肤白肉嫩，手是嫩藕，脸如荷花，现在长大了，不知是不是成了一位"豆腐西施"。

家乡的萝卜小豆腐做法单一，就那么青青白白的一锅，但吃法多样。最普通的吃法是一家人围着一口大锅，一人一碗，青白相融，色嫩味鲜，不管年老年少有牙没牙一概食如甘饴，开胃充饥，嚼在嘴里，是无边无际的鲜美，直接扒进肚里也行，酥软酥软的，禁饱，撑不着。如果再铺张浪费一点，抓一小把黄豆葱花般撒在锅里，整锅美味就越发形象生动了。做好了萝卜小豆腐，耐下性子，可以和面，早些时候是地瓜面，加工成萝卜豆腐包，一下子就解决了好几天的温饱问题。吃不完的萝卜小豆腐，还可以在下一顿投到油花四溅的热锅里一炒，端上饭桌，就是一盘清爽爽绵软软的小炒萝卜豆腐，品质柔细，调味拉饭，粗茶淡饭变得有滋有味。

鲜有鲜的味儿，陈有陈的理儿。拔完了萝卜，把萝卜缨顺手往屋顶上一扔，冬天的阳光就那么不紧不慢地晃着，不知道过了多少天，青青的萝卜缨黄灿灿的了，用长长的棍了划拉下来，挂在通风的屋檐下，整整一个冬天的黄粱美梦啊。嘴馋了，摘下来，仿佛从树上摘下苹果，做成的萝卜小豆腐耐嚼，越嚼越香，因色黄味永，乡下人又称它"黄菜豆腐"。萝卜小豆腐软和，不怕吃撑，"吃萝卜嗝气，不如狗放屁"，吃萝卜小豆腐也不例外，一连几碗吃下去，嗝几下气，却是上下舒坦，浑身通泰无比。

随着人们味觉的丰富与挑剔，萝卜小豆腐渐渐淡出了我们的生活，但是那种让人放心的原汁原味，那种青白相融的色泽，像极了乡亲们的情怀。我不知道是不是可以这样说，尝出了萝卜小豆腐的滋味，你就咂摸出了生活的味道。

香蕉冰棍

"香蕉"这两个字，是我们那个年代的孩子只能在小学的课本上才可以见到的。听说香蕉长在树上，可我们望酸了脖子，北方的树上只有"吊死鬼"（即大吊蛾，一种害虫）。槐花倒是年年飘香，谁知结出的还是又老又丑的"槐当啷"。

不知是哪一个夏天，突然从小村外面飘进一股凉爽的风：香蕉冰棍——香蕉冰棍——

南方的香蕉到北方都冻成冰棍了，我们的好奇心就像盛夏的阳光一样强烈，可香蕉冰棍却是上了花轿的大姑娘，听见五分硬币硬邦邦地拍在盖顶上，才闪亮出场，一身的羽衣霓裳，在阳光下极为抢眼。这派头，决不亚于今天的某些大牌明星。谁稀罕谁呀，不就是根冰棍吗？掺上一点黄颜料就假冒香蕉，这点包装谁不会？我们一帮穷孩子，就编了一个顺口溜对它进行舆论攻击：香蕉冰棍，吃了断气。特别是卖冰棍的小贩喊出上句，我们一齐对出下句，那感觉比吃了什么香蕉什么冰棍还甜还凉快。可能小贩一宿没睡，也可能世界变化太快，到第二天天刚想热的时候，从小贩嘴里抛出的口号就改成"香蕉冰糕"了。香蕉冰糕，吃了断腰。你看谁的变化快。

也不知道是天气太热，还是遭到了孩子们"恶毒"的打击，到了下午，香蕉冰棍便人老珠黄面容消瘦了，身价也一落千丈，二分一支，小贩一咬牙，五分钱三支赔本也卖，不比后来的冰淇淋、小雪人们冰雪聪明，驻颜有术，深居冰柜里，五十多岁的人了，一登场还是一副天真烂漫美少女的模样。

当时，乡下流行一种最原始最直接的买卖：物质交换。譬如用麦子换火烧油条，拿豆子换豆腐之类，多为用原材料交换加工品。有卖冰棍的瞅准了商机，推陈出新，可以拿空酒瓶兑换冰棍。这一招真灵，天不晌午，小贩就满载酒瓶哼着小曲直奔废品收购站了。

那些个夏天，我特别勤快，父亲喝酒不多，人却热情，家里短不了客人的，跑腿买酒的活儿全被我垄断了。父亲也从不过问空酒瓶的去向。记得那一天，我眼瞅着半瓶白酒，嘟囔着："咱家好几天没人来了。"母亲白了我一眼："小孩子懂什么，来客你忙活？"中午父亲没回家吃饭，偏偏"香蕉冰棍"的叫卖声在蝉声最热烈的时候响起，一阵一阵地让人心烦。怎么办？扳不倒葫芦酒不了油，我干脆把半瓶白酒倒掉，抓起空空的酒瓶换了一支冰棍。香蕉冰棍入目鲜黄晶亮，入口甘冽清凉，视觉味觉都是高度享受。风卷残云地吞完之后，确乎真的有了一丝丝凉意，不知是冰棍的功效神奇，还是真的有了一点点后怕。

晚上放学一回家，母亲就迎上来问我："你见那半瓶白酒了吗？你父亲正急呢！"我心一沉，小心翼翼地站在父亲面前，低下头，眼睛只能看见自己满是泥巴的脚丫。父亲的手臂一扬，我以为会是雷霆震怒，谁知那影子的移动是缓慢的，最后落在我头上，是爱抚，"酒也是粮食做的，倒了怪可惜。先用瓜干去小卖部换一斤散酒吧，今晚你二叔要来。"

在双手端着一瓢瓜干去兑换散酒的那一个夜晚，我告别了香蕉冰棍，也告别了我的童年。

冰糖葫芦

在我的记忆中，冰糖葫芦常常在年关俏立在大集的拐角，冬日暖阳里一袭的石榴裙光彩照人。我有时哭着闹着，跟在父亲后面，小跑五里路，就为了冰糖葫芦。她，是我青梅竹马的朋友。

我至今搞不明白，为什么人们把山楂说成是石榴。两种果实碰面时就用"大小"分得很清楚。两个都叫"妮"的女孩耍到了一块，不管原先相熟不，两家大人就"大妮"、"小妮"地叫开了。山楂里外都是酸的，无遮无拦的。石榴的酸是裹在里面的，只有人们触动她的心事时，才流出一粒粒的泪珠，晶莹剔透，即使忧伤也美丽动人。用竹签把山楂穿成一串儿，蘸上熔化的冰糖，酸里裹着的甜，是泪水浸泡出的微笑。这种滋味给人的回味是长久的。血红的色彩是山楂生命的象征，甜酸的味道是冰糖葫芦存在的表达。

南国诗人车前子说"糖葫芦是北方冻得通红的鼻子"，比喻新奇形象而有失真切。温和的南方人，敬畏棱角分明的北方像敬畏自己的父亲。今年回老家过春节，我还是买了两支冰糖葫芦，和我两岁的女儿小雨一人一支。拉着她的手，在家后的湾塘上溜冰，我心里暖暖的。这成熟与童真的并行，这红与白色彩的对比，两串火红的太阳燃烧在白茫茫的冰上。我不知道哪一种红色能像冰糖葫芦一样始终放射着家园的暖晴。我甚而觉得，这是岁末年初唯一的亮色，它赶走了童年的缺憾，驱散了少年的迷茫，

听说我生下来时很胖，可后来只长高不增重，身子越长越像竹签儿，脑袋成了一个糖葫芦，莫非我前生就和她有着某种血缘关系？我童年的手与巧克力、娃哈哈、喜之郎果冻是绝缘的，在我手中成为匆匆过客的一定是一些千篇一律的树叶，停留稍稍长久的该是一朵黄黄的、瘦瘦的苦菜花，交给家里空空的大盆吧。母亲揽上号召力强的地瓜面，就成了菜馍馍。不难想象，在没有味精的日子里，冰糖葫芦是怎样紧紧抓住我的双手的，我的童年也被这一串串红灯笼照亮了。

路上的风景

父亲赶集卖完盖帘常捎回一支冰糖葫芦。我的舌尖一触到她，那甜就直直地钻进了我心里。慢慢舔，细细品，那是一种无以复加的快感，像一个猎人不疾不徐地追赶着一只跑不掉的野兔。最上面的那个糖葫芦越发得红润了，我奢侈地一口吞掉她。"九"减去"一"，我口里数着，小脑袋一点一点地伴奏着。只有一根竹签了，也和它的伙伴做了我加减运算的工具。竹签儿耐用，不易折断，比木棒棒强多了。一支支冰糖葫芦，构筑起我的思维空间，无论形象还是抽象。我一直这样认为：当一种东西一旦进入你的生命，它将丰富你的一生。

白菜的白

这标题，一见，似乎感到有点轻松，似乎无须过多联想，你的耳边就溅起鲜嫩嫩脆生生的童音：白菜的白，老师的老。是一群小学生在强化识字练习吗？

是的，你只要拨开世俗的杂色，往霜降后的乡间菜园看一眼，你会发现，这标题与你的从前有关与你的生命有关。

其实，白菜最初的色泽是青翠的，一如你清纯的童年。白色，不是与生俱来的。正如年年秋天需种麦子一样，老家人每年也少不得要栽种白菜。每一棵白菜都不是独自来的，她们有自己的青梅竹马。一棵白菜一个窝，她的朋友要么拔掉，要么移栽别人地里，成了童养媳。还只有小碗口那么大的时候，白菜就经历了一场生离死别。生活的酸涩，白菜体会得比谁都深刻。也许很多年以后，小白菜噙着的露珠不知不觉就流成了你的眼泪。

从立秋到小雪，白菜清楚自己一百多天的生命长度。所以，她总是探出一片叶子，再探出一片叶子，又探出一片叶子。不停地扩张，只为收集更多的阳光；层层的铺垫，全为了寒风里紧握成拳。有一句俗语你应该知道，乡亲们说一个人无精打采，就说他被霜打了。不是吗？地瓜叶一夜之间褪尽青衫，精神萎缩。犹如当头一瓢凉水，经霜后的小小佛手不再做梦停止生长。霜降是一道坎。

许是习惯了在月色的清凉里梳妆，白菜觉得秋霜是另一种月光，给自己带来了福音。这时的菜叶已片片收拢，有的扎块地瓜秧，像女人系着围裙。白菜吸收着霜里的洁白和糖分，在瑟风里不断充实着自己的内心。打霜的白菜洁净又温柔，有一种特别的甜味，宛如成熟的女人。经风浸霜后，变得更加鲜嫩纯真白净从容，还有什么蔬菜能够如她们这般和谐于风霜？白菜的白，和麦子的黄一样，和辣椒的红一样，都是美的极点。

　　面对素雅的白菜，好男人不能不沉思。你想起来了，一冬一春是蔬菜奇缺的季节，你母亲夜间把白菜暖在炕东头，白天晒在阳光下，总是把吃剩的白菜疙瘩腌在咸菜瓮里，第二天一早捞出来，用菜刀切成细条，浇上几滴陈醋，入口甜酸甜酸的，是纯正的过去生活的味道。你母亲说，白菜味甘性凉，能清热解毒、消渴祛烦。一日三餐，她总能把白菜做成不同的花样，让平常的白色泛起亲切的光芒。

　　只是你不明白，为什么霜前的白菜有一种涩味，在许多蔬菜止步于霜降之时，为什么白菜反而开始甜美自己的思想？小雪之前走出菜地，正是白菜坚守洁白心灵的开始。既能从阳光中找到生长的能量，又能从秋霜里提取生命的色泽，白菜抵达了许多同类无法逾越的境界。

　　终于有一天，你一脸的庄重，像打开一部经典，一页，一页，当打开所有的叶片，你几乎不相信自己的眼睛：在远离了泥土许多天之后，在远离了水分许多天之后，那白菜心儿依然是鹅黄的一抹，依稀是秋日里灿然笑着的花朵，又如随时破茧而出的蝴蝶。

　　那年冬天，你回了一趟老家，从菜地里背来很多很多的白菜，码在你的屋子里，你说那是一个暖冬。

渐行渐远

朱耿河

一条河流，在我的肉体可能是一团模糊的气体时，就消逝了，就像旧历年祠堂上供着的祖先，薄薄的灯光漂洗着他们的名字。

它是朱耿河。朱耿河是一条雨水河，它的出身和消逝，像谜一样纠结在我的眉头。"一条大河波浪宽，风吹稻花香两岸"，这歌声在我听来，有时就是锯齿，切割着我内心的隐痛。几乎每个人都有一条童年的河流，但是，我没有。一个没有河流的童年，他的胳膊只能在半空中划来划去，以桨的姿势。

"东朱耿，因位于朱耿河以东而得名。"看过故乡的地名考，我只能臆测出这样的意象：一根匍匐着的藤蔓，结出了两个葫芦，葫芦长大以后成为瓢，在水缸里，浮浮沉沉，藤蔓像一条羸弱的手臂，满是皱褶，水分在悄无声息地，流失。

60 多年前，爷爷永远躺在了朱耿河的西岸。我的小脚奶奶抱着一个（我不满周岁的父亲），领着一个（我的大伯），走过了朱耿河。父亲太小，他后来只知道爷爷的名字是刘世温。大伯 11 岁那年得病死了，父亲成了刘家的独苗、郝家的长兄。父亲说，要是现在，你大伯就不会死，条件不行啊。父亲重重的叹息像石块，压得他低下头，只好用胳膊支撑着自己的倒伏。晚年的奶奶是父亲和二叔轮流赡养的，一家五天，按当地的集市日计算。是奶奶决定的，这样时间短，遇上农忙，两家都能顾上。奶奶来来回回，就像赶集，隔墙喊一声，奶奶便小腿勤挪，一步一颠地过来了。奶奶没有名字，生产队里按人头分东西，我看见奶奶的那份写着"郝赵氏"

（奶奶娘家赵姓），我的胸口像是被一床棉被堵着，憋闷，胀痛。我上学了，填写履历，"家庭成员"一栏：奶奶，赵氏。我对父亲心存芥蒂：他那时是生产队长，是郝姓家族的大哥。"水往低处流"，经年之后，我理解了奶奶和父亲。他们以水的姿态，把自身降到了最低处，赢得了最低限度的尊严。

一条河流，缝合了断裂的土地。西边我的籍贯，东边是我的故乡。这是一条负重累累的河流。它是一个赶脚的汉子，每天都在路上，忽然有一天，它走累了，躺下，沉溺在漫长的夜晚。它生在天上，死于大地。

我无比怀念我的爷爷，尽管他一直是一个称谓。我在乡下教书的时候，见过我一个同事的父亲，70多岁，腰都直不起来了，他弯腰抱起小孙子的时候，胖乎乎的肉墩正好填充了他的胸前，使他的身体不再是一个弧，而是敦实的，像装了新麦的粮囤。我停下来，作业不批改，只抱着笔，怔怔地看。有个爷爷多好，他用长长的胡子扎我的脸，他拽着我的小鸡鸡问：这东西是干什么的？我头一偏，看天：打种的！我高兴了，就骑在他头上，去捋高高的槐花。

一个没有爷爷的童年，注定是残缺的。消失的朱耿河是一根喑哑的琴弦，它的失语，让枯黄的叶子迟迟找不到春天的树枝。

今年清明，给母亲添了新土，我转道去了爷爷的坟墓，和我的女儿。爷爷的坟很小，像小时候的窝窝头。这些年，我们一家人不停地搬来搬去，东朱耿，慈埠，安丘，直到把母亲搬到亘古的黑暗里，才恍然明了，独独把一个人扔在了西朱耿。如果我是一滴水，爷爷必是我的上游。如同河流消失了，村庄站立着。

无论我怎么眺望，依然看不到我的朱耿河。那是怎样的一条河流？夏天的时候，田野的裂缝被朱耿河温柔地覆盖；到了冬季，它羸弱的手臂，依然挽着两个村庄，绵延的体恤，悠长的慈悲。

真的有过一条朱耿河吗？

我问父亲，他说，河流没什么两样，河流西边是咱村的坟地，有个西朱耿姓韩的在看林子，就叫了韩家林。韩家林已经是一块耕地的名字，有我家的责任田，现在由我的妹妹、妹夫耕种，农业税不收了，真是种瓜得瓜种豆得豆。

而我的爷爷，他一直就在河的西岸，他一个人（奶奶去世后葬在郝家的坟地）。他一定看见了我的父亲，在土里刨食，还有我的母亲——一个老实巴交的女人。他看着我们夏日割麦秋天浇水，看着我们的日子慢慢好起来。蒸了新麦馒头，上新麦坟，首先让爷爷尝一尝。我想，爷爷肯定饿坏了，他颤巍巍地接过来，吃得手上嘴里全是热气，然后，不住地打嗝，幸福地几近窒息。

奶奶肯定能记得爷爷的模样，她没有说。我的记忆开始明朗的时候，父亲快40岁了，早活过了爷爷的年龄。更多的时候，我注视着村里的老人，构造着我的爷爷。可爷爷呈现在我眼前的形象总是这样：英俊且悲哀。一个英年早逝的人，就像一条消失的河流，我们记得的，应该是有那么两排白杨守护着的一泓水流，水草肆意地生长，有蜻蜓从水面掠过，低低的，在麦浪之上飞翔。

每一棵庄稼和青草，都是河流抚育的孩子。

一条沉寂在地下的河流，它紧紧握着植物的根系，在无边的黑夜里。当每一株绿色挺出地面，都是一条向上的河流。

堂兄桂明

桂明，是我的堂兄，正值壮年，不想触电而亡。

他还有一个弟弟，叫桂亮。桂亮夏天出去卖冰棍，走到洪沟河桥上，突然肚子疼，用手捂了一会儿，又爬上车走村串巷了。过了一些不咸不淡不痛不痒的日子，又疼，很剧烈，拉着去了医院，又拉着回了家：肠道癌。兄弟两个，像流星，倏地一闪，消逝了。

桂亮媳妇带着女儿远嫁到了外村，即使打个照面也不认识了。桂明家嫂子，嫁了本村一个小伙子，住在原先的三间大屋里。这三间大屋，高高地挺立着，成了桂明曾经风光的最好的证据。不，还有他的儿子凯凯。不孝有三，无后为大。桂明没白活一回。听说，今年春节，凯凯和爷爷一起过年来。他爷爷点了鞭炮，凯凯用竹竿挑着，热烈的鞭炮在空中炸响，一个接一个，最后一响是外面凯凯后爸的喊声。放了鞭炮，就是过年了。鞭炮声走远了，留下一地的碎屑，花花绿绿的，像春天的脚印。人呢？

桂明心细手巧。初中升学考试，只是给家人的一个交代：我不是上学的料。桂明跟他小舅学起了木匠活，也进百家门吃百家饭了。他对木头的理解比我入木三分。我吊好了墨线，拉着拉着，锯就走偏了。桂明说，你不是干活的料。铁锯在他手里，是一张弓，我听到了木头鲜亮的歌声。周末，我有时抱着一本书，坐在马扎上，看桂明的忙碌像木屑一样纷纷扬扬。我埋头看书的姿势是不是刺激了他？他忙成了一个指挥家，指挥他的锯子刨子凿子斧子，演奏着一支木头圆舞曲。惟独他，不说话。桂明把岁月变成了沙发衣橱高低柜。我把时间变成了近视眼镜。丑陋粗糙的木头原来也有光洁细腻的内心，这是我以前所不知道的。桂明是我所认识的村里第一个不上门的木匠。他从集市东边买了木头，拉回家，再拉回来，木头已经被点化成了敦实的茶几伟岸的衣橱，还有喜鹊在喳喳地叫着。

几年过去了，我回乡当了教书匠。我年轻要强，总想成绩高人一头，动不动就发脾气，用半生不熟的普通话大声训斥学生：真是一些木头。有一次，我到镇上理发，我过去的一个学生就在店里学徒。他辍学了。我问他这里发工资吗？他说打打下手不缴学费就挺好了。我问学完了自己干？他说回村开店俺村挨着公路呢。不知怎的，那时，我想起了桂明，他真是一个好木匠。作为我们这一代的青年人，许多人热衷于向外走，桂明却偏偏以留守生活的方式，在家乡的土壤里扎根，发芽，长成高大的树木，枝叶里贮满了风声和新鲜的鸟鸣。

我调到县城教书以后，离童年的语境越来越远，我们的见面也一次比一次客气。桂亮走了，桂明也越来越沉默了，他父母都信了耶稣。桂明一不抽烟二不喝酒，便拼命扛活，一觉醒来，就像掰开闸的电锯，固执地深入木头黑暗潮湿的内心。其间，有一种分解，剥离，暴晒，最后的形状是四条腿的桌凳，敦实，牢靠，平整，也像乡村男人的模样。其实，日子就是一堆粗糙的木头，只有像铁锯那样投入，我们才看到木头的纹理清晰，年轮如波纹，一圈一圈，荡漾在一种晴朗的安好里。桂明的日子直观形象，木头一样。他拆了狭窄逼仄的过道，建了大门楼，开来了汽车，汽笛一响，羊咩狗吠，日子欢腾跳跃。桂明开了家具店跑起了运输，还是丢不下手里的铁锯和刨子。还是很少说话。那年春节，硬塞给我女儿压岁钱之后，桂明便邀我过两天去他家坐坐，说家里什么都有，现成着呢。我礼节性地答应着，炕头还没睡热，就坐车赶回了单位。谁知，竟是最后的一面。我记得，那夜雨下得很大，扯天扯地地垂落。听说桂明半夜从炕上爬起来，去看看电闸合了没有，却从此合上了双眼，一根硬实粗壮的木头，从此吐不出新芽一样的呼吸。我记得他初中物理学得很好的，他好像说过在村里当个电工挺吃香的。他怎么就忘了，干燥的木头不导电，一受潮呢？作为木匠，最后和木头们躺在一起，也是寿终正寝了吧。

对于他的死，他的父母这样认为：那晚是上帝派人来喊他呢，声音真大，我们都听到了，他去了天堂，和天津（桂亮的乳名）做伴呢。

我觉得，一个人的生命，其实就是一根木头，扎根，发芽，抽枝，有了一些岁月，被一些铁锯刨子唤醒，摇身一变，成为吃饭用的圆桌睡觉用的木床，长久地稳固着我们的生活。不声不响的。

老张叔

老张叔失踪八年了吧。口粮田还一直分着，户主还是他的名字。

早些年，老张叔精神就出了问题，一个劲儿地抽闷烟。庄户人属鸡，土里刨食。张婶下坡了，饭温在锅里，晌午回来，一看，人像锅盖一样沉默，呆在早上的地方。馒头，冰凉冰凉的。

我们那里有仲秋节看闺女的习惯。老张叔弟兄三个，排行老大。8月14这天，他去十里外的刘家庄看妹妹，再也没有回来。庄户人下棋，老喊"没得走了拱步卒"，也喊"小卒一去不还乡"。说的是棋路。老张叔就是棋盘上的一个小卒。

老张叔生来少言寡语，一个大老爷们儿，三脚踹不出个屁来，活得有点窝囊。他养了四个孩子，全是清一色的子弟兵，就凭这一点，村里不少人夸他像个男爷们儿：女人的地，男人种，你看人家老张，真有两斧子。他的四个儿子：农民、会民、世民、金民，一个"民"字，附在他们乳名的后面，是一块怎么甩也甩不掉的泥巴。明摆着就是四处大屋。老张叔有时嘟囔：你们四个，哪怕有一个考上学，我也省了一份心思。

家里有四个儿子，日子过得挺紧巴。我记事时起，老张叔就一脸凝重，很些干部的派头，村里让他干了生产队会计，算盘拨得比生孩子还费劲，不几天，就专门伺候土地了。会计会计，他这么慢，怎么干得了会计？他算账很仔细，哪怕是一眼就能看出来的加法，他也要听到噼里啪啦的算珠声，如此几遍，才端端正正地写在账簿上。有了计算器计算机，那是许多年以后的事情了。

庄户人过日子，一是要大干快上，用小学时作文中的话就是"披星戴月"，就是"冒着严寒顶着酷暑"；二是抠抠牙缝紧紧腰带，"喝三年薄粥，买一头黄牛"，要节俭。老张叔的第一处新瓦房就是这样盖起来的。大儿农民结婚了。二子会民结婚了。老张叔抱了孙子。偶而回家，我路过老张叔的咳嗽和他孙子的笑声，迎头正碰上我的父亲："会民家那小子都喊你大爷了。"我和会民是初中同学。

老张叔的名字，再次出现在我的生活里，是一些年以后了。当时，我在县城教书，离故乡越来越远。一天，他的一个堂弟打听着老张叔，也打听着我，问我见着老张叔没有，我说没有。他说你知道老张叔的模样你向老师同学们说说都注意注意。在学校门口说完这些，他便步行着，向西去了。

离开故乡以后，父亲成了我和故乡唯一的联系。常常，一忙完农活，就来帮着母亲看孩子。父亲抱着他白白胖胖的孙女说，整个村里姓张的人全出动了，方圆几百里全找遍了，还上了电视登了报纸。

老张叔原来有一个很响亮的名字：张洪亮。他没想到，在他失踪以后，他的名字很响亮地出现在电视屏幕上，像暴雨后的青草，肆意地生长着，蔓延着。这是他人生第一次上电视呢。

故园之恋

在故乡的正午

几天前，我从别人的城市回到我的故乡。回故乡的理由很简单：方便。

在别人的城市里，有我的家，有我病着的母亲。一上车，同学就问我，为什么两年多没有回来了？在校园里我们总这样写诗，故乡是我的母亲，现在呢，我的母亲是我永远的故乡。

我姐来短信了：这么急着回乡？进入故乡，我的手机没了信号。这是不是一个暗示呢？它想告诉我什么。

路过我大姑住的园屋，车停了。我一弯腰就进去了。她的园屋就在大路边，原先是看菜园的小屋，后来听小舅幽默地称这种建筑为"开发区"，说哪天不中用了，就住开发区去，图个耳朵清净。大姑一见我就问我母亲的病情，接着用衣袖不停地擦自己的眼角。这样的场景在故乡重复了几次，只是人物在变：二姑、二婶、舅母、妹妹。我总是说一句话，我得走了，我同学在外面等着呢。时间短得连自己的感情都来不及发动。

我和我的同学同时看到了那座小桥。我不自觉地直起了身子，我看到了我的一个表姐，好像在等什么人，我没有下车。我同学记起了往事，1991年春节，他赶了60里路，就在这桥头买了两瓶"老黄皮"（故乡对一种白酒的爱称，酒的包装是黄色的），别在自行车的后架上去了我家。

我同学现在是这个镇上的党委书记。经过镇上时，我记起了他的身份。小镇不过是放大了的村庄，也有一条主要的街道，不过这街道将派出所、电信局、政府大院、农业银行、我曾经教书的中学和大大小小的商店穿成一串，样子像极了插在竿子最上方的冰糖葫芦，在正午的阳光下，我看到了它亮亮的，车在动，我看到了细碎的舞蹈。碎的，拾不起来，许多年前没有发现的美。那时的我总觉得生活在别处。

我还记起了我此行的缘由。车平稳地驶入村前的道路，我想到了一个新兴的词语：村村通。故乡通过一条道路给了我崭新的感觉。是的，故乡的道路，是新鲜年轻的表情，是老树的一枝新绿。庄稼和风，流动的彩虹。我被正午道路上流淌的时间缠住了思绪。你该写写这道路的，是你小舅干了村支书以后带领村里人修的。同学的声音仿佛从遥远的时空跌落。

我看到了我家的老屋。说白了，是老屋曾经存在的地方，上面矗立着别人的新瓦房。老屋倒下的那天，父母哭了，我想我已经没有泪水了。老屋的炊烟是和母亲融为一体的。如果有一天，母亲再走了，失去了生命的源头，我不知道我还有多长的流程。无家可归。

出门迎接我们的，先是小舅家的黄狗，然后是表弟，是小舅，还有两手油腻系着围裙的舅母。小舅很高兴，他看上去很阳光。从他的笑容里我看到了我母亲。他看到了什么？他姐姐？他上司？我同学说好的，我们一起聚聚，没有其他的内容。我的同学崔也来了，他和我一起离家上学一起回乡教书。1990 年放秋假了，我俩还呆在学校里，吃了他煮的面条，我闹肚子回家了。他依然以留守生活的方式培育着故乡新鲜稚嫩的书声。

我们开始不停地碰杯，没有话说的时候就碰杯，互相敬完了再敬各人的长辈。崔说我瘦了我说熬夜鼓捣稿费呢。小舅说今年书记多扶持一下俺村啊，我于是喊着"书记"和同学碰杯，同学说咱是同学你别折腾我。三舅也来了，还好，他没有问我的母亲。这种情状，有些酒一碰就得喝光，有些话题一碰就得心痛。喝着喝着，我换成了茶水。我很清醒，见了故乡的人，我还是沉浸在了童年的语境中。

走的时候，很娴熟地一弯腰，钻进车里，就这样迅疾地离开了我的故乡。不过两个小时，蜻蜓点水一般，而这是滋润着我生命的水，一生

路上的风景

的水。

在我寄居的城市，正午我是睡着的。在故乡，我醒着，也仿佛行走在梦中。看到故乡的屋顶鱼鳞一样闪着点点的白光，我忽然想起这样一句话：

只有回头的风景，没有回头的命运。

鞋垫

母亲健康的时候，每年冬天，我都会有两双崭新的棉鞋垫。上面是长长的线头，就像春日茸茸的草地。下面是密密的针脚。一段绵长深邃的时间。

母亲把做鞋垫叫"割鞋垫"。割，其实是做鞋垫的最后一道工序，好比割小麦收玉米一样。乡村很看重最关键的一步。

母亲先把平日节余的碎布片找出来，平铺在桌子上，然后在上面均匀地抹上面糊，再铺好一层布片，如此三次，布片就厚厚的，像一面挡风的墙。冬日的阳光看似不紧不慢地晃着，厚布片却越来越硬实坚挺了。鞋垫样子，母亲早早画好了的。我的脚在废弃的报纸上一踩，母亲拿笔环绕着我的脚划拉一圈，就是最合脚的鞋垫样子。按照鞋垫样子，母亲的剪刀，在厚布片上弯弯曲曲地走上两圈，就像大蒜褪去外皮，留下物质的核心。把一双鞋垫的雏形对折，重合，中间夹上四层麻袋片子，用洁白的布片包裹了，再笔直地走上一条白线。两只鞋垫，就像菜园里的萝卜和白菜，隔着一些些篱笆，通过来来回回的风，倾吐着心事。

鞋垫上的图案，是母亲带着我的圆珠笔，托一个婶子画的，是盛开的桃花或者牡丹。红的，紫的，绿的，蓝的，无数根彩色的棉线在鞋垫上穿梭，这似乎意味着，脚下的路五彩缤纷。用菜刀从鞋垫对折的中间，均匀地小心地切开，两只鞋垫便灿烂在阳光下了。割好的鞋垫，大红大紫着，朴素饱满，是乡村堆砌出的节日的颜色。鞋垫对折着，塞了麻布片，也就留了足够的空隙，使得线头像茂盛的草，柔软，细腻。这是任何一种布料都难以企及的品质。

母亲给我割一双鞋垫，一般要用一个月的工夫。每年都是这样。我把去年的抽出来，塞进新的鞋垫，就一脚踩在地上了。

鞋垫很轻，没有负担。18岁的时候，我曾经陷溺的天地开始向外界打开。我竖着衣领，像一只误入城市森林的黑乌鸦，把鞋子交给了异乡陌生的街道。我可能提着简单的行李，或者腋下夹了一本诗集。现在想来，这些年，我一直拎着的行李可能只有两件：我的梦和母亲的鞋垫。

是的，我以前是个诗人。我把鞋子写作船，停泊或者航行。我把双腿夸张成了桅杆，蔑视着地平线。我记得我没有写过鞋垫的。在脚底下，被油亮的皮鞋裹着，它不动声色，仿佛一直睡着，睡在乡村静谧而缓慢的时光里。

鞋垫不是诗，它是脚踏实地的生活。

冬天的风景是单调而枯燥的。母亲的鞋垫，与春暖花开的季节构成了一种颜色上的呼应。常常，一双踩在脚下不见天日，一双花朵一样绽放在窗台上的阳光里。好比我的两张面孔，一张面对自己，一张笑对别人。其实，鞋垫就是鞋垫，它本身并没有什么特定的含义。母亲不是精于女红的那种，她之所以中年以后去努力掌握割鞋垫这一繁复的工艺，完全跟我的脚有关。

以前，寒冷总能从我的脚上打开缺口，然后顺着脚心直往上走，我的身体便晾在异乡的冷漠里。脚上满是裂口，像锉刀，一截坚硬粗砺的岁月。最难捱的是春天。柳树发芽以后，我的双脚也有一种蚯蚓一样的东西，在脚底游动。奇痒无比，心烦意乱。赤着脚，施施然走在冰凉的水泥地上，缓和着一时之痒。

显然，母亲用一种棉质的关怀和绵密的体贴，在塑造着我的形状。我是一棵树，直根须根都浸润在柔软的水里。

走了这么些年，我一直走在母亲的鞋垫上。

后来，我恋爱了。

看到了我的鞋垫，女友秀问我，哪里买的？真好看！我想我的反应一定很快，我母亲纳的。

秀是穿着母亲的鞋垫出嫁的。那是一个女人最灿烂的时刻，一朵东风枝头雍容华贵的牡丹。结婚的那天，我忽然呆呆地看着我的母亲。她微笑着，迎来送往着每一个客人。新娘是婚礼的焦点。我的母亲，是秋日收获后的土地上一朵兀自开着的喇叭花，在不为人注意的角落，装扮着大地的颜色。

结婚八年，孩子六岁，生活并不浪漫。吵了，闹了，笑了，好了，婚姻有点磕磕绊绊。母亲一直跟着，哄孩子，掌勺子，缝缝补补着家庭的裂痕。我呢，看看书，也写写诗，偶尔也给过去的女生发发短信。

针与线，在我的母亲所表现出来的最炫目的成果是她的鞋垫，细腻艳丽。而我，走了这么多路走了这么些年，一脚踏着的是母亲健康的岁月。

母亲是孩子的鞋垫，磕磕绊绊拉拉扯扯的，是一生的呵护。

月亮在天上

祖母走了，月亮便圆了。

中秋节这天，父亲特意用三斤小麦换了一斤月饼。饭桌摆在敞亮的天井里，月饼放在圆圆的盘子里。

月亮，是一颗硕大的泪珠，挂在天上。

祖母走了，家里一下子变得冷清起来，好像突然少了很多人，空空荡荡的。我父亲不满周岁的时候，爷爷病故了。祖母就颠着小脚颤颤巍巍地围着锅台转，也跑到地里捆捆麦个拔拔杂草。哪里都是她忙碌的身影，就像皎洁的月光，一声不响的，天井里明明亮亮的，菜园的扁豆架下也有细细碎碎的花影，如一些些银币。

月饼是完整的，犹如一个梦。父亲收拾了桌子，横一下竖一刀，把月饼均匀地分成四份，说："你祖母不舍得吃，把她的那份留给大家了。"我，咽下去的却只有泪水。

上小学时，课间有同学从书包里掏出一块月饼，炫耀，他很夸张地咬了一口，然后就听到了冰糖咬碎的声音，脆生生的。放了学，我拽着父亲的衣角要。父亲瞪了我一眼，吓得我缩回了手。

祖母开始张罗起来。馅子是瓜干面，用油拌了，掺上红糖，把面团揉搓得绵软软的，再塞上几块硕大的冰糖，让人眼瞅着直流口水。面，是白白的小麦粉。做好的月饼馅包在白面里，就像冬天的大白菜呵护着内心的甜蜜。月饼"卡子"是我跑到邻居家借来的。那天我格外勤快。大把大把地从草垛上撕着麦穰，小跑着抱回灶屋，在天井里撒了一溜，金黄金黄的，是秋天的阳光。

那年中秋真好。咬一口祖母做的月饼，看一眼天上圆圆的月亮，口里心里是蜜一样的甜。月亮也是香酥酥甜腻腻的吗？

祖母走了，一只小鸟从此失去了一片浓密的树阴。以前犯了错误，我总是把祖母请出来，遮挡着父亲严厉的目光。

生前，祖母信佛，闲着的时候，口里就念念有词。她说，她已经念了几十包袱，用包袱把佛经包好，人死了就可以带到天上去。

祖母在天上看着我呢。

她总是省下自己的那份月饼，塞给我：你吃吧，你吃了长劲呢！

我低下头，啃手里的月饼，像咬着一句誓言。长大，有时就在一夜之间。

抬起头，天上的月亮真圆，那是祖母的笑脸。

陪母亲吃饭

母亲病了，肌肉萎缩。她的胳膊，瘦得皮包着骨头。从前读过的小说里描写穷苦人的情景，在母亲身上真实地出现着。她躺下自己就起不来，解手提不上裤子，吃饭拿不了筷子。父亲是母亲的手。我不是一个称职的好儿子。

我很小的时候，母亲怎样用乳头堵住我饥饿的哭声，怎样把窝窝头嚼

126

碎了送进我的嘴里，我都不记得，它们出现在我的生活里，却没有存在我的记忆里，就像梦里窗外皎洁的月色。只记得母亲炒出的青菜没什么味道，萝卜萝卜味，白菜白菜味，便渐渐远离了故乡的老锅，在城里另起炉灶，娶妻生子，西装革履地做起了城里人。

像扔掉一件穿旧的衣服，一本过时的书，我扔掉的是多么奢侈的时光。我是"瞎忙活"，父亲当初这样说我。

当初以为人生做的唯一一件事就是离开村庄活出人样，让母亲为我骄傲。经历了一些岁月，蓦然回首，却发现最成功的事情莫过于耐心地陪母亲吃完一顿饭。

陪伴在母亲身边，一顿饭原来可以吃得这样地久天长。

去"放心肉店"割了一斤猪肉，在菜板上切成细片，然后一刀一刀地剁碎。刀落在猪肉上，声音很厚实很粗重，听起来更像是早年母亲在乡间的搗衣声。时间也是一把刀吗？它切割了我与母亲的联系，又以一种细腻柔软的形式粘合了我们。剁猪肉丸是细致活儿，好比耕地，一遍有一遍的成色。以前只知道张口就吃，吃饱了一抹嘴就走。母亲剁了馅和了面擀了面皮包好了水饺，对于我，不过是张嘴又合上，连细细咀嚼的时间都没有，总觉得时不待我，学业又事业，没完没了。现在想来，即使自己万众瞩目，没有了母亲的注视，也是无法弥补的最大的缺憾。儿子的荣誉，在母亲眼里是成倍放大的，于时间，不过是过眼云烟沧海一粟。

饭是路上买的，"阁外香"的油饼，母亲爱吃。两个开锅以后，肉丸熟了，撒上芫荽末儿，香味跑得满屋都是。太热，我用汤匙舀了，冷着，用口吹着，热气没了性子，不再满世界乱闯，我才小心地端着汤匙，把肉丸送进母亲嘴里，看到母亲的喉头一动，心中一块石头落了地。母亲要喝肉汤，我舀得有点多，有几滴撒在母亲手上了，母亲显得有些慌乱，急急地拿手在毛巾上磨来蹭去，毛巾是早早搭在椅背上的。母亲一向不喜欢吃饭没里带外。母亲每吃好一口，我觉得，仿佛完成了一件光荣的任务，一顿饭吃下去，就是一项惊天动地的事业。

我一个同事的父亲，得了肌肉萎缩，听说只活了几年，最后只能注射葡萄糖，维持着。我没有再问下去，只想下了班，赶到父母那里，陪母亲吃饭。我只有一次做儿子的机会。

　　不写了吧。去卫生间洗把脸，该去陪母亲吃饭了。

母亲病了

婚姻的模样

钱钟书先生把婚姻形象地比做"围城",然后是诠释:围在城中的人想突出来,城外的人想冲进去。然后是"围城"中人在各种背景、纠葛、情势之下的可怜、可笑、可叹与可悲。作家对人生的讽刺和感伤,无意中被那个时间落伍的计时机包涵了。曾经很流行的一句话,"婚姻是爱情的坟墓",不说也罢。才子佳人小说中,郎才女貌、花前月下、举案齐眉都是物化了的婚姻图象。

所有的小说都是捏造的。

"对方怎样的好是说不出来的,只觉得很适合,更适合的情形不能想象,如是而已",我是读到了叶绍钧先生在《过去随谈》的一句话,才确信了婚姻的模样。

确切地说,我是看到了我父母的婚姻,才真正体会到美好的婚姻其实就是彼此适合。

祖父病故,祖母改嫁到了东村一姓郝的人家,拖着年幼的父亲,更多的艰难只能想象,我无法描述。姥爷当过私塾先生,在巴掌大的小村,母亲家也称得上是书香门第。我问母亲,当初为什么会嫁给父亲?只是好奇。你姥姥走得早,大舅当兵去了,小舅就和小雨那么大,家里那时缺人手呢!冬天的菜园里,白菜爱上了萝卜,白菜是卷心的经霜的白菜,萝卜是块茎粗壮的青皮萝卜。清清白白的婚姻。

母亲得了肌肉萎缩,舌头也短了,说话有点含混不清,羞涩的表情是健全的。当时父亲给一家小厂看大门，也给母亲穿衣解手洗脸喂饭熬药。母亲从我的单元楼搬出去不多久，双手已经不听使唤了，走路时胳膊软塌塌地垂下。我想伺候母亲，工作丢了可以再找，可母亲只有一个。母亲愿意去父亲那里。

这些年，我离开老家一直在县城教书。妻在乡镇卫生院上班，生小雨时大出血，查出子宫肌瘤，保守治疗后复发，只好手术。她从此离不开小雨，我母亲便一直跟着她们。庄稼地里的杂草急急地划锄完一遍之后，父亲便坐车赶到我这里，爷俩坐在学校外面的路沿石上说一会话，他动身赶往母亲那里，也就是在人家的地头上吸一袋烟的工夫。一个周末去看我女儿，午饭了，还不见父母的身影，一问，父亲给人家加工大蒜，母亲也陪着去了。正午的阳光下，父亲骑车带着母亲回来了，车轮从细细碎碎的树影里碾过，父母的说话声，像远处滑过来的一道煦暖明朗的阳光。那情形我熟悉，就像十年前父亲带着母亲下坡干活回来，就像二十年前父亲带着母亲赶集买新衣服回来。

我几乎每天都要听同一首歌：《最浪漫的事》。我问同事，小城能买到摇椅吗？同事笑我写文章的人就是浪漫。父亲有没有听过这首歌我不知道，我听见父亲常常对母亲说："咱老俩谁走得早，是谁的福。"我能看到的，是父亲很耐心地给母亲穿衣解手洗脸喂饭熬药。父亲是个急性子，就像老家屋顶的地瓜秧子，冬日的阳光不紧不慢地搓着，不知不觉地就柔软了。

父亲是 2005 年春节以后出去给人看大门的。母亲住过去的时候，满园的时蔬长得正旺。菜园就在传达室和厕所之间，原先是一块荒地，父亲和一把锄头发现了它。父亲每天挽着母亲来回地走，像一次次美丽的旅行。母亲胳膊上的力量在悄无声息地消失，身体是一天不如一天。茄子越来越紫，像一团浓得化不开的梦；豆角一天天地把日子拉长了；土豆一直不声不响着，到收获的时候，一个个成了攥紧的拳头。都是些平常菜蔬，种子也是老家带来的，父亲却宝贝得像自家子女一样。那段日子真好，依稀回到了少年时光，我放学回来，轻轻一跳，就碰到了幸福。有一阵子，母亲的手上看着长肉了。我想起来了，那时满园的扁豆挂满了架条，在绿秧的提示下，我看到了一些些青色的手指和活泼的心情。

但是，母亲的体能在迅速地衰竭，先是躺下自己起不来，需要人搀扶，后来胳膊完全成了摆设，只好靠双腿慢慢地往床里面移动，半夜里常常疼起来，父亲的一个耳朵老是醒着，帮母亲拿拿胳膊挪挪腿。母亲不喊疼，老是"嘿嘿"地笑，说自己成废物了，父亲说这是让你享清福啊我还能动弹呢。医书上说，肌肉萎缩的病人发展到一定程度，往往好哭好笑。每当听到母亲的那种干涩的笑声，我的心就不自觉地疼着。

母亲是幸福的。我可以暗笑我父母的种种迂腐，但我必须肯定他们的婚姻。母亲在漫长岁月里的勤劳和宽容，父亲在困难时期的搀扶与呵护，可能是我这一生都不可能亲历的。园里的菜蔬，从下种到开花，从施肥到浇水，从挂果到收获，别人看到的是果实——菜蔬一年中最华美的段落，自己经历的却是风风雨雨，从发芽、结果到枯萎，它们坚持的是同一块土地。好比萝卜和白菜，在冬天的菜园，它们相互温暖着。经霜的白菜才有甜味，冬天的萝卜顺气通窍。一年的相守一冬的搀扶。从种子开始，他们就注视、鼓励、呵护、疼惜。

卷心的白菜，粗壮的萝卜，冬天的菜园。我看到了婚姻的美好的模样。

母亲病了

书名人名如残叶掠空而去，/见了你才恍然于根本的根本。

——袁可嘉《母亲》

母亲早就病了。一开始，母亲不觉得是回事，当她终于觉得是回事后，看着我们不安的眼神，自己却说，不要紧，开了春，天气转暖，那时候的胳膊就会有劲了。

2004 年冬天，母亲的手明显地不听使唤了，胳膊上的肌肉干瘪得像秋后的茄子。母亲开门时，还得用膝盖顶着手臂，有时实在打不开，就在楼底等我下班。母亲的手几乎成了摆设，筷子都拿不好，只好用汤匙，好像手已经不属于她自己的。我说的是已经，很沉重的一个词语。谈恋爱时，女友说我的鞋垫好看，我便打电话回家，央母亲以最快的时间扎一双鞋垫，母亲说没有活还快一点儿，我说不是入伏了吗坡里哪有那么多活。母亲的手，早就属于锅碗瓢盆春耕秋收。

母亲是肌肉萎缩。那年夏天，当时父母还在妻子的单位，一所乡镇卫生院，父亲买菜，母亲做饭。每天接送女儿上幼儿园外，父亲还用自行车带着母亲去附近的一个村庄干些加工活，把大蒜掰开去皮，三毛钱一斤，人家说，"十斤葱干不了一斤蒜"（按时间算）。把大蒜浸泡在水盆里，再硬的蒜皮也绵软了，一天下来，母亲满是黑色斑的手也变得又白又肿，手上的皮一揭就掉。一天干活晚了，两人急匆匆地往回赶，在一个拐弯处，母亲从自行车的后座上滑了下来，跌伤了右手，几贴膏药打发了。疼了一些日子，用左手料理家务，右手自然帮不上忙，可后来左手也不灵活了，以为是母亲累的，就一直贴着膏药。一个人是靠双手来衣食的。母亲最起码的物质生活受到了影响。我握着母亲肌肉松垮垮的胳膊，说："娘，咱好好治治吧。""咱不是刚买了房子嘛，你还得还贷款啊。""娘，我有钱，我不是还写文章嘛。"

我们离不开母亲的手。我这人向来软弱。记得上小学时，有同学逼着我直直站立，然后他从后面飞跑过来，按着我的肩膀一跃而过。有一次他准备动作没有做好，结果把我压在了地下，他说是我使坏，让他出尽了洋相，便用拳头打我。回到家一见母亲，我再也忍不住内心的委屈，眼泪像断了线的珠子淌下来，对，是珠子断了线，我的小学作文就是这样写的。母亲搂着我，左手轻轻拍打我的脊梁，右手抚摩着我的脸，那手掌柔软温暖，放在我的鼻梁上，就像一块软软的海绵，吸着我的泪水。等我抬起头，看到母亲在擦自己的眼泪，然后她去了我同学家。我拽都拽不住她，她的手真有力量，一下子就把我挣脱了。温顺的母亲也有倔强的时候。

母亲的手没有了力量，我不知道我还能不能独立面对生活的重压。失去了一种爱抚，也许我的眼泪会在心中发霉。我们从县城医院开始，一直到北京天坛医院，开始了漫长的求医之路。在县城，打听到一个偏方，用熬好的中草药热敷，然后是重复做 1000 次的扩胸运动。母亲累了，父亲就和她一起做，像个很称职的小学体育老师，悄无声息的，在一个逼仄局促的单元楼，开始了一场生命的赛跑，追赶着母亲跑远的一些力量。几天下来，母亲的手指肿了，红通通的，像冻坏了的胡萝卜。有一次刚上班忘了拿一本书，就赶回家，一开门就看见母亲蹲在厨房里，用两只手托着一个扁豆，用牙齿咬着，咬去扁豆丝。忽然见我进来，母亲显得很慌乱，仿佛我窥见了她的秘密，慌忙把扁豆撂下，把菜盆用脚蹬到一边。这样的午饭，我们怎么咽得下去。我开始登陆一些网站，搜索一些关于重肌肉无力的信息，不少亲友也帮着查找，企图一网打尽，终于找到了北京的一家中医院。

妹妹把母亲拽回老家，求神问医，那神婆说，这病治不好，是神经炎，多吃维生素 B 吧，妹妹当时就泪流满面，在电话里还泣不成声。回家没有看到母亲。她很晚才回来，串门去了。我眼睛直直地看着母亲，想读出些什么。母亲不自然地笑了，一个孩子般的笑靥，像做了错事。我们谁也没有说话，但我能够感觉到，她什么都知道，母亲通过一个微笑，把她对生死的达观表现得淋漓尽致。那微笑，真像是在安慰我。按照网上的路线，去北京那所医院取了一个月的中药。觉得既然大老远来了，就弄个明白吧，去了北京天坛医院。女医生端着母亲的胳膊看了半天，像是在确认一件出土文物的具体年代，然后径直问我："你知道霍金吗？就是那个科学家。"我慌不迭地说知道知道，也许是脸黑的缘故，母亲一脸的平静。会诊结果出来了：运动神经元病。有医生说，毛主席晚年得的就是这个病。母亲笑了。

回到家，和妹妹商量，还是让母亲和父亲住在一起吧，也好让父亲给母亲熬药。母亲还是担心我。我说我没事，这些年我一个人在城里不是很好吗？拗不过，母亲去了父亲看大门的小厂。母亲从来没有喝过中药，引起了反应，肚子拉稀，体力一落千丈，整个人瘦了一圈。暑假，我岳母来了。等了两天，父亲还是脱不开，母亲只好一个人回来，其实岳母已经走了。我一进家门，很高兴："娘，你自己开门进来的！"结果，母亲哭了："在厕所里解手……没有台阶下……站不起来了……就从里面爬出来了……"那么有韧性的母亲还是没有抗拒了疾病的反复折磨。我强忍着泪水，硬是让它停在半路。"娘，咱慢慢治，起码不让它发展。"说着说着，我进了卫生间，水龙头哗哗地响着。

很长一段日子，我不读书不写作。我知道一坐下第一反应就是母亲病了。这是我绕不过去的一个主题。我在网上建了几个网页，然后把自己的文章一篇篇放进去，每天数自己的点击率和回帖数，很有成就感的样子。有人问，最近忙啥？我想出书，献给我的母亲，想法浅薄低俗，却很真实。我想让母亲为我骄傲。有时傻傻地想，如果母亲真的离开了我，我的这些成就，还有谁会欣赏，有谁会发出舒心的微笑。她创造了我的生命，可我有足够的力量拽住母亲的生命吗？

也许母亲并不希望我有多大成就。两人别打仗，把孩子看好，身体好好的，有空就管管飞飞（我外甥）。这是母亲近来常常念叨的话。

焉得谖草，言树之背？

一直很喜欢《诗经》，随便打开一篇，便是一些什么蘩啊苻啊薇啊菲啊，像一群青衣素面的乡下女子，它们几乎主宰了我的眼睛甚至身边的世界。"焉得谖（同"萱"）草，言树之背？"这是《诗经·卫风》中的一个句子，毛传："谖草令人忘忧。背，北堂也。"意思是说，我到哪里去弄到一支萱草，种在母亲堂前，让母亲乐而忘忧呢？

萱草，我们这里叫它"黄花菜"，就好比把"妈妈"叫做"娘"一样。

路上的风景

记得老屋的天井里，确乎有几棵黄花菜，也不知是谁栽上的，好像我生下来就有了。春来探几枝纤细青翠的花茎，入夏开一簇高雅别致的黄花，像极了漏斗的模样。黄英养性绿叶依笼，这是文人雅士的事情。每每仲夏时节，母亲总是很早起来，把天井里三五朵含苞欲放的黄菜花蕾连蒂剪下，在清水里浸泡一段时间，好像在经过一番修炼。于是，清晨我们便吃上了香甜甜脆生生的黄花菜。一开始我并不知道，问母亲："什么菜这么香啊，就像猪肉一样。"那时，逢年过节才能吃上几筷子猪肉，还得托关系有肉票。

后来，书读多了，知道民间还有一种传说，当妇女怀孕时，在胸前插上一枝萱草花，就会生男孩，又名宜男草。这么说，黄花菜也孕育了我，我也是草命。我的眼前常常生动着这样一幅画面：老屋的四围衔着一方湛蓝的天空，湛蓝的天空下面是一些些色金黄形六瓣的花朵，犹如黄鹄仰首张口，吮吸着清晨的第一缕阳光，我的母亲怀揣着内心隐秘的激情，小心翼翼地采摘着花朵上的露珠，穿行其中，她就是一株秋天的玉米，即使满身都是浓密的叶子，也遮不住腹部饱满的果实。

这是一幅没有底版的照片，我所能记起的最柔软的片段。

我本来要说绝版的。单一个"绝"字，就让人想起绝路绝迹绝望绝症这些词语，即使绝响也是绝后的，太霸道了，决无回旋的余地。我母亲病了，目前国内尚无药可以治愈。我讨厌这个"绝"字。痛彻骨髓。老屋还是卖了。天井还在，新主人美轮美奂的瓦房，也许使天井显得比天更小比岁月更深，也许黄花菜不用三年的时间就能攀上地面，也许更短。我很是耽溺于这样的想象。

2004 年秋天，搬来城里不久，母亲就病了，肌肉萎缩。茂密着钢筋水泥的城市，就伸展不开一朵黄花菜的呼吸吗？母亲一躺下，自己就起不来，喝点水也呛喉咙。胳膊上的肌肉就像傍晚的黄花，枯萎了，眼瞅着就要凋谢。去北京寻医问药，火车在潍坊站只停留 5 分钟。车门太高，我使劲拽着母亲的胳膊，母亲皱着眉头："别拽，疼！""大家等等好吗？我母亲病了。"声音很大，我是喊给时间听的。在我把母亲抱上火车的一刹那，她的乳房正贴着我的胸膛，软塌塌的，就像秋后的茄子，干瘪羸弱。母亲的瘦弱，换来的就是我的强壮吗？有一次，在去看父母的路上，5岁的女儿忽然问我："爸爸，是不是我长大了，就和你们分开了？"我很吃惊："你为什么问这个问题？""我看你和爷爷奶奶分开了，才问的，是不是啊，爸爸？"她居然用了"分"字。下面是一把"刀"，冥冥中一双大手掌握着，谁也抗拒不了的，生生地把"人"分成两下，一边是天涯一边是海角，一边是阳间一边是地下，交谈的方式要么是一轮明月要么是一叠烧纸。

母亲是我生命的来源，如果母亲走了，就像河流失去了源头，我不知道我究竟还能走多长的路程。母亲是我精神的蓝天，一旦母亲离开了，我是不是从此就生活在黑沉沉死寂寂的深夜。

北京回来以后，母亲要熬中药，慢慢调养神经。开始，我还坚持："我照顾俺娘。工作丢了可以再找，娘只有一个。"我晚上下班要九点半。父母都不同意。母亲去了父亲那里。父亲过了春节，就在一家小厂给人看大门。谁言寸草心，报得三春晖。只要父母有一个还能动弹，就不给你报答的机会。2005年夏天。一个闷热的中午。一位散文编辑打来电话："你今年文章的风格怎么变了？"谈的是稿子。我说家里出了一些事情，可能是情郁于中吧。于是她便开导我宽慰我，就像我的大姐。在电话这端，我已经泪流满面。泪流满面，曾经以为非常矫情的一个词语，现在，在我的身上真实表现着。

我该怎么办？或许我应该珍惜和父母在一起的时间，把迎面走来的每一个日子都过得奢侈气派，即使日子突然打住，也必然停留在某个惬意幸福的瞬间。《博物志》上说："萱草，食之令人好欢乐，忘忧思，故曰忘忧草。"今朝风日好，堂前萱草花。白发萱堂上，孩儿更共怀。36岁的我，成了一个孩子，一个可能只有6岁的孩子。

"娘，我的文章发表了，在美国呢。"下午一放学，我便急忙忙兴冲冲地跑去告诉了母亲。我真的看见了母亲的微笑，像一缕傍晚的天光，我的眼前很明亮。这些个夜晚，我都睡得很晚很晚。我在电脑前面不停地打字。我要用稿费给母亲买药，也买豆粉。本来是牛奶的，母亲喝了闹肚子，用她的话说，就是庄户肚子，装不下好东西的。我还要出我的第一本散文集，在封面俗气十足地写上：谨以此书献给我的母亲。

今夜已经很晚了，打完最后几行文字，已是凌晨两点。母亲也进入梦乡了吧。荧白的电脑屏幕上，我看见一千朵一万朵的萱草花正铺天盖地地盛开。清晨一大早，我还要去天下客那边的早市，——我要买一些鲜灵灵黄蜡蜡滴着露珠的黄花菜，赶到父母那里，一起准备早饭呢。

第二辑 暖暖炊烟

路上的风景

第三辑

缓缓行走

路上的风景

在废墟上歌唱

声音

一

炊烟断裂。楼群坍塌。山体滑坡。

在强烈的8级地震之后，全中国的父母都听到了这样的声音，"爸爸，妈妈"。馨懿，一个三岁的小女孩，她在电视上，伸着胖嘟嘟的小手，问候全中国所有的父母。

救护人员看到，一双清澈的大眼睛，在瓦砾和瓦砾之间，眨呀眨；看到了一堵8级地震不能摧毁的墙体：年轻的父母脸对着脸，胳膊搭着胳膊，用自己的身体搭成一个拱形的建筑，它的硬度接近长城。

小小的馨懿，世界在倾斜，地球板块在俯冲，她被放回一个温热的子宫，孕育了第二次生命。她的父母，已然化作灰烬和尘土。他们的回归泥土，增加了大地的重量。

这不是故事。而是发生在汶川大地震中真实的场景。真实的阳光，现在泼洒在医院辽阔的洁白里。一个男人走过来，馨懿的小嘴一抿，就是一个红润的微笑，沾着阳光的花粉，"爸爸"；一个女人要离开，她的小手伸开，像新生的竹林，摇曳着翠绿的风，"妈妈"。她的称呼温暖，明亮，一如阳光里打开的画纸，洁白之上，舞蹈着大片大片的金黄。

现在，阳光、天使和灿烂的花朵，一齐盛开在绵阳市第三人民医院外科VIP病房。她的大眼睛是清澈的湖，看得见水草和湖心。这一时刻，我终于确认，小小的馨懿，她就是天使。右腿截肢之前，在爸爸的目光和妈妈的笑声里，她跳了一曲天使的舞蹈。她知道天地的方向和重量，知道天堂在地狱之上。她的眼睛，照亮我们的存在。

她叫"爸爸、妈妈"，叫醒的是天下父母的所有慈爱。

二

当地震来临之后，留下的不是废墟，是歌声。没有休止符的歌声，照亮灾区人民和我滚烫的泪水。

"两只老虎/两只老虎//跑得快/跑得快//一只没有眼睛/一只没有尾巴//真奇怪/真奇怪……"

5月14日这一天，鸟声清冷，瓦砾沉重，风是薄薄的刀片，在刮着我内心的伤痛。有一个女孩，她在废墟下唱歌，空气之中，飘荡着热爱的芬芳。我以为，我和日子已经完全平庸，而稚嫩的歌声，穿越断壁残垣，犹如春水破冰，粼粼波光，晃动着我的脸庞：一个以歌声止痛的小女孩，她明亮的歌唱，让我看到了废墟之上的太阳。

这些天，汶川是我疼痛的心脏，每一块瓦砾的断裂都是我的伤口，每一处天空的坍塌都是我的黑夜。我的文字，睁着惶恐无望的眼睛，像寻找树枝的飞鸟，雨线牵着它，找到了咆哮的泥石流。

我的文字离地震很远。不如一朵小花，在坚硬的砖石之间，播撒着她的清香。疼痛真的是吃人的老虎吗？它怎么跑得那么快？余震在不远处窥视，小女孩的双脚还被砖石咬着，她的声音已飘向每个人的歌喉。目光水灵，嗓音鲜嫩，如金灿灿的阳光，纷披在你的肩头我的胸前，构成我们的衣裳和力量。听听这声音，它娇小柔弱，也许一场雨就可以浇灭，但是，它已如稚嫩的草芽胀破了天空，绽放的骨朵爆开了花园。

记住她的名字吧：思雨。北川县某幼儿园一个小小的女孩。从教室到废墟，是她勇敢的歌唱。一粒新芽，就能救活整个土地；一种声音的开放，就会打通所有的道路。她的歌声是一面旗帜，飘扬在灾区的上空信念的高地。

灾难来临，许多人已经成为阳光和空气，充满我们的生命。沿着歌声指示的方向，我听见，整个华夏大地都在合唱——"众志成城，抗震救灾"。

姿势

一

一支粉笔到一块黑板是他的一生，他的立足之地是讲台的三尺童话。他的幸福那么小，学生远远地叫他一声"老师"，他就红光满面，步履轻松。

谭千秋，汉旺镇东汽中学教导主任兼政治教师。听起来像个马列主义老太太，絮絮叨叨，陷入私人化的甜蜜，表情呆板，用普通话大声训斥学生。

他有一个妻子、两个女儿和一群学生。这样的人群，让他内心柔软，表情天真。他给一岁零五个月的小女谭仙子梳头，洗脸，穿彩色的衣衫。他的长女谭君子，前妻所生，北京大学大二学生，出现在 CCTV 赈灾义演现场的聚光灯下，她很漂亮，听说是奥运志愿者。走在校园的谭千秋，带着自身的音质和姿势，他向一块石子走去，弯身，像是鞠躬，然后捡起，站在路边，听鸟声潺潺。

在小镇上生活，很多人都认识他。长女四岁那年，他遭遇了婚变，只好当了妈妈。后来干了教导主任，算是小镇半个名人，女儿从北京打来长途，没说几句，就给她掐断了话费。他几年来笑容没怎么变，喝白开水，抽劣质香烟，梳着习惯的发型，穿西服不打领带，日子宽宽松松，却也规规矩矩。几年来一直这样走着，走过颜色猩红的广告牌，走过攘攘超市，走过发廊，走进一片书声琅琅。他在讲台上挥动手臂，袖口上绣着点点的粉笔屑，所有纷繁的想法，都被悦耳的铃声净化。校园的课间，蜜蜂离开花朵，在阳光下飞翔，嗡嗡的声音，让他想起多年以前，女儿哭着闹着，向他要一只冰激凌。

你以为他活得平淡寡味，你以为他活得波澜不惊。你看见了大海，却无视大海连缀的小溪。你看见了他最后的姿势：趴在课桌上，张开的双臂长满钢筋水泥；他身下的四个学生，在深情地注目和呼吸。

作为教师，他挥动或者张开手臂，我们都称之为"身教"。他站在讲台前，或者趴在课桌上，都构建着一个强大的姿势，让人忍不住想伸展双臂，不是飞翔，而是保护好面前的一只蚂蚁。

二

开始，救援人员以为她死了，冲着废墟喊话，撬棍在砖头上砰砰地敲击。她只是跪立着，不挪动她的姿势。

救援队长大声喊，快过来。人们确认她死了。但见她身体下面，安静地睡着她三个月的娃娃。像一条胖乎乎的小蚕，贴在阔大的桑叶里。她的手机开着，只有一行文字，闪烁着暖暖的荧光：

"亲爱的宝贝，如果你能活着，一定要记住我爱你。"

救援人员没错。但是他们错了。——她的姿势活着。这是一位母亲的姿势。双膝跪着，整个上体向前匍匐，双手扶地支撑着身体，支撑着砖石瓦砾，支撑着坍塌的天空。不是跪拜，她在集聚全部的体能，形成巨大的向心力。

她的姿势很得体。掏出手机，并不打给任何人，以"亲"开头，终结点依然是"你"。她把手机轻轻塞在被子里，塞在黄花芬芳的被子里，她出奇的平静。和废墟一起，结成平静的冰凝固的冰。水是温热的，她的孩子是小小的鱼。

我知道她的名字。我叫她"母亲"。我知道，母亲和孩子的联系，胜过钢筋水泥的组合，即使天人暌违。地震不相信，但是它错了。它从黑暗的地穴里钻出来，墙壁上利爪，石头上磨牙，然后扑向人群，撕咬，企图咬断母子的联系。它摧毁楼房，切断道路，掀翻山体，就是无法断裂母亲对孩子的大爱。母亲死了，孩子活着；楼房塌陷，姿势不倒。这是汶川大地震中最坚固的铜墙铁壁。

"母亲"，我轻轻说出这个词，等于说出自己的命运归宿和疼痛。有时想想，我和这个世界的联系，就是我和母亲的联系。母亲走了，我的存在也变得恍惚，恍恍惚惚地生活在两个世界——母亲，总是在我痛不欲生的时候活过来。

我的母亲，小学没有毕业，接电话的时候总怕别人听不见。我想，如果我能打给天堂的母亲，我一定能听清她大声的对话：

"小雨她爸爸，你好好活着，在家里好好干活。"

奥运中国，红色大歌

北京的八月

是鸟巢孵梦的八月，是祥云照耀宇宙的八月，是高山巍巍流水汤汤的八月，是贝贝晶晶欢欢迎迎妮妮遍发彩色请柬的八月。

一月的坚冰暴雪，化成脚下的潺潺小溪。五月的砖块瓦砾，被汗水热血凝固成不倒的墙体。而这个八月，北京注定是我们跳动的心脏，它热烈而强壮的跳动，使得我们的身体成为辽阔的星球。

圣火点燃八月的太阳，照耀下的玉米和天安门一样头颅高昂，炊烟如长城一般，站在了祥云的上面。

祥云。有一朵祥云，太阳就红，天就不空。祥云，把天穹擦洗得多么洁净，鸟儿的翅膀都轻了，它鲜亮的翅影使夏天多么轻盈。从奥林匹亚山到珠穆朗玛峰，一朵东方的祥云，把五大洲的视线引领到了高远的蔚蓝。在神话的东方，就像风颤动着阳光，祥云播撒的光芒圣洁而芬芳。

鸟巢。把巢搭在高处，与祥云对话。这是梦想的高度，浪漫的高度。把钢筋和艺术合龙在一起，把桁架和科技焊接在一起，建构诸神的家园。只有鸟儿懂得，飞翔的幸福，就来自这些细细的草茎。八月的北京，鸟的天堂，自由的欢唱。鸟巢的灰，是四合院的色调，是万里长城的色调。这谦卑的灰温暖的灰，给了多少翅膀辽阔的蓝天红色的海洋。

福娃。福气的娃吉祥的娃。八月，你若在阳光的街口，喊一声福娃，一群憨憨的娃娃，就会蹦蹦跳跳地唱响你的欢歌。五个不同的声部，是宫商角徵羽，还是金木水火土？它们的歌声多么和谐，犹如五大洲的板块，又像五环旗的色彩。天空大地森林草原海洋，它们的音域多么宽广。繁荣欢乐激情健康好运，一个古老民族的全部智慧，在八月，都由五个精灵欢唱成了同一种声音：北京欢迎你！

这是我们的八月。八月金牌榜上不能有战国的编钟和宋时的发明。郭晶晶轻快的腾跃，是东方巨龙飞跃的身影。姚明大力的扣篮，扣响一个民族庄严的承诺：一个舞动的北京，鲜活着八面的来风。

这是北京的八月。是锄头和锤头共同照亮的八月，是高楼和禾苗竞争"更快更高更强"的八月，是一个跨栏跨越珠穆朗玛峰一声喝彩激溅尼罗河涛声的八月，是大道旁公园里阳台上水流边一株青草开始向世界描述五彩缤纷的故事的八月。

奥运英雄

祥云引领着他们，奥林匹亚山上的众神，沿着蔚蓝星球的环形跑道，来到古老的东方北京的赛场。鸟巢五棵松水立方，是诞生英雄的温床，创造神话的天堂。

众神降临，在世界的中心。奥运村，故宫和雅典的共生，四围是国旗和呐喊的森林。在钢铁的鸟巢，奥运英雄展开坚硬的翅膀，搏击着飞翔。飞到高空，做了祥云，金灿灿的太阳挂在前胸；落在地面，鲜花和礼赞的中央，每一颗汗珠，都涌泛着太阳的光芒。阳光的手，打开了鸟巢的门，天空陆地海洋，翱翔的都是英勇的翅膀。

在射击馆，杜丽用平平仄仄的枪声写诗，表情的冷静，烘托着枪声的激情。她的祖先，战车上的英雄，挥戈题诗，攻城略地，一气呵成。作为和平的诗人，雅典奥运会上的第一声枪响，发表了中国军团摘金夺银的新篇章，聚拢着五洲四海的目光。八月的北京，唱响民族英雄史诗的疆场，诗人杜丽端起气步枪，瞄准，扣动扳机，准星里，跳跃出一轮共和国的太阳。

乒乒乓乓，2008年的北京，中华民族的主场，长城头颅高昂，珠穆朗玛中国的脊梁。小球转动地球。如日月，运行在我们和世界之间；像我们的生活，飞速发展。乒乓，在把人类的关系改善。乒乓对话，跨越了国界跨越了语言障碍。太阳是圆的地球是圆的乒乓是圆的。乒乓，四海的大音，九州的交响，蕴涵着雄健的气魄自信的理念。在长城这边，是960万平方公里领土的完整，是中华儿女行使着一个球员的主权。乒乒乓乓，一条银白的弧线，舞动在世界的东方。奥运北京，国球照耀五大洲；人类团圆，地球跟着小球转。

让我们默念着英雄的名字，一起站在雪白的起跑线上，等待共和国的一声枪响，我们都是跨栏世界冠军刘翔，以追风的速度，跨越低低的横栏，去汶川去绵阳，去南国去北疆。温总理在8级特大地震发生后，两小时就赶到救灾现场，这是中国速度；26岁教师袁文婷牺牲生命，救出13名学生，这是世界纪录。北京雄风浩荡，八百里黄土飞奔，奥运中国，神州遍布激情的赛场。更快更高更强，13亿飞翔的翅膀，创造风创造阳光，创造蓝天的辽阔大地的金黄。

中华儿女，奥运英雄，驰骋疆场，在21世纪的第8个年头，是2008年的北京，赋予我们200倍的魄力和能量。

红色大歌

红在中国，是一种激情的绽放。古色古香的红，红成热烈的春联，红成北方满山遍野的红高粱。红院墙，是庄稼汉结实的胸膛。

黄色一铺千里。只一点鲜亮的红，就激活了黄土地的表情。一顶红盖头，两盏红灯笼，三朵红窗花，就把黄皮肤的喜悦渲染得光芒四射。

这些红，来自燧人氏舞动的手臂，来自故宫金碧辉煌的屋顶。涌动的红，释放的激情，舒展成二尺红头绳，是女儿发梢一束跳跃的火苗，是父亲吼出的一首鲜活的民歌。延安窑洞，这中国的暖房，把星星点点的红，凝聚为暗夜的火光，火光燎原，解放红色和土地，吃小米壮大的中国军人，都跳动着一颗红色的心脏。

红在中国，不仅仅是一个色彩概念，更是一个张扬正气和力量、依托运动和激情传承着拓展着的文化概念、民族气场。红，是炽热簇新的形象，凸显着全人类生命的原色健康的光芒。

红动中国。红从四面八方赶来，犹如响亮喝彩。万众一心，是舞动的中国印，红了丝绸之路咸阳古道，红了城市的阳台乡村的屋檐。中国印，跳动的中国心，吹响红色集结号。穿红背心的大妈，轻轻走近一块果皮屑，在她走过之后，城市的大道如青天一样，明净敞亮。乡村的田野，庄稼汉黑红脸膛上密实的汗珠，有着阳光坠地的声响。当树叶金牌般挤满所有窗口，国歌雄壮激昂，鲜红国旗照耀蔚蓝色星球，五洲四海同一节奏呼吸，红红的中国印，舞动的北京，舞动着红色海洋五彩霞光。

红遍世界。祥云火炬，作为和平大使，出访五大洲。微笑，向着黑皮肤蓝眼睛；微笑，向着尼罗河高加索。中国第一次把对一种色彩的热爱表达得如此铺天盖地。不同肤色的人群，手擎青天朗照，血液奔涌着，传递和平传递友谊传递希望，奔跑的祥云，卷轴般展开鲜活曙色展开春水夏禾。奥运北京，以祥云为和谐之旅宇宙通途，输送动能和思想。是一列红色特快专列，始发雅典，终点北京，沿途站点五大洲，汇聚高山河流。祥云，渊源共生和谐共融，以东方神韵聚拢种族语言承领祥和的面孔。火炬在珠峰之巅，炽烈的火焰漫卷苍天，已把全世界的目光点燃。

——中国说：这是热情的高度，开放的高度，和平的高度。世界说：这是红色的高度，中国的高度，人类的高度。

鸟巢和水立方

比水更像水，水立方，把天空洗得多么干净，每一双飞翔的翅膀，都在丈量天空的长度。

鸟巢，梦中一个温暖的大词，在翅膀的中心，孵育飞翔的风暴。坚硬的翅膀，展开的是鸟巢辉煌的日出。

2008 年夏天，是鸟，你在蓝天上飞翔；是鱼，你到碧波里击水。北京的八月，沉稳的鸟巢，静美的水立方，他们站在激情和赞美之间，铮铮铁骨搭建成父亲的脊梁，温软的水流是母亲的怀抱。鸟巢和水立方，这两种构建起天圆地方的建筑，以和谐温暖的方式，铺就了更快更高更强的通途，鸟鸣在飞翔中激越，锦鳞在遨游里强壮。

鸟巢和水立方，住在地球村奥林匹克公园附近。鸟巢锻造的翅膀是我们的兄弟，水立方孕育的美人鱼是我们的姐妹。夏天衣裳灿烂，天降大美，天空和祥云拥抱成坚强的翅膀，在高处生活，我们激情飞扬把梦想超越。捧起雪白的浪花细密的波纹，流水不会衰老。作为水的许多偏旁，我们一生依恋着同一个部首，保持着生命的活力。谦卑的水立方，让我们懂得有一种高度是谦下。

坚硬和温暖是鸟巢的两种颜色。祥云点燃八月的阳光，除了翅膀，谁能言说和平的大梦辽阔的天空。这是原始的鸟巢钢铁的鸟巢，托举着五千年文明一百年梦想，它用适宜群居的方式，让不同肤色的人群，创造出飞翔的速度翅膀的高度搏击的强度。鸟巢，恩赐人类飞翔和梦，飞扬的激情和波澜壮阔的人生。

浪漫的东方，莲花和梦想盛开在水面上，芬芳的花瓣养育着大地滋润着太阳，烘托着一个个力与美的身影。双人跳水如雁阵颉颃，紫燕剪水，华丽的翻腾，放低自己，如高空的月亮深入清澈和鲜活的内心，渲染着大地的灵动。力和速度御风疾行，游泳健将挥动的手臂如船桨，挥动五湖四海，挥动着水立方明净的天空。

鸟巢是一枚核桃，有着坚硬的芳香；剥开温润的橘，就回到最初的水，水的暖房。在中国大地上，胜利的果实流淌芬芳，像是乳汁的大河在涌动，又如雄性的海洋在奔腾。

仰首是长天，低头是大地。在这辽阔的空间，是举重选手，就把两片绿叶举成满天星光；是排球女将，就高高托起红红的太阳。中国健儿挥舞红旗和奥运精神，是鸟巢水立方们运动着的心脏，他们驰骋赛场创造辉煌，伟大的祖国更加强壮，灿烂的笑容绽放富足和荣光。

花香鸟语的北京

花朵绽放。人群和祥云的光芒，来自她们。蹾子、小翻转体360、后直180，挣脱肉身和惯性的捆绑，创造花瓣的舒张。音乐响起，掀起自由女神的盖头来：摆脱尘世引力，丑小鸭腾跃为白天鹅。她们是花，我们是叶，一起在森林里前屈后直。

大翅如桨，驾驭东方的雄风，引领着祥云的船队，奔向太阳的故乡。是飞翔，复活了关于身体的全部想象。奔跑，跨越，腾空，就是化蛹成蝶，让身体跃入崭新的领地。这时，撑杆、铁饼、排球、蹦床，都是身体的一个器官，弹跳或者飞升，紧随着身体的律动。

2008年，花香鸟语的夏天。是身体之花在绽放，是人类张开翅膀在飞翔。花朵呈现身体的艺术，鸟群传递生命的动能。花香鸟语，是整个人类最生动的面容。

大地是花朵，天空是鸟群。花香鸟语，构建祥和的大景：身体的冰川融化成激情的河流，在奔腾中超越自身，塑造全新的形体；内心的梦想，上升为太阳和月亮，犹如镜子的虚像，引导人们追逐，跳跃，靠拢，抵达着理想的自己。大地芬芳流淌，天空毛羽鲜亮。如果飞翔，梦想就是强劲的翅膀；站在大地上，也要层层叠叠地打开花瓣的美丽。

你看见比花朵更优美的形体吗？花朵在空翻转体悬垂中灿烂。你听见比鸟语更响亮的召唤吗？鸟群在更快更高更强地聚拢。鸟声洗亮道路，翅影从天而降，颤动的花朵和红色的歌唱，使天地之间生长长城的脊梁，黄河的怀抱，高原的面孔，湖泊的眼睛。

赛跑，跳跃，体操，踢球，这些古老的动作，把高矮胖瘦妍媸的身体团结在一起，让他们在公平竞争中和平共处，成就身体的健美生命的奇迹。体育，是身体的艺术。它使喑哑的身体大开城门，让美长驱直入。好比蜜蜂和花朵，体育在身体的筋骨血管里穿行，唤醒沉睡的器官，让每一个毛孔都绽放出淋漓的快意；体育，在黄皮肤黑皮肤之间传递风和花粉，让身体们彼此热爱，用精致的盛开表达亲近。

花香鸟语，和谐与健美的载体，山河的力量，和平的手势。2008 年夏天，花朵和鸟群的节日，在八月盛大开幕。是花，你爆开夏天；是鸟，你激活天空。中国北京，注定成为花朵的地球村，鸟群的联合国。

2008：百年梦圆

用了中华文明的五千年郑重写下：100。

五千年炫目的光环，犹如气势宏阔的大魂，吐纳丝绸之路，舞动敦煌飞天，闪耀文明之光。巨龙咆哮，群山呼应。一幅画卷，展开中国的广袤。万里长城是我们长长的履历，黄钟大吕是我们奔跑的足音，火药、造纸、印刷术、指南针，四个轮子高速运转，风吹稻花香两岸，长江高歌引吭，大地五谷共鸣：礼之用，和为贵。五千年中华文明，照亮青铜的面容，打开绚丽的天空，呼唤人类的和平。五千年中华文明，我们呼吸最初的血脉，让我们的心灵加入阳光的速度，梦想超越天空的高度。

用了近代中国的一百年坚定写下：100。

从希腊到北京，是一百年的路程。从丧权辱国的满清皇太后寿终正寝，到鸟巢水立方的巍然屹立，是圆明园残缺的碑石孕育的一百个完整的梦，是故宫金黄的屋顶托起的三万六千个日出。战争，贫穷，肆虐强暴的洪水和山崩地裂的大难，天空带走花朵，黑夜没收阳光，都不能动摇我们的信念：世界送来一粒火种，我们照亮整个地球的和平。"奥运举办之日，就是我中华腾飞之时！"1908 年 8 月，张伯苓神圣的预言贯穿了百年血液了百年，在第 100 个夏天，一朵东方的祥云照亮了来路和前途：夏天一往无前，更快更高更强地铺展她壮丽的画卷，神州大地生长绿色与和平。

用了 2008 年的十六天豪迈写下：100。

100 枚金镶玉奖牌，是 100 个太阳的生命，打开沸腾的大地；100 条金黄的绶带，挂在八月的中国胜利的中国。金镶玉，有着黄金的品质碧玉的心地，是钢铁的纯度 100%，是水的纯洁的立方。100 枚金镶玉组合成九百六十万夏天的响亮，拓展开来，是13亿强健的身体和信念，是心连心手挽手肩并肩。100枚金镶玉，含金含银含铜含有中国特色；它们品质高贵心地纯洁蕴涵中国精神。黄皮肤的健康和黑眼睛的真诚，共同证明：北京奥运，无与伦比。

2008年，把梦想置换成速度和力量，让微笑成为鸽子和云朵，天空和大地交相辉映，我们排成五环的队伍，引领着花香虫鸣桨声翅影，一起沸腾在古老的东方和平的殿堂。

心灵的居所

在散文里，居住

我喜欢用这样的方式打开我的叙述。"许多年以后"，它给我一恍的感觉。就像歌曲流行的语调：许多年以后才发觉，又回到你面前。我要说的，是文学。

是1988年。春日的黄昏。丝绒般的阳光薄薄地铺着，是风，把我从呆板的教学楼里疏离出来。我怀揣着诗歌，等待一个人。活到现在，我忽然发觉，一个偶然的黄昏，渲染成了我一生的背景音乐。我至今对那个黄昏心存感恩。"在这黑与白的缝隙里，领略着生活的诗意和听觉的盛宴"，在这样的黄昏，我的内心沉静而恍惚，一种妥帖、安适的光芒，把我覆盖。

我是从一本《散文》月刊知道他名字的：作者系山东省安丘师范学生。他像农民，一行一行地栽培着小麦，夏天，田埂上又播种了棉花，他搞的是麦棉间作。我偏执地记忆着，他的散文写的是故乡的黄昏。是的，散文，我的目光在触摸着一个棉桃，它珠圆玉润，内敛包裹。这是我和散文的第一次对视。

当我写下了上面的文字，我发现，我努力复原的黄昏已经成了一个场，宁静的场，我内心的孤独得到了它的接纳和消解。像一个善意的伏笔，那个黄昏，它与我今天的平静相照应。

从诗歌到散文，表面的水到渠成遮蔽了过往的干涸和困顿。终于明白，写作的意义不过是安慰自己；终于发现，再也没有比散文更好的住处

路上的风景

了。当我试着用文字完成我对生活现象的表述，最先触到的是自己的心灵。我的文字，它是一个反弹入网的皮球，最终射中的是我自己。

那段寂寞无聊的日子，我依然记得。

白天在一所高中学校教书，晚上10点回到外环路的一间民房。我租赁的住所是靠街的南屋，逼仄，局促，"一间"这个定语多么奢侈排场。早上，我像突突冒烟的农用三轮，挤进了城市。夜晚，从开阔敞亮的街道到狭窄黯淡的土路，好比一出灯火辉煌掌声稀落的歌剧，在寂然的谢幕之后，陷入了漆黑的宁静。被黑夜裹着，那间小屋就是一个孤岛，除了我的呼吸，没有一丝有光亮的声响，世界沉寂得让人绝望，我成了一个孤独的孩子。如果孤独有眼，它一定看见了深夜里我空洞的眼神，没有着落。

记得有位作家说，生活和命运把你蹂躏了一番之后，才会把文学给你。有了黄昏的际遇，我是在黑夜的枯井里凝视文学的。被城市的白昼抛到乡村的深夜，我抓住了文字的绳索，我渴望一觉醒来，我的身体没有躺在原来的地方。像一个甜蜜的绝望，那间小屋是不是构成了我生活的隐喻：它幽暗逼仄，却有辽阔的安静。

阅读与写作好比是姜蒜套种。在白天的缝隙里，我读了早年订阅的诗歌期刊，它们闲置很久了，却也肥沃。白昼漫无边际的照射，往往让人茫然不知所措，这种叶子阔大的刊物遮荫，同时，能挥发一种杀菌物质，可以防止病态文字的出现。安静的夜晚适于思考，内心的茎叶潜滋暗长，黑夜是一块地膜，保湿，不压嫩。就这样，合理密植着我的日子，一种清新的辛辣的气息，让我保持着对生活的敏锐感知。文学就是泥土，越高洁的东西反而越低微，谁都可以踩在上面，谁也无法远离或者背弃泥土。

我可怜那些倚仗文学而故作姿态的人，我欢喜内心纯净表情天真的人群。文学就是味精，它调和生活。许多年以后，我才找到"散文"这个家。已是而立之年，却能一条道儿走到黑。我的写作，只是一种个人行为，一如博尔赫斯说的一句话：

"我写作不是为了某个特定的人群，只是为了时光流逝使我心安。"

住在博客里

我不是明星，我不会炒作。我还是忍不住要说：我搬新家了。

我对搬家有着难以抑制的兴奋。柳暗花明又一村。每一次搬家都是美丽新生活的开始。

长亭又短亭。这些年，我总是搬来搬去的，生活一直在刷新。我的亲人们，父亲母亲妹夫妹妹，还有我的外甥飞飞，他们往往提前一天赶来，脚上还沾着老家的泥巴。他们像麦收那样动作利索，破家值万贯，连一颗麦粒都要拾掇上。忙活完了，抽烟喝茶拉呱嗑瓜子。一过午夜，全家人就倾巢出动，包括那一盆还在做梦的月季。清晨，它绽开的，定是一个灿灿的笑容吧。

这哪里是搬家，分明是过春节。

我搬新家了。"当你在城里盖一所房子之前，先在野外用你的想象盖一座凉亭。"是纪伯伦的话。我的新家就是这样的一座"凉亭"，住着我和我的文字们。我愿意，当一个辛勤的耕者，日出而作，日落不息，是一生的自足与安适。

我搬的是新家。先是申请了新浪会员，领取新家的钥匙，装修。还是说出来吧，我刚才敲出的是"新郎"，真真充满了戏剧。我的文字们，是一大群男孩女孩，淳朴或者天真，东房或者西厢，它们这群小小的蝌蚪，在我目光的清澈里游动，纷纷丢掉了小小的尾巴。群蛙齐鸣，是我内心深处的歌声。我唯一的排场，是在页面的一块空地上种了一些树。有了树，也就扎了根。这么说，我要过澹定而平静的生活了。我的新家，它的每一次刷新，都是新鲜年轻的表情。他们，我的亲人，总是为我骄傲。他们深深认得我，认得报纸上我的照片我的现在。妹妹回老家时，还带走了一张报纸，上面有记者对我的采访，尽管她不知道"博客"是什么物事。

我的新家，有我的书房。我把常常阅读的报刊书籍的网址复制下来，一一链接在主页上"我的书房"里。多么辽阔的空间，一打开，就是一个美丽新世界。接纳我身体的地方，它只有60平米，住了一家五口，还有客厅厨房还有卫生间。我是不是报复了一下现实？只要不写作，我就处在阅读之中。阅读，让我觉得有表达的欲望，接下来，思索，写作。就像父亲母亲割了麦子留了麦种深秋播了来年盛夏又收了。如是而已。

　　E时代，消息传得真快，比想象还快。我的朋友，他们总是在该出现的地方出现，嘘寒或者问暖。我们在彼此的文字里深深地关心着对方，有的素未谋面，却是神交已久。我的一帮哥们，在我的新家里指点江山激扬文字宛若故人聚兰亭。我们心里的文学，各具姿态，却也相互影响。洪涛主攻小说了，他憋足劲儿要冲上《人民文学》。少宾在《人民文学》上专栏了"记者手记"，真真让人高兴。在文学大家庭里，作为我的亲人，他们多么的不可或缺。赵德发来过。徐坤来过。尘衣来过。他们很忙。我已经很快活了。我的学生，他们还像过去一样敬重我，喜欢着我的文字，一如我，过去是一个文学爱好者，现在也是，将来还是。我的一个学生，把我博客的地址高高地挂在QQ群的公告上。他的举动，让我想起暑假里站在街头散发材料的大学生。一位女编辑，她送了一个"红包"，打开，只有一行文字："学刚好！可惜我今年不编散文，不然要从你这里拿些稿子回去。"她是薇薇，家住登瀛巷11号。她把我的歌带回她的家，已把她的微笑留下。忽然觉得，日子是晴朗的安好。有着一种紧紧的喜欢。

　　心灵比身体更需要一个家。住在博客里，我的地址不再变更，但还是喜欢搬来搬去，搬动我的记忆，搬动我的想法，搬动我的文字。就像把客厅的沙发从东面搬到西边，感觉上又住进了一个新家。

周末的一次远行

　　我曾在一篇文章中这样定义"书生"：为书而生，为书而痴。这么说，书生痴迷的地方该是书店或者书房吧。

我是个穷书生。读书，教书，写书，一辈子离不开书。这些年，从乡下调到城里，从城北转到城东，搬来搬去，一副拖家带口的样子，其实搬动的只有书和书生。说来也怪，工作单位却离新华书店一次比一次近，仿佛有着宿命的味道。

我一向喜欢逛书店。常常在周末，骑着单车，穿过喧嚣的市声拥挤的人群，去和书们约会。那些长长短短的句子，逶迤着葱葱茏茏的风景，窄窄的书脊简直就是抚摸天堂的捷径。身在小城，却疑置身千山万壑。周末的一次远行。

"在人口密聚的城市里，有这样一个宁静的去处，像是上帝的苦心安排。"我又引用史铁生了。他的这个好句子用在这里最合适不过，我又想不出更好的表达。正如眼前的书们，无论穿长衫的书还是着短裙的书，都是启迪心智的天窗，如果不打开，我的世界就会暗淡狭窄。想一想，一个人，一本书，将以怎样的方式相遇，相知，然后一生相拥。新的一页打开，生活多么敞亮。一本书翻完，就是一生。

从闹市进入书店，耳朵静得发痒。书店的静，是岁月深处的静，是横在尘世和心灵间的开阔地带。这种静，很容易让人进入书的情景。或者自己就是那晚清的落魄书生，骑一头瘦驴，头顶的方巾被一阵风翻开，然后是雨悲悲戚戚的吟咏。"他被阅读的大雪覆盖得异常苍白"，本雅明在《单向街》中如此形容阅读的感动。

我在小城上学时，就被这样一场大雪覆盖了。

在书店，我遇见了一本《中外现代抒情名诗鉴赏辞典》。我记得它精装的封面新鲜的表情，有着玻璃质的色泽。打开，是一个仪式。我那时已经触摸诗歌，侍弄着来自我内心深处的声音。诗人们的吟咏从光洁的纸张里面传达而出，到达了我身体的变幻之中，我默默承受着一种遥远而亲切的抚摸。从中午一直到书店关门。在路灯深深浅浅的光照里，我第一次感受到夜色的美好，生命的真实。我是一尾惬意的鱼，畅游在灯光的河流里。我的生活被一种光芒笼罩了，我的写作呈现出一种绚烂的状态。

从此，每个周末去书店，眼睛注视着诗歌，心灵正漫游在欧洲的河流非洲的森林。那时，我听说小城出了一位才华横溢的女诗人，她就在新华书店上班。我在阅读诗歌的时候，总感觉有一双眼睛在注视我，我轻轻地翻动着书页，表情平静，左手托着书脊的下端，右手刚掀开的一页在微微地颤动，它的颤动准确地击中了我的身体。像一场世俗的婚礼——喝三年薄粥盖一出大屋娶一房媳妇——我整整啃了一个月的干馒头，用省下来的生活费买下了那本辞典。买下的当天，我睡觉都搂着它，就像许多年以后，在洞房花烛里搂着自己温顺体贴的新娘。

我说了，我是一个一贫如洗的书生，至今不曾拥有单人间标准间的书房。当我骑上单车，暂时离开自己生活的现场，就像赶赴某个约会，转过绿灯，就看见书店了。我知道，我在以书生的姿态穿越着小城贫乏的生活。我的心灵加入了阳光的速度。

在温泉

下午三点。温泉大酒店。三点是诗歌时间。温泉是诗歌的地址。

在这个诗歌的下午，文字隐身了，只有声音。诗歌，以它最原始最生动的方式在流传。

"流年回转。记忆的门外，雪从遥远的地方飘来。/梨园年轻的表情，在黄河故道上苏醒"（朱建霞《义和香雪园》），冬日的喧嚣，被一些纯正温存的声音过滤了，这个下午纯粹明净的章节正在吟咏中无限延伸。"头上的金钗，划不开坚硬的世俗/月光只能给一分为二的爱情/苍白的容颜"（《爱的故园》）；"把皖南装进眼睛/轻盈在每一处找到旧痕/血管中多年的风湿/痛，在一点点消失"（《皖南，古镇怀旧》）。这个安静的下午，它最大的声响全都来自诗歌。诗歌不只是私人化的甜蜜，它有着惊心动魄的力量。是诗歌，把遥不可复的影像移植过来，让我们慌乱、焦虑和疼痛，还有内心的自省。

"霞光流韵——朱建霞诗歌朗诵会"现场，诗歌的韵致在温泉从容展开。温泉是什么意思？它不是触觉里的温热，也不是味蕾上的甜腻，它只是一个与寒冷对接的符号，一种内心孤高自许的呈现。

这些诗歌的作者，她像迷恋温泉一样迷恋着泥淖，她超然物外也深陷其中。"在现实中突围，怀揣着火花出门／世界在此时，只是一个冥冥中召唤的声音"（《我爱的人在路上》），诗歌也是一场爱情，它是经由身体的微微颤栗，来构建完成的一种内心生活和价值世界。"一条逆水而上的鱼／不能满足规定了方向的河流／逆行中，迎着水的刀锋／磨难也是追寻的一种吗"（《我爱的人在路上》），迎着水的刀锋，正是诗歌的方向，诗人与诗歌的爱情沸腾为一种甜蜜的磨难。

这个下午多么安静。丝绒一般的阳光泻了进来，构成我们的晴朗和衣裳。大厅的四壁，颜色沉定。低低的舞台，犹如打开的光洁的纸页，在静静地等待着。整洁端庄的诵诗者，脚步有着老式挂钟走针的声音。当他们与诗歌相遇，舞台上就矗立起华美的宫殿。作为精神建筑，它凭借固有的抒情资源和象征力量，影响着物质世界，无声无息，无休无止。诗歌不是一个抽象的概念，它构建了我们的血液和骨骼。人在诗歌里，看见了隐藏在内心里的气象。写作者朱建霞这样告诉我们："整个下午，我们一直在山脚下／逗留漫步／将草叶含在嘴上吹／用狗尾草编毛毛狗。"（《整个下午》）

整个下午宽阔明亮。整个下午丰盛端庄。

下午之外，温泉之外，关于诗歌的声嚣，从未停息。某些"诗歌批评家"，他们活像菜市场上的挑剔大妈，一面抱怨物价太高，一面炫耀着菜篮里光鲜的注水肉。我认得他们，在乡下的时候，他们曾经是黄瓜土豆的邻居。

"少年情怀总是诗"，是汉语里一个很优雅很抒情的短语。没有一个

路上的风景

人，不从诗歌的道路上经过；没有多少人，能用诗歌短短的诗行，建构着个人的现实生活："夜晚还未来临之前/晚霞和炊烟就让我放牧吧/你负责挥动鞭子/把远方那些绵延不绝的山峦/和我们的羊群/一起驱赶进我们的诗里。"（《草原之梦》）诗歌，是一种生活方式。

千百年来的月亮，没有什么改变，但在诗人心中有着别致的色泽："会有甜甜的蜜漫出来/会有苦苦的痛灼起来/将五味的光盖在望月的人心上。"（《伤离别》）

诗歌就是温泉吧。它是寒冷里兀自平静的温泉，保存着内心的温热。它清澈的水面，显影着花香鸟鸣，倒映着蓝天白云。即使一块石子落下来，让水面不安，焦灼，甚至疼痛，渐渐地，一切归于无边的平静。

在低处抒情

高脚杯

　　葡萄美酒夜光杯，唐人的葡萄酒仅仅作为一种奔放、狂热的情绪感染着我——感染并不是真的感动。作为城市英雄，我们远离了白玉精制而成的"夜光杯"，却很绅士地去触电一只透明的高脚杯，拈花一笑万山横。

　　有人说不同形状的杯子是为了助长和停留酒的风味，但在我的视觉世界上，单单把玩一只杯子，就足以构成审美的完整了。简单得接近透明，精致得无比优雅，高脚杯融合着"环肥"和"燕瘦"：肥是丰乳肥臀，硕果累累；瘦是修长美腿，袅袅娜娜。高脚杯善跳掌中舞。当缤纷的色彩沿着薄薄的杯壁缓缓下流，我们总是手托杯肚慢慢晃动，在手掌的呵护下，鸡尾酒的芳香便如丝绸一般滑过鼻尖和心灵。玛格丽特·杜拉斯在她的自传体小说《情人》这样写道："他的皮肤透出丝绸的气息，带柞丝绸的果香味，黄金的气味。"看来，丝绸缠缠绕绕着的是性感，还有晕眩。这时，轻举着高脚杯，你拥有的是一座浓缩的空中花园。

　　倒进红酒的高脚杯，仿佛苹果到秋天，红润饱满。红酒雅而艳，杯子薄而滑，加入两三冰块，轻轻的叮当声中，浅浅地啜着夜色中的玫瑰花香，酸甜相间，凉意袭人。尤其是在城市霓虹虚幻的光影里，举杯邀夜色，风度何翩翩。眼前的这只杯子，杯身至杯口边缘处渐次收紧收窄，据说是为了在杯中保留酒香，颇有点怀抱琵琶半遮面的古典韵味。酒吧里萨克斯有一搭没一搭地吹着，年轻的调酒师很专业地把冰杯抛起来，又稳稳接住了。

烈酒海碗是霸道的，不满不饮，一饮而尽。高脚杯只是让人浅斟低唱，它用液体的不同色彩，芳香的不同长度，来流露出不同的情调与情感，它绝对婉约，像一位吟咏宋词的红袖。仅仅倾入一点点酒水，就让高脚杯摇出姿态万千，风韵无限。它的杯壁薄而光滑，它的"脚"纤细雅致，都是完美的同义词。至少在我心目中，高脚杯是男人高贵浪漫的风衣，一杯在握，皎如玉树临风前。于女人，却是一枚作为点缀的精巧首饰，只在优雅的场合才会取出来佩戴。这时，她的眼神迷离她的两颊飞红，浓郁的酒红色滑入唇边，女人把高脚杯端在右侧上方的姿态，真是性感。

我想，那最初发明高脚杯的人一定是个唯美主义者，他当初该是怀着对女性美的极大崇拜设计出来的吧。也许高脚杯太精致太完美，因而显得更简单而透明，简单得不堪一击，落地即碎，透明得一览无余，清澈纯净。难道这就是美的残酷性？

美丽，不是罪名。对于高脚杯这样的艺术品，我们惟一要做的是轻拿轻放，像对待自己的初恋。

高跟鞋

"选择不同的男人，搭配不同的鞋子。"磁性的声音、眩目的造型让我忘记这是一则电视广告，弦外之音是不是女人等同于鞋子，鞋子是女人灵魂的支撑？突然觉得做女人其实很简单，选择一双锥子跟的鞋子，最好是乌黑长筒皮靴，也就达到了美女的一半，剩下的一半，譬如三围譬如脸蛋是上苍的恩赐。对，是高跟鞋。

高跟鞋的诞生耐人寻味。一说是法国国王路易十四，特制了高跟鞋，以抬高王者的高度。按时下的说法，他身材矮小，属于"三等残疾"。一说是15世纪的一位威尼斯商人在出远门之前，故意用高跟鞋来限制妻子的自由。谁料想妻子在仆人搀扶下，如弱柳扶风，袅袅娜娜，娉娉婷婷，步步莲花，行人莫不驻足。前者虚荣的成分太浓，杂以政治因素，只能损伤眼球。倒是后者，是美丽的不经意流露，迟迟春日弄轻柔，知是凌波缥缈身。腰肢轻摆，莲步挪移，曲线曼妙，《诗经》里的"窈窕"被一双高跟鞋诠释得淋漓尽致。

"一位尊贵的女士的鞋可不是用来亲吻人行道的。"设计师艾玛·霍普如是说。作为镶嵌在个体与博大的世界之间的一个装饰性零件，它轻巧纤细，是一首精致的个性化的抒情诗。我喜欢倾听高跟鞋在地板上敲出"笃笃"的旋律。就高出地面那么七八厘米，女人的世界便阔大敞亮了。"笃—笃—笃—"，一板一眼，翻译成汉语就是——优雅自信从容，随意地飘进飘出，淡出淡入职场、超市和美容院。当高跟鞋底呼呼生风，鼓点短促明快之时，侧耳细听，分明是麦当娜的歌声："给我一双高跟鞋，我就能征服世界……"

近年来，时装秀、选美大赛风起云涌。高跟鞋作为一件必不可少的舞台道具，总要闪亮登场。一蹬上高跟鞋，提臀收腹挺胸，身段也"魔鬼"了。笙歌四起之时，迈上T形台，含笑出水，是碧波仙池里的水芙蓉亭亭玉立，仪态万方，风情万种。鲜荷嫩藕，荷是美女的俏脸，双眉如黛，香腮似雪；藕，是修长凝脂的玉腿，包括它的延长线——尖尖的鞋跟。

西班牙电影《高跟鞋》，反复营造着一个"高跟鞋"意象：一双红色的高跟鞋总要经过窗前，只有红色的质感和清脆得让人的牙和心一起发酸的声音。后来，女主角穿着红色高跟鞋杀了人。那一个瞬间，我偏颇地认定，高跟鞋是一位冷美人，它神秘，孤傲，藐视着地平线，是高贵的载体。法国人克里斯蒂安·卢布坦的设计使高跟鞋进入了性感时代，他从大脑的程序中下载了一条猩红色的曲线，装裱在女人的脚踝部位。"红色的脚踝"引领了整个世界的视觉风暴。这是怎样一根红线啊！放射出千娇百媚，魅魅还湄湄；挑逗起万般脚步，风风又火火。用"画龙点睛"来定义它，最恰当不过。一些选美大赛上的众佳丽，身上除了最后的遮挡，还有一双晃眼的高跟鞋，脚踝处当然缠绕着一条明亮的银蛇。

高跟鞋就是童话里的那双水晶鞋，穿上它，女人便进入了魔幻世界。

素描：红盖头

我想如今的婚礼，一定是很少可以看见红盖头了。到处是婚纱影楼，丑小鸭都能包装成白天鹅；满街的美女一脸王菲式的冷酷，倔强的眼睛淡漠地望着虚空。既然是彩蝶，谁愿飞回茧中去傻傻地等待？离了又结，婚礼都快餐化了。在 E 时代的浮躁热风中，传统的红盖头，只能遥远成了西天的一抹红云。

但是，一身薄露透的时尚婚纱并不比一角红盖头更有神韵。红盖头，它给人一种永远的神秘与向往。闭上眼睛略略一想，那情那景，真真让人心旌摇荡。伊人走下大红花轿，穿着养眼的红小袄红绸裙，顶着红盖头，脸蛋儿一丝不露，红地毯上莲步轻移。手持秤杆，挑起红盖头的那个翩翩少年郎该是我吧。我就是那个金榜题名的状元郎啊。书中自有颜如玉，翻过了万卷诗书，不曾想最美丽的一页就是这红红的盖头。秤杆挑起红盖头，称心如意到白头。红盖头，自有一种超脱了相貌、妆饰的优雅风韵和情致。红盖头，这是怎样一个富有古典意蕴的名词！

按照婚礼习俗，新郎用秤杆挑开红盖头，一对新人正式见面。这之前，尽是美丽的想象和甜蜜的焦灼。烛影幢幢，红光艳艳。被一条红绸牵了，新娘与郎君拜堂成亲。然后在红红的烛火中，静静地等待那个相伴一生一世的男人，来掀起自己的红盖头。满耳都是声音，是哪一阵脚步声近了又远，让人好一阵惶惶不安？眼前是红红的一片，微微低下头，只能看见自己那双红色的绣花鞋。红红的盖头，让女人更加女人，透出一种骨子里的含蓄优雅、雍容端庄。红红的盖头，中国的红色结，在这块色泽上面，凝结了中国人传统的美学理想。

新婚之夜，外面的世界极是嘈杂，只有洞房里的红盖头，像一朵大红的牡丹，静静地，只为一人绽放，在最美丽的时刻，渴望被他玩味欣赏。曾听说过这样一个故事：一位新郎，在西藏乃堆拉哨所当兵，任务的紧急让他无暇掀起新娘的红盖头。新娘一动不动地坐在等待里，第二天，新郎揭开红盖头，看到了一尊冰冻的雕塑！只有盖头，依旧鲜红，它美得纯情，美得凄绝，那是一面冻不翻的旗帜，飘扬在茫茫雪域之上。红色作证，这就是具有东方神韵的执著与坚贞。大街上，人造美女涂脂抹粉神情暧昧，让人看一眼都觉得多余。面对这红红的盖头，这泣血的感动，谁不会铭心刻骨？

　　偶然的机会，我在网上散步，看到一位古典新娘端坐在"中国古村落"网站的首页上，红红的盖头像一簇燃烧的火苗，纵使千年风过雨过，新娘依然静候在最初的地方。她会成为化石吗？掀起红盖头，会复活一段古老的爱情故事吗？想起舒婷的诗句："与其在悬崖上展览千年，不如在爱人的肩头痛哭一晚。"按住鼠标轻轻一点，我看到了世上最端庄的宁静。亢奋之余，不禁怅然，网上新娘，大众情人，我并非第一个掀起她红盖头的人啊，再打开电脑，红盖头还是一样的燃烧。网络时代，什么都成为可能，包括轰然的狂喜与失落。我越发钟爱一生只燃烧一次的红盖头，是它把少女五颜六色的想法，净化成一种古朴的色泽单纯的明快。红盖头，莫不是闭合的蚌壳，敞开胸怀，便是晶莹剔透的珍珠；莫不是硕大的高粱叶子，一生的努力，只为捧出红润饱满的果实。在幼虫和成虫之间，它是蛹，悄悄完成着生命的蜕变。红盖头一遮，里面丰盈着人间的绝色，像佳酿的瓶盖，轻轻地打开，便香气四溢，弥满了世界。

　　多元化的现代生活五彩斑斓，拨开世间的斑斑驳驳，一方红盖头久久地感动着我的眼睛。踩着名曲《掀起你的盖头来》的节拍，两个姑娘牵着一位蒙着红盖头的"新娘"，来到了舞台中央，突然掀起红盖头，水银灯下赫然站着一位老者，胡须银白如雪，盖头殷红似血。这色彩的强烈对比，深刻着一个名字：王洛宾。半个世纪以来，人们传唱着他的歌，却不知道他是谁。79 岁时，在一次盛大演出的现场，掀起他的盖头来，人们惊异地发现了一位伟大的音乐家，红光满面，那是鲜活的音符充盈着他的血管。盖头把他封闭，同时也把尘世的喧嚣挡在外面，让他独享心灵的宁静，在沉寂中感应着露珠在草叶上的响动，获得艺术上的巨大成功。

掀起了你的盖头来

让我来看看你的脸

你的脸儿红又圆呀

好像那苹果到秋天……

啊，红盖头，什么时候君临我的头顶，让我完成一次生命的转型，灵魂的飞升。

想象地铁

写下这个题目时，我吓了一跳。我坐过地铁吗？我在电影里见过，后来也在梦里见过。

我生活的城市里没有地铁，上班不是步行就是骑车。我每天的页面都是一样：红灯停绿灯行，白天给学生读文章，晚上给报刊写文章。有时被红灯卡在白线跟前，生活失去了速度，像一台用旧了的电脑：该页无法显示，死机。我想换一台电脑。它的网速能追得上我的想象。

小城的生活是平静的。抬头看看，木叶全落了，枝条比天空还要空洞。给北京的同学发 E－mail：昨晚做梦了，在学校南边的运粮河，扎了好几个猛子，都在原地，呛了一口水，醒了。同学回的是短信：来北京吧，一个猛子，我包你从海淀扎到朝阳。听到地铁的召唤，我的手机也发出湛蓝的光芒。

小城的街道像一条河流。北边的松树更松树一些，南面的零星挑着几枝枯黄。在冬天的黄昏，我策划了这样一个情景：一个瘦瘦的男人，竖起衣领，像一只高贵的貂，匆匆滑过一棵棵松树——面目模糊的松树，紧紧抓住一缕缕暮色的扶杆。或许黄昏更能让人陷溺于自己的想象：这是一列开往春天的地铁，我第一个跳下地铁，站在春天的站台，静静地观望——"人群中这些面孔幽灵一般显现；湿漉漉的黑色枝条上的许多花瓣"（庞德）。

　　再也没有比梦更像地铁了，或者，地铁本身就是一个梦。外面是单纯古朴的黑，是飞驰的暗黑隧道，只有梦是暗夜的灯火。在迷蒙混沌中滑行，我贴近的是现实的根系。离开地面的嘈杂和拥挤，我驰骋的语言开始恢复其必要的张力。在明朗得不真实的白天，我渐渐失去了视力和想象。我用梦搭救我的灵感。在地母的宫殿里，我靠着粗壮的柱子，等候随时可能到来的一班地铁。庞大的水箱。幽蓝的顶灯。充足的冷气。陌生的面孔。新鲜的表情。这是一个适合想象的地方，有一些些速度，有一些些朦胧。我想起来了，在白天的街口，广告画上的那个女模特，她裸露的长腿，闪烁着温暖肉色的粉光：第一眼是晕眩，第二眼是冲动，其余的全是腻烦。我问同事，街口能站上一个流浪艺人吗？同事笑了，你去最合适。我很是感到一个地方对我的压抑，和另一个地方对我的吸引。

　　真的是生活在别处吗？

　　是的，我希望有奇迹发生。车厢恋情，流浪艺人，离合的场景，奢糜清冷的气息，色彩鲜艳的地铁漫画，卖晚报也卖纯净水的妇女，听起来像一群鸟在唧唧喳喳的方言。像极了一个艳遇的开始。在地铁到站的刹那，如果一个陌生女子突然跌倒在我的怀里，我会即刻献上微笑的花束。故事的高潮，偏偏发生在地铁的结尾。我希望逢着一个穿黑色风衣的高个女人，她从时间的深处跌落，刚好遇见了我。她的来历不明，她的身份模糊。只有黑，是具体的存在：黑色长筒皮靴，瀑布似的黑发，长长的睫毛下，眼珠像黑黑的葡萄。一种品质纯正的炭，一种暗地里的妖娆。神秘，性感，这突兀的组合，让人感到绝望的冷艳，一下子刷新了我的视野。我的眼睛凝视着她的眼睛，谁也不说话，仿佛小说中两条并列的情节，等候着，下一个可能融合的段落。其实，浪漫的故事，仍然会在我们习惯的认知层面上结束：她消失在站台，消失在茫茫的人海。这时，耳边该响起莫文蔚的歌了吧——也许远离你才能靠近你，也许忘了你才会让你记得我。

事实上，我每晚搭乘文字的地铁远走他乡。我用臆造出的地铁养护着我的想象。面朝黑夜，想象花开。

身外是滚滚的红尘。我抱着一把旧吉他，低头自弹自唱。我是我的听众。面对开来的一列地铁，我即兴创作发表着我的歌曲。

像一棵树，我举着我所有的枝条，抓住任何一缕可能路过的风。或者像白茫茫的雪地上的一只黑鸟，"就是这一只不怕冷的鸟，使昨夜的那场大雪，没有白下。就是这一点不妥协的黑，使冷漠呆滞的眼睛，迸出万紫千红"（非马）。

我的文字一直在路上，只有出发，没有抵达。

怎一个"情"字了得

西出阳关有知音

渭城朝雨浥轻尘,客舍青青柳色新。

劝君更尽一杯酒,西出阳关无故人。

——唐·王维

当你饮尽渭城的最后一杯清新,当那位飘逸的诗人为你咏出"西出阳关无故人"时,我,就决意要做你西去的知音。你来自开阔雄浑的大唐,胸襟开张的你,不会注意一个西部歌女细密的心事。所以,你惊诧了——

停下马车,你向我这边张望。出使前友人端给你的深情,为什么这么快就在阳关传唱?为什么淡雅的诗句变得如此忧伤?是啊,为什么是我在弹唱?为什么冷雨的凄风卷地的黄沙把歌词雕刻得如此苍凉?

你驻足你倾听,在你的目光中,鲜活着的是我的爱情和生命。我相貌平平我热爱音乐。露珠般的江南女子,会在缠绵的雨巷撑一伞痴望;桃花般的北国姑娘,会在典雅的阁楼绣一帕泪光。在这官杨零落不成行的莽莽大漠,我只有用音乐表达我的爱情。辽阔的音箱久远的回响,最能让你垂顾让你垂青。这是一个甜蜜的阴谋。

记得那天那一个突如其来的瞬间,那支《渭城曲》一下子找到了我的双眼。我当时不知道,一支曲子会改变我的一生,只知道你要去安西,青青客舍旁有一位翩翩少年郎。我幸福地成了俘虏。那些白天和夜晚,我在风中弹，雨点也弹瘦了我的琴弦；我在月下唱，驼铃也丰富了我的喉管。左右都是沙前后还是沙，我是沙里长出的仙人掌，守在你必经的路旁。

你，终于在我的翘首中来到了阳关。没错，是你，你是大唐的特使，轻盈的马蹄远远地泄露了你人生的得意。我努力使自己镇静，不去看你，这机会稍纵即逝。用音乐证明自己的存在，是一个乐者的光荣。当渭城饮下的豪情在胸中激荡，你该觉得，耳畔的忧伤，眼前的洪荒，是如此的相得益彰。进入大漠，一切生命都要经风雕雨塑而重铸，包括一支曲一株新绿。

你要去安西，我为什么要用悲凄沉重你的马蹄？你须眉正如弓，你怎会看见一个歌女复杂的表情？你看见我的乌发猛地一低，你怎知那是一口鲜血吐在琴上，艳艳的，鲜花般凄美。琴声柔美而凄绝，一如夕阳下的长路。是的，这只是每一个乐者陶醉时惯有的动作。在你的视线上，我决不是一个喑哑的音符。

当马蹄声化为一缕轻烟，当你的背影在远方变成一个黑点，我，出奇的平静。你还会回来，这支曲将和每一个晨昏一起等待。

黄沙翔舞，那是我撒向天空的音符。有一粒打痛了你，哦，它不该说出我的秘密。晨星遥看，那是我隔夜难眠的泪眼。有一颗掉进你的梦，哦，它不该说出我的期盼。

不知怎的，这几天弹到伤情处唱到辛酸时，我总是咯血。难道我命不久长？难道当初就是一个美丽的陷阱？为音乐而生，为知音而死，这是我的宿命。我无悔。你快回来了！风里裹着你的消息，你宽阔的额上多了几条沧桑；雨点带来你的探询，你逢人打听那个歌女的近况。

这几天，我痛楚地幸福，我悲伤地喜悦。我知道我不久于人世，但这把断弦的琴会留下来等你。在青春时离去，也许是一种适命的美丽。没有人知道我的名字，包括你。没有人会刻骨地把我想起，除了你。

当城池老成化石，当驼铃像花朵枯萎，当阳关瘦得只剩下名字，这支

《渭城曲》会响遍大漠东西穿透苍茫历史。和音乐永恒，世上再也没有比这更长久的爱情。用音乐表达情意用音乐守住秘密，一直到若干年以后，人们一谈起那支曲子那首诗，只知道你叫元二你出使过安西。

诗人与女人

诗人好比一棵白杨，没有风的润色，怎能高谈阔论？树附风声，风依树起。看到树上跳跃着一群光明的鸟，我们能读出风的意蕴吗？女人仿佛一颗露珠，没有太阳的垂青，怎会光彩照人？因诗人而灿烂而永恒，每一颗在古典天空下凝成的露珠，都让后来的牛羊看上整整一个早上。

翻开诗三百的第一篇，就是关关雎鸠悦耳，就是窈窕淑女怡目。我们可以想象，在那个心地纯正思想专一的时代，当唯美的诗人遇上纯美的女子，当水波摆渡起炽热的目光到河之洲，连青荇都为之激动，连梦境都挤满了琴声。女人巧笑倩兮，美目盼兮，诗人歌着适我愿兮，走近了美丽。

古代的女人妍姿巧笑，和媚心肠，诗人便和栖息在水中小洲上的禽鸟一起延颈鼓翼，悲鸣相求。当诗歌选择女人，当女人走进诗歌，诗人便玉树临风了，所有的树叶都在押韵，所有的枝条都在抒情。"顾盼遗光彩，长啸气若兰"（曹植《美女篇》），女人顾盼之间，启迪了诗人的灵感，女人的光华滋养了诗歌的生命。

佳人慕高义，诗人寻美易。随便打开一篇明清才子佳人小说，我们不难发现：那些迂腐穷酸的才子都被大家闺秀抢购一空，会吟两句酸诗不逊于今天拥有一座花园别墅。那里面的女人是幸福的，她们的眼睛删掉了诗人尴尬的现在，因为她们选择的是诗人的将来。拈出四句顺口溜可为佐证："诗词往来互爱怜，私定终身后花园。小人拔情情更笃，奉旨完婚庆团圆。"这是那一时期小说公式化的抒情，也是那一时期女人千篇一律的幸福。

女人选择了诗人，也就选择了永恒。苏小小的江南从此平平仄仄，平平仄仄的雨脚是千年才子寻美的步韵，连玲珑的角檐都是一首轻盈的绝句。西子的香溪从此浅吟低唱，吟咏起一路的风物与风华，润泽了多情诗人一生的灵感。

瑶色行应罢，红芳几为乐？女人如花，花期太短。生命娇艳时她们歌尽桃花，舞低杨柳。可花无百日红，红衰翠减后的伤感熏染了诗人的诗篇。"熏笼玉枕无颜色，卧听南宫清漏长"（王昌龄《长信秋词》）。我们的诗人为女人而歌为女人而怨。这，在视女人为饰物的阶级社会里，不吝于无声处的惊雷。诗人用诗歌征服了女人，女人用坚贞回赠了诗人。

跟苏东坡颠沛流离的侍妾王朝云不到三十便化蝶而去，苏子哭道："高情已逐晓云空，不与梨花同梦。"女人不幸诗人幸，话到沧桑俱悲痛。当四面楚歌的项羽不能保护虞姬的美丽时，"虞兮虞兮奈若何"，跃马疆场的西楚霸王竟呜咽悲歌出一曲千古绝唱。一种五颜六色的小花自此从嗟虞墩（虞姬的墓地）开向了大江南北，亮丽的色彩擦亮了辽阔的穹天。

与古代诗人相比，现代诗人狂妄至极放言无忌："假如我占领了整座城市，而这座城市中没有你，我为什么要占领这座城市？"面对一座空城，他们也只有拔剑四顾心茫然了。他们中气匮乏的呐喊被喧嚣的市声淹没。是"时不利兮骓不逝"吗？还是诗之消化不良兮？美人如花隔云端。现实的窘迫只能让诗人远远地想象，从格子里爬出来的诗人一脸的幸福。

有一位诗人，他娶了一个非常现实的女人。婚前他戏称这是一种互补，互补的婚姻最牢固。婚后诗人穿上围裙，投笔从厨，诗人美其名曰"体验生活"，诗人的生活没有诗，诗人的夜里只有梦。

第二年，诗人妻子生下一女。席间朋友力邀诗人口占一绝。只见那位诗人的喉结一动一动，清晰着酒的脚步。当高脚杯口在桌面上画不出一个点一个圆之后，诗人大发的诗兴只有一句："我的女儿，这是世纪末浪漫主义和现实主义相结合的唯一的杰作。"说罢，诗人伏在桌上咳嗽不止，抬起头时已经泪流满面。

带一本《情人》去旅行

旅是颠簸，伴是慰藉。手上搁了一本《情人》，仿佛身边坐着一位漂亮女乘友，真真有种依香偎玉的感觉。

情节像公路一样向前铺开。杜拉斯的句子颠来倒去的，像是一种呓语，不经意间，袒露出内心的隐秘。"车厢大得就像一个小房间似的"，在读到这个好句子之后，我心里兀地有了一种莫名的冲动。满车厢里多是男女赤发刘唐，就是没有一个少女戴着男式呢帽。那个戴着男式呢帽和穿镶金条带的高跟鞋的少女，正沉溺在爱情里，她几乎天天坐着一辆黑色利穆斯小轿车，往返于西贡的学校和情人的公寓之间。"那汽车真叫人舒服得要命，像一个客厅"，晚年的杜拉斯依然对此津津乐道，不知我老了，还能不能有这样的语气。

阿城去威尼斯时，随手抓了一本《教坊记》，闲时解闷，唐人崔令钦的闲来几笔，在作家目光的浸泡之下，茶叶般慢慢舒展开来。我很得意我浪漫的举动。汽车在大地上奔驰，我在文字中缓慢行走。遥远的西贡的景致，通过我的眼睛水一样流进我的心里，寂无声息，"如同血液在人体里周流"（杜拉斯《情人》）。抬眼看看窗外，绿野平畴一铺千里，让人直直觉得这列车像极了一艘渡船，我的臂肘支在船舷上，不是孤零零一个人，还有一本三十二开的旅伴。法国少女和她的中国情人在湄公河畔遭遇了一场轰轰烈烈的恋爱。我忽然对这次旅行充满了憧憬。想象自己羁留在一个陌生的小站，用一首隔夜的诗稿换来一碗热气腾腾的炸酱面，店主女儿的那双小手看起来比面条还要洁白还要柔软。或者在你准备一头扎进大山之时，从那边路上忽然走来一个拖着行李的女孩。在山顶，你一脸狡黠地和她说，那个法国少女十八岁时回到巴黎就老了。她于是追着你，要抢走那本《情人》。

也许，只有在列车上，而且是心里存着某种期待，才会真正领略到行走的诗意。自己从狭窄逼仄的空间里挣出来，眼瞅着世界在迅速变大，遥远的湄公河水泛起的波浪，爬上了书页的白沙滩，而自己刚刚仍掉了鞋子，还有一些些其他的累赘。这样想着的时候，我很放松，像一朵云飘来荡去，无拘无束。手上的书变得可有可无。

"先生，您看书的姿势真有风度。您在看什么书？"

是芳香纯正的女中音。一位新上的乘友。

我想我的脸上是漾起了笑容。

归去来兮，情书

时下，移动联通了网通，QQ 视频着 UC。世界变了。网络同居，短信情缘，早已不是爱情的模样。一个新的爱情时代，实际上是距离美相思苦彻底消失的时代。

去邮局支取稿费，门前只我一辆旧旧的单车，散射着淡淡的微光。想起从前的爱情。"鱼雁传书"，浪漫的诗意。"雁尽书难寄，愁多梦不成"。这样一句情诗的生命，远远超过了 999 朵玫瑰的长度。写一封情书吧。燕妮用鹅毛笔蘸着浓浓的思念，这样写着："亲爱的卡尔，你若是能知道我有一种多么奇异的感觉就好了，——我没法描述它。"只这几句，通往邮局的路就温柔如风了。

情书的历史，像文字一样古老。最是读情书时"那一低头的温柔"，说不尽的幸福与满足。爱情就像阳光，沐浴着甜蜜的此时此刻。文字如伊的呼吸，轻柔芳香，"亲爱的，我写信的时候，窗外鸟鸣宛转，你也听见了吧"，心灵默契着，意会着不可言传的幸福。现在的爱情是座空空的房子，需要家庭影院来填充金项链来套住小轿车来稳固；什么都是快节奏的，包括快餐爱情，神秘感没有了，我们在逐步丧失着一种可贵的心境。伊妹儿手机短信，也"见字如面"吗？

《围城》中，方鸿渐把情书退还给唐晓芙时，用的包装就是唐先前送给他吃的夹心朱古力糖金纸匣子。唐当时觉得"似乎匣子不打开，自己跟他还没有完全断裂，一打开便证据确凿地跟他断了"。单单一个"证据确凿"，就足以证据着爱情的刻骨，用情书连接的爱情是通往心灵深处的，就连那个匣子，金纸从头彻尾空，心痛全在不言中。现在的爱情就是一贴止痛膏，伤好了撕开就是。分手了，兑换的是现金或者支票。情人之间的表达是情侣表情侣号。金钱能买来玫瑰，也能买来爱情吗？

有些东西正在消失，譬如情书，随之淡化的就是爱情的美感。什么也代替不了情书，因为爱情说到底是心灵世界的产物，是对现实生活的超越。情书的触角，直抵心灵。

很多东西都在改变，而邮筒一直是最初的容颜。它是一棵矮矮的绿色的树，一直召唤着一些无枝可栖的鸟：归去来兮，情书。

聊斋故里书生梦

我去淄博，最想见的是狐女花仙。很显然，这个愿望无法实现。然而，内心藏着一种无法言喻的动机，使我的这次出行，注定美丽丛生。

最好骑一头瘦驴，最好是夜行。雨，很古风地飘荡着。风把你掠到一处蓬门破庙之后，便失去了踪影。不远处，最好多古墓。雨脚密密还在路上，白杨萧萧尚在沟畔。然而，它们都藏在一盏摇曳的青灯之外。书袋里的黄卷已经濡湿，不湿的是你的朗声吟哦。忽有哀楚之声入耳："玄夜凄风却倒吹，流萤惹草复沾帏。"（出自《聊斋志异·连锁篇》）其声细婉，如斑竹之泪。"幽情苦绪何人见，翠袖单寒月上时。"你不由自主，你心甘情愿，你走进一个浪漫的鬼狐故事。

眼前的高速公路是不折不扣的现代风情，特快的车速却恰恰适合我驰骋想象。后人习惯于用八个字来定义蒲松龄的一生：读书、教书、著书、科考。许多年过去了，依然有人深深地陷在他的脚印里。我在我教书的单位买了一处不足60平米的单元楼，房款是前年交的，也算有了历史，房子是上个世纪80年代建造的，堪称教工早期宿舍楼的标本。钥匙至今没有接到，想必已经锈迹斑斑了吧。我想象聊斋无异于望梅止渴。在我的心中，"斋"是一个客观的物质存在，是"农场老屋三间，旷无四壁"；"聊"是一种超然忘我的人生态度餐风饮露的精神生活。这么说，我是在赶赴一个200年前的约会吗？没错，是约会。在我此行的终点站，确乎飘逸着一位聊斋仙子。

她在网上的上传头像真好。长发飘飘，形神毕肖地描绘出风的情状，浅浅哀怨锁在眉间，宛若一点落红泊湖面。楼群明亮，"空气新鲜，新鲜得好像第一次知道有空气这种东西"。话是属于当代作家阿城的，说的却是我的真实感受。从网络的虚拟里一脚踏入现实的生动中，我阅读的手指触摸着一些些植物的叶脉，我是在追寻聊斋故事里的花仙吗？是香玉、绛雪，还是葛巾、黄英？花丛中忽然闪出一张美女的俏脸，我分明听见她怯生生地说："秀才何思之深？盹盹视妾何为？"（出自《聊斋志异·胡四姐篇》）是她！那羞红那笑靥那情魅，至今还在我的眼前缓缓又悠悠地飘着异香。

书生的幸福如此简单而具体。情感不近也不远，中间正好放得下一张茶桌。一壶玫瑰花茶，两个精致的水杯在握。浅斟低啜，她微笑的芳香固执在唇齿之间，不忍离去。木质长棂窗扇，广漆楼梯地板，着一袭旗袍的服务生粲然开放如红莲，茶楼主人收藏的古董字画就在身边，让你不古典也难不风雅更难。端砚诵严泉，焦桐鸣玉佩。茶香氤氲中，慢慢伸展的不只是茶叶，我清晰地感受着遥远的抚摸。请给我一支毛笔，不要狼毫，我只想静静地抒情。既然喧嚣远遁既然尘埃不生，且让我把浮名换成这浅酌低唱。端上来，是两杯新鲜的柳泉啤酒。就把对面的红颜斟成一株金风吹拂下不胜消魂的黄花吧，邀来白居易的琵琶，为我弹唱一首原汁原味的聊斋俚曲。"不敢度曲，恐消君魂耳。"（出自《聊斋志异·绿衣女篇》）对面的女孩笑了，言语宛转滑烈，动耳摇心。

淄博的街道很安静，安静得似乎行人的脚步显得多余。一只狗悄无声息地跑过广场，还好，不是狐狸。几个老人坐在石凳上，成为这个城市的一部分。在餐饮店靠窗的桌上，女孩像是商家打出的广告，一个男人横穿马路时还朝她望了一眼，他红色的T恤让这个夏天尤为燥热。落拓就是落拓，聊斋就是聊斋，柳泉还是柳泉，在静谧的时光里缓慢地行走着，我知道它鲜活不竭的原因。我在写有"蒲松龄故居"的金字匾额前闭了一会眼睛。牵了女孩的手，在狐仙园中游走，我就是清风满袖的落难书生，荆衣布衩，粗茶淡饭，把盏黄昏，吟诗作赋，过着不羡状元不慕富的田园生活，书就是我的整个世界，她就是颜如玉了。从此红袖添香，从此乐不思蜀，从此书生也绅士。

而我终要回去。尽管世俗的喧嚣会淹没我的琅琅书声，但是狭狭空间的梦想更能穿透窒闷的现实。也许我的告别，是为了彻底的回归。喝茶旧时茅店社林边，聊天稻花香里说丰年。杂在农夫野叟中间，那个须发皆白、侧耳倾听的老翁就是我。纸上的《聊斋》巍然挺立，淄博的女孩永远不老。

躯壳寄存在返乡的客车上。乘客很少，空调不开，阳光正嚣张。车上的VCD正播放表现人鬼之恋题材的影片《倩女幽魂》，据说已经拍了三部，主人公名字取自《聊斋》，但是回肠荡气的爱情故事多了一些些调侃和作秀，索性闭了眼睛睡去。一路无梦。

约会临沂

听着《沂蒙山小调》长大的人，都会觉得临沂是个好地方，美丽得像一个童话，水晶般透明，鲜花般芳香。

在沂水县城，寻了一家悄悄话吧，挨个给沂水文友打电话。他们很热情：既然路过就小住片刻吧。不，我意志坚定，蒙山在等我！放下听筒就跳上了开往蒙阴的客车。感谢蒙山，为我的这次出行提供了最充分的理由。

这次出行，我像一个万里赴戎机的军人，扔掉了所有的行李，包括手机，什么也不能改变或者延缓我的行军路线。手里只紧紧握住一串数字，是莉莉的手机号码，是一条载我前行的丝绸之路。莉莉，这个俗气十足的名字的主人，却是一位才思敏捷品位高雅的女作者。她为我写的文学评论，更像是一只柔软细腻的手，在把我暖暖地牵引。

在蒙阴车站，我拨动了那一串数字。现代化通讯的最大好处，其实是模仿了古典小说千篇一律的写法——未见其人，先闻其声。要不，你现在就赶过来吧，我明天要出发到日照呢。她的声音清澈欢快，像一条活泼的小溪水。我很得意我的行程，与蒙山擦肩而过，直扑沂河。我就这样去见莉莉，在沂河的水湄。沂河是一座城市的眼眸，莉莉，你的大眼睛就是我的港湾。街上飘过网络歌手庞龙的主打歌《两只蝴蝶》："亲爱的你跟我飞，穿过丛林去看小溪水……"，我知道这首歌为什么流行了。

下了车，已是晚上八点。你在哪里？我和沂州大厦面对面。对面的沂州大厦灯火辉煌，像一位圣诞老人，慈眉善目地打量着我这个外乡青年。身后长途车站明明灭灭的灯光提醒我，要尽可能地在短暂时间内记住这个城市最精彩的章节。灯火阑珊处，她向我走过来。一个外地读者，郑重打开了临沂这部精装的彩绘的大书，在与书中主人公目光相对的刹那，他觉得这个美丽的夜晚就是为他而存在的，红袖添香夜读书，不知何处是他乡，浑然忘却了一天的颠簸。

是一家豆浆店。大厅内的灯光像绸缎一样柔软无比。已过了喧闹时分，只有两三情侣在优雅地浅饮着属于自己的那一份浪漫。啊，静得真美。嫩黄温热，盛在薄薄的细细的小袋里，像一位善跳掌中舞的窈窕淑女，人见犹怜，叫人心上带点儿微疼，是一种禁不起的——美。这是临沂之行给我最直接的感官体验。人就是这样，吃遍了山珍海味酸甜苦辣，往往一些最平淡的滋味最值得回味，品味越久，香味越纯正，真水无香，一如一袋热豆浆。

新闻大厦就是沂河岸畔的一棵树，枝枝相覆盖，叶叶相交通，那么今夜我就是栖息在浓密中的一只鸟了。枕着沂河入眠，明晨唤我醒来的，定是河水那温柔的涛声吧。这么说，一座城市，也与我共饮一江水了。清晨在电话亭拨到心跳的时候，莉莉已坐在去日照的车上，正沿着她生活的轨道行驶。她该穿着昨晚那一袭粉红色的连衣裙吧。耳边是早间气象预报：今天白天，阴有小雨。睫毛湿湿的。不，还有一串粉红色的回忆。

既然身后是一座空城，我只有专注于眼前的沂河了。"沂河"，我轻轻念叨着。沂河，是她儿时放鸭子的地方。旧桥还在，过去的岁月伸手可及；新桥巍然，此岸彼岸抬脚即到。蒹葭苍苍，在水一方。水和爱情有关。到处是她的芳踪丽影。设若我的胸臆已经呼吸了青草送来的芬芳，定是她的裙裾刚刚飘过，如一只翩翩的蝴蝶，或者，她本来就是叶上凝着的一颗露，枝头探出的一朵花。

昨天晚上，我们的话题很自然地从文学开始，在寂静的一隅，我清晰地感受着她新芽一样的呼吸。你的《中年廊桥》写得真好，微微的光芒照射着内心境界的丰满与充实。我说，可能是吧。"《辞海》上说，'廊'是'独立有顶的通道'。我把这'顶'读成家庭的屋顶，遮掩着缤纷的心情"。在文字背后，是她意味深长的一眼。这一眼，包含了太多的语言。真想把所有的情感，凝聚为一个复杂的眼神，使你终于明白。不是舒婷的诗句，是我的一次切身体验一次感情的流程。

这一眼，是我临沂之行的最大收获。沂河水滔滔向前，不舍昼夜，像极了一段正在发展的感情。我和她是河流遥相呼应的两岸吗？坚持自己的位置，约束着一条河流的流程，不至于泛滥成灾，仿佛永远走不到一处，但又永远同路。只要生活向前流淌，便是朝夕相守。

路上的风景

听景大峡谷

自沂水县城向西南行 8 公里，便是龙岗的所在了。心头犹疑，眼前这景色，该是稍稍素朴的"青衣"吧？

倒是来时的路上，我们个个神采飞扬，脸泛红光，如"花旦"，如"小生"。两边衬以花花树树的公路，在现代化的车轮旋转下，直觉上更像是一条往回倒转的磁带。地下大峡谷真的是一曲 20 万年前的歌谣吗？

曾经偏颇地认为，江山不可复识。沿着古人的履痕去按文索景，而现实中的风景却早已非复"旧池台"。常常远山如黛，走近了，不过是一堆毫无章法的石头。站在千篇一律的阳光下面，正当目光无处可栖之时，忽有水声轻轻叩打耳鼓，侧耳倾听，清泠泠活泼泼脆生生。近前，是一挂清瘦的瀑布。有人说，这就是"迎宾瀑"。在一步跨进古代，转眼变成哲人之后，我觉得，那瀑布倒像是上帝设计的路。只是我等尘世中人，贸然来此造访，会不会扰乱此山此水此洞此石千万年绝美的宁静。脚步放慢放轻，在沉寂中聆听心的律动，享受着深入事物内部的妙处。

前行，仍然是水。从千万年前的洁净纯真中奔流而来的水，只一滴翠玉般地落在掌心，人便清澈透明纯净了。洞顶的钟乳石们，或如灵芝透祥瑞之气，或如海龟显雍容之度，不一而足，各臻其境。抬头仰望着，不觉脚下生了根，站成一根石笋，也好，就让这原始意义上的水，仙乐飘飘的水，雕我成仰望的形态吧。是水，迷幻如箫轻灵似蝶。

石阶湿滑，仿佛脚下每一块石头都是正在融化的干冰。王安石在他的散文《游褒禅山记》中说："人之愈深，其进愈难，而其见愈奇。"在曲曲折折高高低低地走过铁索桥穿过坎坷路之后，暗河漂流项目让我一下子想起并理解了这句话。

洞，我游过几个，大都幽暗深邃，城府很深，逃回现实依然怀分惕分。在溶洞中漂流，浑然忘我，这还是第一次。一登上小小的橡皮艇，就是彻头彻尾的游鱼一尾，伸双手为鳍，击水扬波，身外的水和心中的血，一起奔腾汹涌。人们传说，这暗河之水直通东海，那么，前方就是我的归宿了。水势渐缓，人如水珠闪烁波上。此刻，彩灯在头顶缤纷，历史在两岸飘忽，景色似古还今，惝恍迷离中，置身神话仙境，漂流在梦幻里。短短七百米的漂流长度，浓缩了长长的一世风景。

中国的名胜古迹，大都活在铺排张扬的诗词歌赋里，新近开发的旅游景点——山东地下大峡谷却活在造化的神奇和真实的生动中。

明人王思任在他的著作《游唤》中这样写道："夫天地之精华，未生贤者，先生山水。"耳朵拒绝吵吵嚷嚷的风景，来到龙岗深入地下深入大峡谷深处，你就是后来的贤者。

挣脱或者介入

那年七月，一个闷热的夏日，我去了淄博，一个人。

坐的是公共汽车。一路上大口地喘气，到了淄博站，它才稍稍平静了一些。像恋人在电影里告别那样，我很深情地回头凝望：一座白房子，在正午的阳光下，镶金嵌玉般，矗立成了童话里的宫殿。眼睛湿湿的。一个转眼间让道路陌生的人，在异乡的街口，他把客车也看成了房子。

现在想来，是我的一篇散文，确定了那年夏天我在淄博的心情。我的散文是《聊斋故里书生梦》。那个暑假，我头昏脑涨，丧失了可以让我清爽的一切心境。我生活的现场阴暗逼仄，一个密不透风的牢房。我不愿呆在学校的单身宿舍里，2002 年向学校交的房款，过了两年，我依然没有接到旧单元楼的钥匙。我不想回几十里外的那个家，我不敢面对父母询问的眼神和无奈的表情。我想出去走走。我想把我的身体交给一个陌生的旅店。

聊斋。书生。梦。我是多么的愿意做一个书生啊，一个迂腐木讷穷酸的书生，眼里没有世事。穿过 21 世纪的别人的千万间广厦，我感觉自己穿着一袭浆白的长衫，头顶的方巾是一朵白云，自楼群浓重的阴影里飘然而出。我想和先生聊一聊啊，他就等在蒲家庄的路边。我拍了拍身上的尘土，用手绢擦了擦我的皮鞋。

我不相信我的感觉，我以为我中了狐女花妖的蛊惑。很久没有这样沉静了。古旧的聊斋，是横在书生和梦之间的一个开阔地带。三间屋子都静静的，房椽檐瓦都在这静谧的时光里，保持着沉稳和蔼的表情。这就是聊斋吧。一个适合做梦的地方，有一些些亲和力，有一些些书卷气。或许，这样的蓬门破庙，就是书生们的桃花源。青灯黄卷，烘托出一张耽于幻想的脸；残砚断墨，鲜活着一群弃绝尘埃的狐仙。只是柳泉，比我想象的要小得多。它，也许在做着"满井"（柳泉的原名）的梦吧。

到淄博是正午。离开淄博也是正午。都是柳泉啤酒，都是两个人面对面坐着，碰杯或者聊天。第一个正午，淄博台的一个文友坐在我对面，他要去北京闯荡，他给我接风，我为他送行。他说这地方太熟悉了，像一出冗长的电视剧，刚看了几集便知道了结尾，没有悬念。他想换一个频道。喝着喝着，我俩都兴奋起来，嗓门高了喘气粗了，我知道这是酒精的作用。啤酒的热情，使原本沉默的酒店变得活跃起来。离开的那天正午，对面端坐着一个淄博女孩，不，是聊斋仙子。浅饮低酌之间，女孩的微笑使我觉得，我的身体已经越过了低低的农舍高高的楼群，我的梦，我的思路，正在莲花般的云朵里穿行。

我本来想和一位老人喝茶的，想和他聊天，我想知道，一个很书生，一个特农夫，这样的两个语词，怎么就搭配在了一起，成就了一座建筑，在齐文化里长久地静默地立着。老先生睡了。只是因他而得名的柳泉，以不同的姿态出现在我的那些日子里，出现在我以后的生活里。

淄博回来不久，我接到了住房的钥匙，是三楼的，原先选定的是一楼。之前，父亲在电话里说，不能在一棵树上吊死。我想说，您二老不想爬楼梯也不行了。不知怎的，我没有说，或许一个人常年在外，已经习惯了沉默。放下话筒，我对自己说：三楼吧，就是躺下了，也是三层楼的高度。

青云漫步

跟着鸟声登山，还是走在了新绿的后面。习习的风，轻软得好像羽毛一般，我刚刚抓住一缕，登山。

我本该秋天来青云的。在这山上，草籽儿急着要回到土地，果实刚刚穿上新婚的嫁衣，熙熙攘攘的，好一个繁华香市。大热闹之后必有大宁静。和最后一枚秋叶终老山中，一起做个不归的人。前生有缘，或许会站成一柱图腾，坦然接受后人的审视。若是夏季来漫步，也别有意趣。大地温和，石头善良，人间正酷暑，山中无甲子，青山不墨，绿水无弦，采来大把大把的青草，结庐于此，还未躺下，第一滴赶来串门的蝉声就绿了一颗心。此时漫步山中，忘了深沉，忘了矫情，不生不死，似死还生。进入一种永恒。

我是春天登上青云山的。眼前的山过于沉静。水杉不语，湖面如镜。动观流水静观山，沿着古人旅游的审美路径，我开始了我的漫步。不经意间，我的左脚路过了一棵迎春的家，我的右脚还沉浸在荷花的梦境之中。春来踏青，莫非就是把青春牢牢地踏在脚下，不让它走开？我，一个落魄书生，漫步青云山上，两三朵白云相伴也好，七八只飞鸟随行也罢，我何必惆怅形单影只？坦途也好，陡壁也罢，都是脚步必须丈量的长度；修竹千竿，茅屋几幢，也是眼睛应该保存的图案。

　　对面就是桃花源。桃花尽日随流水，原来我们与理想家园的距离只是一泓清流。就这么一条单行道，难道真的一朝进入就与尘世绝缘，一旦驶出便不复得路？这桃花源是一坛新醅的酒，用带露的菊花酿就，非要等到十年以后才取出来浅饮低酌。林木交掩而桃花含苞，五柳经风而鹅黄依依，斯时陶渊明悠然望见的必是一位从容的书生。

　　我想我是醉了。闯入摩梭人家阿夏花房的时候，我才发现鞋子还固执在我的脚上，我是来"走婚"的那个风流少年吗？还好，摩梭女子不在，她在屋顶晒米，她在深水捕鱼，她在湖边浣衣，摩梭女子就是一根根深黄色的圆木，搭成了一座座村寨。只我一人，是这美丽世界的局外人。

　　山中何所有，岭上多林木。到处是天然氧吧。"空气的清明纯洁，甚至用眼睛都能看得出来"，这是梭罗在《冬日漫步》中的句子，却直直觉得是在描写眼前的情景。一棵樱桃树的新鲜很讲排场，满树一吹即开的花苞，仿佛大幕即将拉开的戏台。看过傣族少女奔放热情的表演，我忽然觉得每一棵树都在舞蹈，一种凝固的线条的舞蹈。两只天鹅在湖里嬉戏，吊桥获得鼓舞，亢奋得左摇右晃，我也在舞蹈吗？旋转起每一片树林，把蓝天拼成一个万花筒。时间越积越厚，身体越走越轻。

　　远远的白塔远远地送来三瓣两瓣的铃声。清泠泠脆生生，落在地上是小草，缀在枝头是花苞，送到耳边是清泉。站在两只海眼面前，我读出了青云山永远茂盛着的原因。我听到了许多往春天赶路的声音，由缓慢到急促，从细微到宏大，一个美丽新世界正在诞生！

　　进入庄户人家，唯一可做的事，是点上四碟小菜，斟来一壶陈酿，依着新绿偎着花香，一口一口，小饮着酒而豪饮着山色。醉了就以手推树，我醉欲眠卿且去，明朝有意抱琴来；或者干脆摊开四肢，仰面躺着，睡他个唐宋元明。站起来，我是一棵树吗？是否已长出今年的叶子？

　　等待风。

临朐

在临朐的日子里，我只配仰视，像个随时听候吩咐的小厮。

那年夏天，怀着朝圣的心情，一路颠簸着去了临朐，越来越明朗的是友人的诗句："大山的皱纹里/长出了一座开满紫罗兰的小城/……/小城有很多的高楼/高楼像田里玉米秸一样长得很快/山里人都觉得很自在/日子嘛，就这么新鲜就这么赛。"

在公路两旁的玉米秸往后急速倒去，我看见了友人诗中的小城之后，心里高兴得不知说什么才好。还没在县委宣传部站稳脚跟，就风风火火闯到了临朐博物馆，真是一步迈进历史，转眼变成古人。这一步，是 1800 万年。鸟的飞翔缝合了断裂的天空，多少石破天惊早已成风，只有"万卷书"依然鲜亮，哗啦啦一页翻过，激动起很抒情的阳光。"岁月比雾还轻的脚丫/静得没一点声音，却在它/身躯上踏出一条深的浅的/脚印"。用临朐诗人王耀东的诗句来定义此情此景，是现成的。不知若干年后，我的诗歌能不能成为化石，能不能坦然面对后人的审视。所以，那些日子，我特别呵护诗歌，像山旺化石，筑起那么多透明的城门，全是为了不染纤尘。

如果我的文字还略略有点底蕴的话，那是因为它的色泽是在红丝砚上研磨出的。友人是个诗人，还是个书画家。有一天，他推开事务的繁忙，拎着我逛遍了城里所有的书画装裱店，看遍了所有能看得见的红丝砚。砚石微滑湿润，手拭如膏，拿起来，就不想再放下，只觉得它的纹理蜿蜒进我的掌心，造型古朴典雅，像一首精致的唐诗。最后摩玩的一块是友人的珍品。净手，磨墨，面对红丝砚石，谁不意兴遄飞？写诗，何需马良的神笔！

现在感觉中的临朐，像沂蒙山捧出的一枚核桃，坚硬而芳香，一如智慧的思想。遥远的朐水，是一条温湿的手帕，轻轻擦拭着我这些年的疲惫。许是因了朐水的缘故，我还不至于那么俗不可耐。那一个傍晚，我是个心甘情愿的溺水者。什么天光云影，什么汽笛蝉鸣，我不看也不听，只是静静地躺着，闭上眼睛，把自己想象成一滴透明，随太多的纯洁流动。正如每个人都有一个清澈的童年，诗歌的源头也该是纯净而澄明的吧。诗歌需要灵性，似乎只有到了胸水这样的环境，人才会有一种无名的冲动。

前不久，和临朐诗人岩鹰通话，我说我不写诗了，诗歌太精致太含蓄，或许散文最适合表达我如今的心情。

其实，我一刻也没有远离诗歌，还在用诗歌经营着散文。散文家刘亮程说："散文是回过头来去捡诗歌剩下的东西。"我不知道，用散文把诗歌留下的两边过多的空地都种满，是不是一件正确的事情。我不知道我为什么还这样抱残守缺，难道仅仅是为了怀念那些在临朐写诗的日子？难道是割舍不了那一些些诗歌往事？

临朐，是一个诗意的城市。我知道，人生的际遇并不是人人都有天天都有，浮生能在心中的艺术圣殿得以清游，足以受用终生。

寿　光

寿光是一株从根生长起来的开花植物，花瓣舒展为街灯，香气流淌成弥河。

寿光愉悦地生长着，它最肥沃的土壤，见之于《齐民要术》。贾思勰笔下的每一个汉字都是一粒优质的良种，如今目之所及是一些些红雨绿风，红是果实的色泽，绿是庄稼的生命。就像风起于云、树起于山石，辛劳的汗水落地摔成八瓣，蹦跳出一颗晶体的盐。3000 多年的历史，足以把冰冷的石头泡软淹咸。所以我觉得，比之于全国其他地方，寿光更有资格称得上国内最大的盐化工基地。

过着不是树也不是草的日子，寿光懂得如何给平淡的生活多撒一把盐。一个把牡丹作为插图的城市，必定是雍容典雅的。"桃时杏日不争浓，叶帐成阴始放红"，在读了唐人韩琮的这个好句子之后，我清楚了一个城市的品质。那年五月去寿光，天气晴朗得有些晃眼，我赶着自己的影子，忙着去牡丹园寻找玉树临风的感觉，不曾想最美的享受是在晚间。莲花别样红，绽放在头顶。那么，我该是一尾惬意的鱼了，横街竖街游进游出，脚步说着一些莹澈的话语。一棵蔬菜招招手，能吸引一坡的羊群；十棵蔬菜招招手，能吸引满天的白云。一棵蔬菜底下，有一个青翠鲜活的日子；十棵蔬菜底下，就有全国最大的批发市场。青翠、鲜活，是我很喜欢的两个词语。这也许是一个诗人内心最洁净无尘的植物。我突发奇想：何不搞个诗歌批发，空车配货，如果诗歌富含维生素并为大众胃口所容易消化。

盐与蔬菜，最平常的滋味最耐人回味。现在写着寿光，我听得见阳光的敲门声，很醇很香。最近，我的声音常常"漂"在寿光，电话那端是一个网名叫"清音"的女孩。那晚在阴暗潮湿的网络里，突然挤进一缕阳光，长久地照彻我的心灵。于是，我们发电子邮件，互通电话。看当地新闻时，我总忘不了天气预报，看到寿光的明天依然阳光灿烂，我才安然成眠。

虚拟的网络，真实的城市，我平静地坐在电脑前面，享受着远远拥有的好处。古槐下的蹄印里长出的是鲜嫩的童音，银杏吐出了今年的新意。想你的笑脸是最灿烂的牡丹，秀发半遮半掩，那该是"一朵红云静不飞，含香含态醉春晖"吧。仓圣公园你去过吗，我劝你逛一逛，既然你是个诗人，那阔叶如翠翅摇曳，刚刚把我两肩倦意拂落。仓圣公园？传说仓颉在这里灵光四射，造字成山。是吗是吗，那趟寿光我是白去了。

在潍坊平原的西部，在美好事物的边缘，寿光自由自在地生长着，它新鲜的绿色一如我长久追随的情人。我知道肤浅如我，并不能为一座城市诠释一些什么，却希望自己的文字如叶子，落在寿光的土地上，一片，一片，又一片。

青 州

青州是一个款步而行的颇有姿色的青衣女子，娇媚不见得，是雅。

青州不媚俗。现在写着青州，就觉得脚痒痒的，只有落在那里的青石小路上才觉得塌实。青石小路，想一想都让人心驰神往。在这个钢筋混凝土的时代，不少地方像一个没见过世面的庄户妇女，一进大超市，就觉得这也好，那也不错，忙着改头换面，结果搞得半土不洋。这种浅，是戴上凤冠披起霞帔也不像皇后的那种浅。

那年夏天，驱车一进青州，扑面而来的感觉就是厚。路旁的槐树气度不凡，骄阳下热情而不夸张，姿态雍容又略略颔首，是出身名门的那种。在我与槐树目光相对的一瞬，我觉得我走进了青州。

车从范公亭中路东面驶入青州宾馆。不，是驶入清幽淡雅的福地洞天。现在的我坐在电脑前面，只觉得它的背景上全是繁密而葱郁的爬山虎。爬得哪儿都是，甚至占领了古城墙。我想，如果把这条路比成一棵树，那么，园林式的宾馆、敞亮的市府大楼就是其上的两个果子。入目乳黄晶莹，入口香气长留，口碑甚佳。那是青州银瓜的品质。博物馆、范公亭、顺河楼则是树的根系。

我说了，青州是一个雍容典雅的名门闺秀，她的后代定会成龙成凤。由道光皇帝诏旨敕建的"昭忠祠"便是明证。博物馆里青州知府李廷扬的书艺，分明是1842年踏在英军胸口的马蹄。刘亮程在他的散文《剩下的事情》里说："所谓永恒，就是消磨一件事物的时间完了，但这件事物还在。"那些英魂们通过脚下的石子营养着我的根系。走在这样一条时间通道上，明明暗暗着的莫非是沧海桑田的变幻？斑驳光影中解读着西晋的哀怨，人声喧哗里依稀是大明的晴朗。当别的街道浅薄得一览无余直白无味时，这里多的是一种空间精神，一种亲切感和安全感，它远远超过了物质的街道本身。这就是青州的厚度。

去的时候，恰逢范公亭前举行盛夏晚会。青州的胃口挺好的。广场成了一个大拼盘，拼出了各色小吃，戏曲更是一道独具风味的快餐。长长的水袖拂动出万种风情，拂出大地演绎春夏秋冬，拂出历史排列唐宋元明。

青州的风韵，犹如曹衣出水，又如吴带当风。青州的气度，是顺河楼的气度，是李清照的气度。

诸　城

要培养一种儒雅且又阳刚的气质，我想，诸城是一个绝好的城市。在我的印象里，诸城是一个佩剑书生。

那年春天，我一个人骑自行车到了诸城。那时，诸城离我蜗居的那所乡村中学有三十公里。现在想来，认识一座城市再也没有比这更好的方式了。记得当时我是寻找了柳树的。宋人有词曰"拂水飘绵送行色"。一进诸城，我就想起了周邦彦的这句。在古代，柳是一位洒脱的文人，长亭路上衣袂飘飘，拱手道别。诸城的柳有一种恬然的自信，让人看了步履变得放达，目光趋于平静。世间离合无定，千尺柔条堪折。我想起来了，那年我患了神经衰弱，初恋走了，把一个漫长的冬季扔给了我。春天的阳光很有分寸，我决定了，要做一个潇洒的人。

诸城西北临靠的是滔滔河水。诸城的水从不媚上，一生都在谦下，性格偏执得有点迂腐。至柔的水有着至刚的骨，"滴水穿石"，这句话被诸城人樊崇诠释得淋漓尽致。公元18年，眉毛上燃烧着愤怒的樊崇集合起水滴的队伍，潮水般冲垮了王莽的宫殿，淘尽了绿林军里的泥沙。诸城的平静是不能轻视的。

横折折折，走过简单的几画后，我脚下明显用力。骑车走在诸城，很容易让人豪气大增的，一个生命也很容易走向成熟的。即使肤浅如我，也想"会挽雕弓如满月"的，也会"三杯拂剑舞秋日"的。向东向南，不知不觉间，诸城举高了地平线。一千年前的一个仲秋，满月灿烂得让苏轼没心思去消沉。"但愿人长久，千里共婵娟"，如水的月光洗去了他眼里的迷茫，流成了旷达的歌唱。射不落天狼的他却远远地射中了我的心，射落了我的泪珠。书剑并未老风尘，真的。

张抗抗在《建筑的阅读》一文中说："对于大多数文学家来说，建筑也许常常被作为书来阅读。"当时，我只是个胸无点墨胡乱涂鸦的诗歌作者，我还是觉得密州儒学府是一部打开的经典。砖瓦是词汇，花木做插图，廊柱很会分段的，于是就有了承前启后。空气里有古建筑拔节的声音，只有想听的耳朵才听得见。随便在院里一站，人也风雅起来。宋朝时就流行着"十万人家尽读书"的说法，现在诸城就丛生着不少学校。在来时路上，我见过的。村庄里大都有一棵古槐，一般站在村头或者村的核心，有的周围还用石头垒了台子。远远近近的槐树很规矩地排成了队伍，像一群群上学的孩子。

在所有的武器当中，只有剑文质彬彬，高贵典雅。古代的文人和剑器几乎形影不离。而今，有一位面山而居的书生，执潍水为剑，出剑傲气贯日琅琊低首，收招河凝清光万籁无声。他，是诸城。

潍　坊

潍坊是一个飞翔的城市。她是一个身着霓裳羽衣的仙女，有着千娇百媚的生动，有着白云出岫的飘逸。

记得小时候躺在故乡小河边读《牛郎织女》，还没听懂老牛对我说了些什么，第二天一早就和父亲的大棉袄跟一辆货车去了潍坊。放牛娃没出过远门的，一下车就进了天堂。那楼比坡里的高粱还多还高，一个个仙女袅袅娜娜地来回穿梭，没有声音，是凌波微步。是一个大姐姐拉着我的手过的马路。记不得她的长相了，多少年了，每每面对表情呆板的汽车，我总被一种温软牵着。没有断开，没有银河。

河，倒是有的，白浪河。她轻轻挽着潍城奎文两姐妹，像一位优秀的时装设计师挽起两个模特儿新星走上了世界的 T 形台。

我是个喜欢怀旧的人，每到一处地方，总忙着打捞唐朝的月光辨认宋时的巷陌。在潍坊，高高的琉璃瓦的反光、和"全球通"耳鬓厮磨的女白领，不时地把我提醒。阳光有力却还恰到好处地裹着我，暖暖的，我甚至听见骨头伸展的声音。穿着上衣吧，要不，我会飞起来的。阳台，已鼓起了透明的羽翼。乳白色的美轮美奂的建筑上接着蓝蓝的天。"只要一走进这风筝城/仿佛就长了金翅/在蔚蓝的意境里/幻成今天的图腾"，诗是山东诗人姚焕吉的，可真实的感觉属于自己。

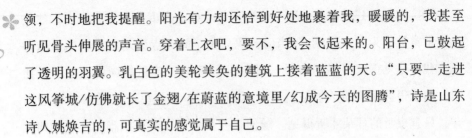

我还是站在了古城墙下。怎么看，都觉得对面的高楼是一只只翩然凌空的风筝，这质朴的古建筑倒像我那位还在小学教一年级的语文老师。每个城市都有自己的历史。对潍坊来说，老去的只是时间，不变的是天生的丽质。暖温带的风温柔而不失原则地梳理着，东西为街，南北是路。十笏园早早建成了，风还是一次次修改，雨依然一遍遍润色。潍坊，每天都是新的。

扬州八怪之一郑板桥曾在潍为官，他贴在家门口的那张告示真值得玩味。说他靠卖字画维持生计，索者要给报酬的，送东西主人不一定喜欢，也不实惠，还是交现钱好，大幅五两小幅二两。这怪人倒挺精明的，把艺术明码标价不赊欠，按说应称他经济学家才是。

潍坊的翅膀总携着一条优美的弧线。现在我在键盘上敲打出"潍坊"这个词条时，大脑的屏幕上已联想出了"风筝城"、"鸢都"，还有"洽谈会"。那年四月去潍坊，我那在宣传部刀笔吏的同学忙得早晚不见人影。问问，去开洽谈会了。还是去看风筝吧，风筝好找，有线牵着。

上天的方式有很多种。1903年，美国人莱特兄弟用超人的智慧发明了飞机。早在美国之前，潍坊人用浪漫的想象扎制了风筝。飞机到达的是稀薄的空气紧张的高度，风筝接近的是白云的童话蔚蓝的梦幻。就这么简单，一个个长翅的精灵，把一座城带上了晴空。一个飞翔的城市，永远是那么的风姿绰约；一个飞翔的城市，蓝天就是她的名片。

整个世界都在抬头仰望。

一个文学爱好者的行走

超然台上

隔千里兮共明月。

隔超然台不足百里，隔宋王朝不过千年。秋月和诗词是我的向导。选择一生平平仄仄地行走，没有比这更轻松也更沉重的事情。

仍是北宋的月光吧，漂洗去白日的最后一声喧嚣，将一座城市半明半晦地写意出来。"城上高台真个是超然。莫使匆匆云雨散，今夜里，月婵娟"，古远的词句从历史深处飘来，越过城市的楼群，袭上心头，如水般的清澈，似银样的锃亮。眼前即刻闪现出古密州（今天的诸城）的模样。熙宁九年（1076 年）暮春，苏轼就是君临超然台上远望城中春景的。

贬离京都，出知密州，"朝为青云士，暮作白首囚"（韩愈诗），官位可以一低再低，但生命必须永驻高处。命名"超然"是苏辙的创意，一母同胞，血脉相连，心志自然相通。仰观月有阴晴圆缺，俯察人有悲欢离合，落拓的诗人，超然的高台，游目骋怀，俯仰一世，文章憎命达，这或许又是艺术的幸会了。超然台，栉风沐雨着，竟屹立成中国文坛的一座高峰。

城墙还是城墙，沧桑还是沧桑，厚重还是厚重，梯形的台面坚持着向上的走势。我阅读的手指如呼吸轻轻拂过一株小草的叶脉，色泽洁净得好像自己的手不干净。苏子已经回到了后堂吧。一手捧书，一手扶膝，神态还是那么文雅，风度还是那么超然。"超然"，——这太像一位高人的雅号。"现在，我们所能看见的树太多，而天空太少，读今人的诗我经常有这样的悲哀。"忽然想起诗人洪烛的一句话，我觉得，我不虚此行了。在城市里，怎么看月亮，都像贫血少女的脸庞，是一种淡淡的黄。

宋时的超然台消失了，捧着崭新的《超然台》杂志，我进行着，我的纸上的行走。误把龙城作密州。空间距离几步远，时间相隔一千年。

"明月几时有？把酒问青天。"就中国古典诗学而言，源远流长、丰满充沛的意境也该是月吧。"风花雪月"，读起来有时更像是"起承转合"。苏子被一阵风吹到一个叫做"密州"的异乡，就是在月下找到了自己的影子，"起舞弄清影，何似在人间"。由此，我们可以窥见他穷其一生始终不改的创作态度：超越困厄，获得一种月光般的平和与冲淡。月，明澈，超然，达观，这几个语词在夜色中格外明亮。抬头远望，婆娑月影撒成万家灯火，宛如朵朵金菊，层层馨香包裹着古老的密州。

苏子是离不开明月的作家之一。密州任职期间，苏子或登台赏景或举杯邀月，即使会挽雕弓也须如满月。一个把超然台作为地平线的人，我们很容易想象他的创作高度。苏子在密州谱写了许多锦绣华章，《水调歌头》"逸怀浩气，超乎尘垢之外"（胡寅《酒边词序》），最为脍炙人口。

刺枣树前

如今的名胜古迹，举目所见，要么是迎客松托举厚重岁月，要么是霓虹灯炫耀现代风情。能把刺枣树作为景点，并且别有寓意地栽培着，这地方恐怕只有韩愈墓了吧。

刺枣树干细枝弱，叶疏花迟，似乎只有"恶溪村"或者"瘴江边"才是它的安身之地。我不住地提醒自己，这是河南孟县，不是天之涯潮之州。

刺枣之妙，尤在于长刺。刺者，骨气也。韩愈如果是一株摆首弄姿、哗众取宠的杨树或者柳树，长安之大，水肥土美，他总会站成皇宫大殿的一根"栋梁"。然而，他说"名为宫市，而实夺之"，他还说，佛骨是"枯朽之骨，凶秽之余"，矛头犀利，直刺九五之尊。敢于拿自己的头颅跟佛骨硬碰硬地进行一番较量，他只有"一封朝奏九重天，夕贬潮州路八千"了。那时的潮州，大概也只有瘴雾缭绕、雷电汹汹吧，是中原人想象中的"蛮境"。

时令既然是仲秋，绿叶丛中探出一粒粒红红的枣子，我分明看见一片片浓缩的丹霞云霓。"不有韩夫子，人心尚草莱"，这是歌咏韩愈治潮有为的两句诗，我情愿把诗中的"草莱"读成"不毛之地"。

刺枣树，种在韩愈墓前，最合适不过。

我，不远千里，从遥远的山之东雀鸟般飞到这河之南，就为了在刺枣树的枝桠上唱一曲千篇一律的颂歌吗？还是在用脚步踏响"为嫌诗少幽燕气，故向冰天跃马行"的诗句？

刺枣树，在故乡的山间几乎到处可见，如同"不平则鸣"、"异曲同工"等成语常常萦绕于耳畔。枣子个小肉薄核又大，却是野菜丛中的珍珠玛瑙。后来，听老人们说，枣子是上好的中药，能补气宁心，敛汗生津。这话，我信。我甚至相信，在异乡与这样的植物相遇，是一种生命的玄机。

"文起八代之衰，而道济天下之溺"（苏轼《潮州韩文公庙碑》），当时的中唐，骈风流行，佛老嚣张。在霜欺雪压中生长着，在风吹雨打下绽绿着，惟其如此，方显刺枣树卓尔不群的生命力。韩愈为人特立独行，行文奇伟不凡，重文气，深立意，长描绘，一时多少华章！

有同行人仰望着两棵柏树啧啧称赞。柏树郁郁苍苍，据说已历千年。我的双眼却固执地盯着这一丛丛、一簇簇枯了又荣的刺枣树。一边是甜的，一边是酸的，像韩愈的诗文别有新意，独具匠心。

于是，我把甜的一边唤作文学或者思想；酸的一边，我称它——生活。

试扫阳台看马耳

"试扫北台看马耳，未随埋没有双尖"。

置身超然高台远望马耳，眼界宽，心界更宽。苏轼当属深谙借景之妙的古代文人。眼前双尖，脚下高台，处江湖之远的迁客骚人，亦能任须发飘然，把马耳主峰，看个畅快淋漓。没有比人更高的山。那一个瞬间，苏轼与马耳山相看两不厌，遥遥感应着彼此的挺立与倔强。

苏轼，是一个驿动的语词，杭州密州湖州黄州惠州儋州，都是它的宾语。公元 1101 年夏天，流水泊不住动荡的宿命，在遇赦北归途中的一条客船上，苏轼一病不起，终年 66 岁。一千年以后，有一位诗人"少小离家老大回"，他的部分骨灰，撒向了他生前魂牵梦绕的马耳山，最终实现了诗人魂归故里的夙愿。

马耳山，是在雪后让苏轼眼前一亮的。如果苏轼漂泊的一生是一部经典诗篇，那么，起句就是这"未随埋没有双尖"，结句该是"也无风雨也无晴"吧。与苏轼的瞬间一扫阴霾不同，现代诗人臧克家是把马耳山挂成了墙壁上的一幅画，方方正正的窗棂，镶嵌着四时不更的风景，"试扫窗台看马耳，未随埋没有双肩"。就那么一抬眼间，迎面走来一个脸色黝黑的庄稼汉，宽阔的双肩能扛起所有的艰难。走出农家的屋檐，诗人就是一座大山了，肩着正气担着道义。

我是站在城市的阳台上远望马耳主峰的。异代不同时，问如此江山龙蟠虎卧几诗客？诗人亦远瞻，有长留天地突兀耸立两巨石。那并峙的双峰可是两位诗人高大的身影？双尖还在，双肩犹存，诗人不死。诗人回来了，"五岳看山归来后，还是对门马耳亲"，对门的马耳山就是诗人臧克家先生的老哥哥，我分明听到了诗人急促的脚步声，它的节奏明快，它的韵脚铿锵，像花朵在赶往春天，如溪流在奔向海洋。并举的双石都竖起了耳朵。

一生不得志的苏轼很幸运，神州辽阔，横无际涯，他竟与马耳山奇迹般地相遇了。辉煌一世的世纪诗翁臧克家生前唯一的遗憾，就是没有去看一看老家对门的马耳山。

位于今山东诸城城南的马耳山，海拔 717.8 米，为鲁东南第一高峰，主峰双石并举，远望状如马耳，因而得名。"马耳山戴帽，大雨就到"，当地老百姓常常通过远望马耳山，及早了解天气变化，以安排农事。两位卓越诗人隔着千年的迢遥时空，都读出了一种生命的挺拔和坚韧。

一座山，两位诗人，秉承着中华诗魂，延续着昂扬向上湮灭不了的东方精神。

一个文学爱好者的高密

声音。

高密，也叫凤凰城。它是我生命里的一个高地。

"凤皇鸣矣，于彼高岗；梧桐生矣，于彼朝阳"，是《诗经》的一个句子。凤鸣朝阳，在我听来，这是诗歌的声音。很久没有听到这样的声音了。是攘攘尘嚣遮蔽了，还是我的听觉迟钝了。

凤凰宾馆是敞亮的，没有电动门，没有铁栅栏。就这样，呈现在人民大街面前。看上去，整个建筑群更像是一些黄土地上的红高粱，浴着泼洒的阳光。蓬蓬的树影闪过，是一座淡黄的小楼：凤凰阁。我觉得，在这以凤凰命名的地方，一定是大音即即吧。后来，我就是在这样的声音里不能自拔也不求自拔了。

北面主席台上方的横幅，醒目着这次会议的主题：繁荣文学创作座谈会。主席没有露面，我们的文学先繁荣起来。像一只小鸟，飞进一个大林子，我的眼里尽是浓阴和翠绿。刚进门的时候，我看见一位老妈妈。她该是发苍苍视茫茫齿牙动摇的年龄吧，她戴着老花镜，双手捧着一本文学期刊，很安静地坐着，洁白的纸张闪射着文学的光芒。她仿佛从时间的深处降落，眼睛里充盈着漆黑的孤独和明亮的执着。在她那专注的样子里，我看到了自己许多年以后的表情。

"真正的诗人是在歌唱，而不是说话，是站在最高处歌唱"，这是一位作家说过的话。在会议的现场，诗人和歌手是同一个概念，在这里，诗歌像歌曲一样流行。如果徐志摩在这里放歌，我一点儿也不惊讶，就像在单位遇到同事，就像在故乡看见了母亲。我一直在注视一个人。他是一个诗人，一个外表像汉隶内里是小篆的诗人，头发张扬，人却羞涩得很。他对麦克风说，他是写爱情诗的，这几首诗是准备投稿的，下面就念念吧。许多天以后，在端详集体合影的时候，看着他略略鼓起的腮帮，我的耳边一直回荡着这样的声音："善待生命 善待爱情 善待文学/是我们这个时代的圣职/原来 我的爱人一直在这里。"三日绕梁。

氛围，这就是氛围。我实在想不出更好的表达。我只能像《巴黎圣母院》里那个丑陋的敲钟人伽西莫多那样复制着："美呀，美！"文友苏小蝉说："多久没有这种氛围了，就像毕业时候唱毕业歌，仿佛一下子回到了过去，回到了青春。"一个写字也绘画的女子，就坐在我的身边，她身材窈窕，容貌可人，她轻轻的低语，犹如草叶上滚动的露珠，闪着莹白澄澈的光。我的好心情，使我的听觉愈加灵敏了，它像移动手机，无缝漫游着，接收着许多缤纷摇曳的声音。

在高密的日子，我一直被这样的声音激励着。我就是路边一棵卑微的小草吧，倾听着，只是为了呈现这块土地的肥沃与厚实。我想，即使我是一个哑者，也会开口歌唱的。

光线。

许多年以前，高密这个名字，在我眼里高大而茂密。看到家乡的红高粱，我就想起了高密。

走在家乡的土地上，"每穗高粱都是一个深红的成熟的面孔"。后面这话的主人是高密作家莫言。"八月深秋，无边无际的高粱红成汪洋的血海。

高粱高密辉煌，高粱凄婉可人，高粱爱情激荡"，莫言的小说《红高粱》是那样的沁人心脾，和着黄土地上一种苦涩微甘的成熟气味。

2006 年夏天，当一辆肥胖的公共汽车像卸货物一样，把我抛到了高密明亮的大街上，我仿佛跌入了一个巨大的梦境。是的，梦境。人们说，这是一座凤凰城，我真实地在它的纹理间穿行。它的翎羽成五彩，干净地一根一根，在我的身侧，明亮地排列着，光芒四射。它华丽的外表，是不是裹着一个高贵的灵魂。这是我精神的天堂吗？

心里是暖暖的明亮。

凤凰宾馆，就是一块肥沃的高粱地吧。日光直直地下落，没有水泥钢筋的干预，我说了，它是敞亮的，人像风一样自由，在宾馆和大街之间，随意地飘进飘出。夜晚的时候，我们几个人坐在路边的石阶上，颔首或者微倾，高谈或者沉默，话题都是文学。城市是如此的繁华，不夜，我们也各具姿态地亮着。忙活了一春又一夏，就这样，舒适地坐在田间地头上，谈论着自己的耕耘和收获。陈粮新麦，那些播种过的文字，在我们的话语里深入浅出，一如银灰色的高粱穗子，飞扬着清淡的花粉。写了几行字，我凝视着那夜留下的一些照片，夜色朦胧里，我们的笑容始终是明亮的，灿烂的。神出古异，淡不可收。内心的光亮，也是这个时代的一种特质。

山东省作协主席来了，又走了。犹如一阵风，吹过田野，荡漾起辽阔的绿意。他说他和莫言是老朋友，文学需要交流。他说他创作《古船》的时候，是想写一部包含自己全部积累、用尽心力的作品，他完成了。他的话语也是一种照亮。如果照亮我们的，是金币，是汽车的尾灯，总有一天，我们会双目失明的。

进行座谈的时候，我们围成了一个圆，文学的话题就这样传递着，无限可能地延伸着，这种情形，像极了小时候的一种游戏：丢手绢。我们一直保持着这样的写作姿势，鲜活的，纯真的。我的发言，谈了我的创作风格的渐变。一棵高粱，它扎根了，生长了，当它所有翠绿的叶子归结为古朴单一的灰色时，捧出的恰恰是饱满的籽粒。高粱晒米，在这里是不是可以这样解释：文章千古事。在这样的语境里，我们是一些些绿色的庄稼，鼓励是雨，贬低也是雨，我们 伸展着自己的枝叶，向着可能的高度。就像《红高粱》里的一句描写：

"高粱与人一起等待着时间的花朵结出果实。"

气息。

或许是先入为主的缘故，印象中的高密，热情，爽快，淳朴，是一杯地地道道的秋收冬藏的高粱酒。我想，不少看过电影《红高粱》的人，大都会有这样的感受吧。

我是在上午到达高密的。中国北方的小城，阳光总是那么勤快。高楼的琉璃瓦上，浮着一层脆薄的、光洁的气息。眼前是敞亮的人民大街，呈现出一种坦荡而亲和的味道。许多五颜六色的姑娘，从我身边水流一样经过时，空气中漾着一些沁人心脾的馨香，像一瓶佳酿刚刚开启。在这次繁荣文学创作座谈会的现场，当一个女生用她的唇香朗诵诗歌的时候，我看到她绯红的脸颊流溢着阳光的色泽。我静静地凝视着她，就仿佛看到许多年以前，一位女子，她丰姿佚丽，才调超人，一如碧波池里的出水芙蓉，她的倩影亭亭玉立，她的声音珠圆玉润，她寂寞而热烈地开着，是一种久远的绝妙的芳香。

已然是陶醉了。

宾馆的名字极高雅，叫凤凰宾馆，让人想起许多遥远的诗句，古典的沉香。正午的阳光，打在墙壁和玻璃上，毛羽鲜鲜的宾馆像一只神鸟。神鸟，它在天方国的神话里消失，集香木自焚，轻烟一般飞升，幻灭，重生，降临在胶莱平原上，它敛起风声的一刹那，祥瑞的气息在阳光里弥漫着。

我们都是这个城市的过客，我们从彼此的脸上看到了吉祥的光芒。当我们在饭桌前围成圆满的形状，光芒聚拢了，如一口火锅，煮热了我们心里的文学。我们深深地知道，在这个"举酒欲饮无管弦"的时代，一个人遇上这样的文学之乡，是一个华丽的梦境。凤凰是离我们最亲近的语言。在一个生动的神话里，我们端坐着，只能以这种举杯的形式，敬奉我们心中的神灵。我们的眼睛目睹了太多的斑驳，眼前却只有这单纯透明的酒香。这种气息纯粹清爽，与广袤的田野敞亮的街道相接着。

我们来自于各自深深的历史，却沉醉在一杯醇香里；我们的心里贮藏了许多复杂的往事，吐出来，却是一些坦荡透明的话语。我们在自己的、别人的文字里醉着。酒水，此时成了最贴心温暖的物质，几杯落下去，脸红了脚轻了飘飘欲仙了。是酒，使我们抓住了摇曳的飘渺的灵感。如果我们的文字弥散着一种芬芳，那一定不仅仅是——墨香。有意思的生活，往往从吃喝开始。有轻松的文字佐酒，我想，身与心没有一处不熨帖了吧。

晚上，我和苏小蝉参加了一个民间的聚会，回来的时候，我依然醉着，有一种不能言说的恍惚。这鲜活的风，可是吹过先秦，又拂了晚清？许多年以前，这样的深夜，同样飘逸的身影，他是晏婴，还是郑玄，或者刘墉？

我行走着，仿佛在时间的深处。是否会遇上一位遥远的故人，他须发飘飘，手握长卷，穿一袭青灰的长衫，于漆黑的孤寂里，迎面走来。

读书如卧游

待在一本童话书里

像蝴蝶翔在花丛里，像蝌蚪游在清水中，我不断地把自己带到一本书里，沉静地待上一会儿。

《安徒生童话选》，我很喜欢的一本书，它透明、晴朗、鲜活，兼有生活和梦的质感。

读《安徒生童话选》时，我在一所乡村小学求学。那时的学校，整个就是"黑屋子、土台子、里面坐着泥孩子"。一个冬天的夜晚，我读到了这样的句子："只要你是天鹅蛋，就是生在养鸡场里也没有什么关系。"当时揉了揉惺忪的眼睛，我看到了清澈的月光。站在天井里，我寻找着并不存在但又真实逼人的丑小鸭。月光，把一件凉薄的衣衫披在了我的肩上。那个冬天，我的书包里放着一盒火柴，我幻想，能在雪天里逢着那个卖火柴的小女孩，第一根点燃的是友谊，第二根是希望，其余的，全是实实在在的温暖。

春天说来就来了。"它的绿叶发出甜蜜和清新的香气，它的花朵在太阳光中射出五光十色的焰火般的光彩。每朵花发出一种音乐，好像它里面有一股音乐的泉水，几千年也流不尽（《天上落下来的一片叶子》）。"这是春天多么好的情景，藏在一本给孩子看的童话书里，它刷新了眼睛叫醒了耳朵，嗅觉里尽是春天的味道，觉得自己像糖块一样在溶化了。

夏天，蝉声和蛙鸣不舍昼夜的时候，我一页一页地翻着，闻着油墨的香气，不知不觉，心情变得平静明澈了。我是一棵生长着的植物，阳光也钻进了我的叶子和梗子。在秋天的时候，我看到了大海，"在海的远处，水是那么蓝，像是美丽的大车菊的花瓣，同时又是那么清，像最明亮的玻璃"，童话，是安徒生内心深处的一团幻觉，也是他对人生的一种最真挚的向往。

我喜欢安徒生的童话。"从前"，"在乡下"或者"在树林里"，这些被他不断强化的语词，也深刻着我的生活的印记。安徒生运用了叙事散文的所有短小文种来创作童话。他的童话在他的领域是个神话。

安徒生是"建筑那座连接上帝与人间的桥梁的、没有薪水的总工程师"。作为一名教师，我希望成为桥梁，连接学生的今天和明天。

一本好看的书

饭好吃，歌好听，书好看，仔细咂摸着，这样的生活真有味道。如果好看，就是超短裙长筒靴，那也太油腻了吧。如果好看，就是世俗化、消费化、帮闲化、趣味化，这才叫乏味呢。

看了逄春阶的新著《人间星话》，我说，这真是一本好看的书。他写的是明星大人物，文本里却没有飘溢出道统气和方巾气，而是站在批评的立场上，化百炼钢为绕指柔，渗透着自觉的生命意识和现实关怀。这本书，它好看，也耐看。它是轻松的，也是疼痛的，作者看似闲庭信步的笔触，彰显着个性的写作和生命的热度。

在这本《人间星话》之前，我看的是《大众日报》上的"小逄观星"专栏。当时，我就为作者的胆识所折服。时下，恶炒明星或者借明星抬高自己，已经成为一种时尚，市侩嘴脸、庸俗趣味充斥于各种文本，在吵吵嚷嚷中，声渐消的是一种现实关怀和人性深度。从这个层面上说，逄春阶的星话，是一种张扬个性的写作。"聊以自慰的是，我所说的，是我想说的话，是我想说而且已经说出来了的话。这些文字留下了我活着的印记，留下了我灵魂的蛛丝马迹。"如此看来，作者的心肠是热的，他远离着大众的刻意迎合，选择了人文立场的批判，具备真诚、宽阔的气象和质地。他选择时尚的题材，走的却不是轻巧的路子，作品淳厚稳妥，绚烂的色调，热烈的格调，生成了强劲的视觉刷新和思想冲力。

作者专栏观星的时候，我们曾有过两次彻夜长谈。他，是我文学上的长兄，也是我生活里的兄长。我们谈文学的写作姿势，谈文学的承载功能。他的星话，正是以平民的视角，从喧嚣的时代与普通的人性出发，用文字介入现实，张扬良知道义，体现着一个作家的社会责任感。"艺术家应该目光上移，要始终抬头，起码看到树梢吧，看到树梢上的飞鸟，与鸟的目光对接，鸟的目光则是向着云端的"（《"鹏菲"该务正业了》），"低起点，势必影响他的视野，如果不读书不看报，那就离小混混不远了。脾气跟着名气长，才气随着名气葬"（《赵本山该把"狗尾"砍》），"修辞立其诚"，作者坚持着知识分子的批判立场，有着直面现实和拷问灵魂的勇气，是一种"刑天舞干戚"的壮士情怀。"文章虽短，绝不干枯，预设埋伏，四面合围，不管怎样的调度，定要让它丰盈饱满，枝叶葳蕤"，这是韩石山先生在《序言》中的一段话，我觉得，这"丰盈饱满"是思想的深度，人性的光辉，是有学识修养和精神识见做底子的。"新时期的好男儿，不需要外表的精致，更需要内心焕发出的英气逼人，而军人出身的高博，兼具外表与内在，引发出对大众对军人群体的关注，因而他的参赛更蕴涵了独特的社会意义"（《"好男儿"你在哪里》），他在文章里转述了某网友的观点，并且给予极大的肯定。同样的，我们也需要这种有英气有血性的写作，呈现着"独特的社会意义"和深度的现实关怀。

一本好看的书，它的成色，就好比麦子的黄、白菜的白一样，既是一种纯正的色泽，也是一种品位的极致。

痴迷于这一片热土

一次文学座谈会上，孙瑞把他的新著《热土》签名赠送给了我。

我离开诗歌许多年了，孙瑞依然固执地耕耘在这一片热土上，把自己至真至纯的情感，融化到诗歌的垄沟里，用他最朴质的诗句写下了他最为深沉的爱恋，其中浸润着对乡土的敬重和珍惜，对农民生存状态的诗意思索。诗人用一颗诗心雕镂着一些日常生活，我们看到的是一个个透明的晶体，通透，玲珑，光洁，蕴涵万千。一种诗意的呈现。

苏轼言："大凡为文，当使气象峥嵘，五色绚烂，渐老渐熟，乃造平淡。"中国书法，从小篆的内敛到隶书的外拓，被认为是书法变革的关键。我觉得，孙瑞的创作恰恰是步入了内敛包裹的境界。老子说："大音希声，大象无形。"孙瑞的诗歌意象求隐简出，透着一种小篆式的神定气闲，圆润温厚，雍容大气，饱满劲健。诗人的《美人峰》只有短短的四行："也许刚刚出浴/泉水还荡着涟漪//有点儿害羞/扯匹晚霞披上。"诗中美女的形态只字不提，却用"涟漪""晚霞"烘托出来，彰显了美女的娇柔娇羞娇媚。诗人内敛了"美女"的意象，如柳宗元所说的"抑之使其奥"，方能达到"睹一事于句中，反三隅于字外"（刘知几《史通》）的审美追求。

孙瑞的诗歌简单，素净，又真力弥满，万象在旁。诗人对古典语言和意蕴的把控是适度的，他的独特就在于他对语言的描述、挖掘和处理上，他的诗歌语言行走的是一条疏朗的路径，像绘画，像白描，像"杨柳岸晓风残月"。顾翰说："野水无鸥，浅碧一湾。风篁成韵，瘦不可删。"诗人就那么看似不经意的几笔，却是别的语言难以替代的。诗人精深的诗艺，我的笔力很难穷尽，只有不断的举例。"天桥 天河 天泉/宝阁 仙楼 金殿/春风送我登临/喜做一回神仙"（《昊天宫拾句》），"几只苍鹰/立于崖壁/欲飞/风来相助"（《崖壁古松》）。这样的诗歌舒缓而清新，古朴而淡远，内蕴丰富而意象"简单"，是以少总多，情貌无遗。这是一种驾驭，情感波涛在内里汹涌，外在的呈现是淡淡的波纹。万物静观皆自得，诗人仿佛一位高明的画家，他勾勒的是线条是色彩，展现的是辽阔的天地，让"风来翻/雨来读"（《云门山》）。这种今日的流水，正是明月的前身。

记得一位作家说，空灵和充实是艺术精神的两元。孙瑞的诗歌准确地命中了事物内核，是农村生活的画卷，是充实，他的语言则是空灵的，飘逸的，读来"如听仙乐耳暂明"。诗人巴尔蒙特有一句诗：为了看看阳光，我来到世上。不妨说，为了倾听乐音，我来到了诗人的诗歌："山沟沟的泉水为啥这样清/浸过你白白嫩嫩的手哟//山沟沟的泉水为啥这样清/灌进你甜甜悠悠的歌哟//山沟沟的泉水为啥这样美/映着你袅袅俊俊的影哟//山沟沟的泉水为啥这样欢/荡着你滔滔滚滚的清哟……"《山沟沟的泉水为啥这样清》这首诗，体现了空灵和充实的两元。诗歌表现的是恋人的无限韵致，而语言清丽灵动，如一叶扁舟，潇湘洞庭。情感与诗句一起汩汩流淌，这是一首内里与外在相谐的诗歌。孙瑞今年66岁高龄了，依然是一脸的阳光。我说，这是一位内心祥和宁静的老人，他的语言一直是清新的，纯净的，有着一种淳朴与内敛的张力。他的写作姿势是青春的，鲜活的。

内敛，疏朗，空灵，我发现，我用了一种很凑巧的形式，鉴于水平有限，我无法展示孙瑞诗歌的全景。只是三个也许和别人重合的侧面。我想写出诗人诗歌的新的气象，我没有。但是，在我即将结尾的时候，忽然发现，目前中国作家缺乏的就是一种非青春写作的职业精神。而孙瑞，恰恰具备了这一点。他的诗艺，他的写作姿势，很值得时下的作家们去探究的。

荣荣：日常生活的书写者

这些年，我越来越喜欢关注一些琐碎的生活和细小的生命，内心藏了无限的温情和敬畏。我本能地抵制那些宏大的壮观的事物，在它们面前，我茫然，惶惑，无所适从，像漂在水面的油，无法沉浸，溶解。

阅读《荣荣诗选》，像食盐溶入水，我不由自主，完成了角色的转换：由阅读者成为亲历者。"她活得很长寿，偶尔上市场/采购很少的食物，眼神恍惚/一只迷路的猫。黑拐杖小心谨慎。"——《像我的亲人》，"让孩子惊奇于细微的事物/折断的草茎，萎谢的月季/有时仅仅是一只往家的方向蠕动的树虫。"——《给孩子》。读着这些诗句，我忽然觉得，诗人就是我的邻家大姐，她刚从菜市场回来，拎了一筐的新鲜，在楼梯拐角，她的话题出现了跳跃：从故乡的一位老人（她与她并不沾亲带故）说到自己小小的孩子，"真想成为他手里的自动铅笔/一个安插的间谍，了解他的想/书写和表达"（《自动铅笔》）。我看得见，青菜叶上的泥点，它的在场，加剧了新鲜的亮度。

荣荣，浙江的女诗人，2007年获得全国第四届鲁迅文学奖。我去她的博客，门开着，她和她的儿子正在对话，用诗歌。她用简洁明净的诗行建构着家居的温馨和宁静。这是一种温存的抚摩。她用明澈的语言温暖的陈述，解构着宏大的叙事。她的写作不是居高临下天马行空，而是以低到泥土里的姿态完成对现象的穿越。在荣荣的诗歌里，我看见了一种可贵的品质：她以诗歌的方式张之于寻常人物日常生活，保持着对细微事物的敏锐和虔敬，从包围自己的生活和个人体验出发，表达和完成自己的内心现实和外部世界的透彻书写。

她坚定地表述自己："诗歌早已不是赞美的工具和言志的手段，而是一种精神氛围，它生发于日常的平庸和琐碎，却抵御掉了日常的平庸和琐碎，如同一种信仰，现实的膜拜和供奉更多的只是外在形式。"这样的一段话，似是一种写作立场的确认，更是一种博大精神的张扬。多年以来，我们的视野被太多的风起云涌所填充，内心在巨大的现实扩张中变得疲惫麻木，甚至导致了文化心态的偏离：漠视四围的细小的卑微的事物。

"她仍把自己放得很低很低/比世俗的生活更低/低到不再抽绿、开花/低到尘土里/一只跑动的蚂蚁，追赶着她的温饱。"——《钟点工张喜瓶的又一个春天》，荣荣用她简约质朴的语言，不仅描述着世相百态，而且在文字中倾注了自己的无限柔情，充满着她对细小庸常的人性的感悟。在诗里，渺小的张喜瓶，茫然的蚂蚁，他们是那么无助，又那么勤劳。是我们习以为常的事物，因了诗人的挖掘，赋予了暖色，闪烁着光亮，是诗人"对琐碎事物的理解与超越"（韩作荣）。我珍视这样的写作视角。美国思想家罗蒂说："语言和信念之外，真相并不存在。人类应当关注日常生活，而不是通过理论发现什么。"

我读《荣荣诗选》，不是一气呵成。我喜欢在教学的间隙，看上那么一首两首，就像课间十分钟，接续着一个阳光充沛的课堂。用这样的诗行贯穿我的日常生活，我想，我在以诗歌的方式超越我的庸俗和琐碎。诗歌让我回到了过去，它像一束光芒，又返照着我的现在。记得青春的留言簿，记得"看天天蓝看花花红"的临别赠言。"让我从最小的事物开始/学习放下//放下一支铅笔/放下它浓墨重彩的描绘/放下一块石头/放下它暧昧模糊的体温"——《放下》，是的，什么都放下了，惟有好心情如窗外的冬日暖阳，在慢慢地升温。

"一点点无所用心/一点点自寻烦恼/细碎的日常/繁杂的琐事/日子是蒜泥青菜加鱼头豆腐/我的付出看上去不再徒劳"。在忙碌的尘世，有这样的诗歌，让我们停下来，对生活进行凝神观照，而通过生活中的一朵芬芳一缕馨香，都能看见她的诗歌。

冯恩昌：一个老农的惦念

安静的下午，冬日喧响的阳光从窗外涌流进来，热烈而沉静。

我被这样的阳光淹没了：封面，阳光的色泽是我喜欢的，好像门窗，推开，是一个阳光充沛的农家小院。

冯恩昌的乡土散文，阳光充沛，让人想起三月的油菜花，六月的麦浪，金黄汹涌。"只听得左邻右舍，大院小院，风箱咕嗒，铁锅嗞啦，村里立即扯起了美妙的炊烟图。紫的蓝的灰的、高的矮的长的短的炊烟，从鳞次栉比的屋脊上升腾起来"（《山乡夜晚》），他的文字就是一些花花草草，它们生长着，向着明朗与和谐挺进。他写摘扁豆的小姑娘，写舞龙灯的乡亲们，都张扬着一种生活的明亮和从容。"夏日那长长的丝瓜藤儿，沿院空扯着的草绳，攀上房檐，爬上树梢，占据葫芦棚，一朵朵五个瓣儿的小黄花，点缀得到处都是金星闪耀"（《花木小院》），他解读农家小院，实则建构着自己的灵魂家园。在我们的世界里，灵魂虚无飘渺，然而在农家小院，它是伸手即可触摸的植物，在水为莲，在陆为菊，呈现着一种绚烂温情的生活图景。他以日常化、民间性的写作姿势，对抗着宏大叙事。即使生活在了灯红酒绿的城市，他依然这样书写着，保持着对寻常花木的敏锐体察，守着他的"小"：小花草、小人物、小事件，让我们洞悉了小院之于心灵的必需。

我上师范的时候，就读了冯恩昌的诗集《山韵》，也是封面，他坐在石头上，那么安闲自足，在沂蒙山宏阔而又平和的宁静之中。这些年，我对早年接触的东西有了一种本能的亲近，譬如农家小院。在我的意念里，冯恩昌就是一个老农吧，春天的时候，他一行一行地栽培庄稼，到了秋天，金黄的果实四处铺展。

我想，一位作家，他始终有自己的写作立场，坚持着他的文化视野，不被矫情煽情滥情的沙尘淹没，彰显着生命的热度和人性的向度，这是一

第三辑 缓缓行走

种多么峻拔的气质。冯恩昌从事乡土题材的写作，已经半个多世纪了，他以农家小院为圆点，自觉地将文体意识和生命意识向周边的山野拓展，创建了他醇厚明澈的精神王国。

或许需要特别说明的是，他的写作有别于当下的一些家长里短文本，一位七旬长者，也不会用自己的文字去刻意迎合大众的口味。就像农民种粮食一样，丰年要种，荒年也要种，冯恩昌的写作心态是沉潜和安详的，这是一种文学的定力。

我们应该凝眸这样的小院，"那门楼像一台花轿，轿顶是金灿灿的丝瓜花，轿檐是成排的绿丝瓜。秋风吹动，宛如花轿颤悠悠地前行，很有乡间娶亲的味道"（《瓜豆小院》）；"院中间那头高大的石狮，高出院墙一倍多，在村街上都能看得清楚。它，头颅高昂，后退蹲伏，前腿弓立，大有欲奔之势，小簸箕大的嘴里含一颗圆月般的绣球，远远望去似在旋转呢"（《锤声丁冬》）。小院，确实是一个伟大的所在。它的四角衔着蓝蓝的天，它的院门开阖着，它的院墙坚挺着，这是一种相对敞开又决不自闭的建筑，它吸纳一些新鲜的东西，并把它们聚敛起来，成为大树，粗壮，沉稳，内蕴着一种宽厚包容的精神。小院就是这样，它是容纳者，它纵容那些沸腾着的脆弱生命，也留驻那些坚硬的物事。如果从一朵花的视角来欣赏，小院是缤纷灿烂的；从一堵院墙的观点去审视，小院是一种永恒的静谧与和谐。我觉得，可以从这个层面上，去阅读冯恩昌精心构筑的小院世界。

作为中国文坛"农家小院派"的代表作家，冯恩昌写了很多优秀的乡土散文，或许，他好像什么也没有做，他的存在，就是为了呈现农家小院的富足与安适，博大与宁静。

执著于乡村的弹唱

"锥子、针和麻线在母亲手中交替飞舞，就把好几页布板儿纳在一起，纳成一双厚硬结实的鞋底，再绱上新布鞋帮，用黍米或麦粒儿揎饱，放在通风处晾干、定型，最后倒出里面的粮食粒儿，一双'千层底'鞋就做成了。"

这篇题为《爱穿平底鞋》的文字一下子就吸引了我的视线，在那个冬天，在一个名字为"寒云阁"的博客。此后的很多日子，我一直被文中细腻而真实的笔触感动着。"下雨的日子，带一顶苇笠到山坡上、树林间，捡拾绿油油的'地骨皮'，黄灿灿的蘑菇墩"（《我的"幼儿园"》），她用"地骨皮"和"蘑菇墩"建造了一个拙朴温馨的家园。她怀揣着幸福与感恩，坚守心灵的故乡，这种姿态使她得以直面事物的本真状态，获得心灵的慰藉和精神的突围。时下的文坛，"麦子岁月"、"高粱情结"早已是明日黄花，在乡土味、怀旧风刮过之后，谁还在捡拾着许多人剩下的事情？作为一位女作家，不小资不矫情不时尚，守护着内心的平和与宁静，我因之记住了她的名字：高凌云。

再次读到这些文章的时候，已是次年夏天。它被凌云收录在一本叫《西山夜语》的个人文集里，同时收集的还有她发表在各大报刊的近百篇文章。握在手中，像握紧一束沉甸甸的金黄的麦穗。整整一个夏天，我的目光穿行在她文字的阡陌间，流连忘返，充耳不闻窗外市声的喧嚣。

写作就是精神还乡。关于故乡，莫言下了一个很好的定义：故乡就是一种想象，一种无边的，不是地理意义上而是文学意义上的故乡。他的高密东北乡是一个文学的概念，而不是一个地理的概念。凌云坚持着她的西山书写。西山，临朐的一个小山村，成为她写作的出发点或归宿。"要是你在田间地头见到大娘、婶子，她们会顺手摘下一串瓜果梨枣或拔一棵青萝卜，撩起衣襟擦擦，然后举到你面前：'尝尝！'"（《大娘婶子》），这样的作品，初看似乎浅显，再看才感触到字面底下的意蕴，就像她故乡的青萝卜，被泥土和叶子遮盖着，一经品尝，自有一种甘甜的乡村味道，让人想起丰腴的炊烟、性感的阳光、清澈的池塘。儿女与母亲，作家与故乡，在感情上都有割不断的脐带。找到了故乡，也就找到了创作的源头，奠定了凌云的创作基调：像泥土一样拙朴，如麦香一样亲和。沈从文、孙犁写乡土散文，用笔多在描述故事，人物、风俗点染氛围；凌云则是在平静的叙述中注重细节的展开，把一些最平常、最平凡的农村生活细节真实地呈现，让我们在她的《老屋》面前，不得不驻足凝视，"没有什么用来装饰老屋，母亲只能每天早起，挨着墙角洒扫一遍屋地"，这样的文字明目清心，任谁都能嗅到故乡的气息。凌云的写作姿态屏弃了闲适优雅，远离了风花雪月，她很好地还原了生活真实。"那年冬天，每每夜里醒来时，总见父亲弯腰伏在方桌上，在一叠纸和一堆廉价的颜料中忙活"，这是一个令人眼窝发热的细节，像食盐、白糖溶解在水里一样，很快的，在读者心中洇染出一片温馨的亲情。朴实无华的文字，细腻真切的感受，是凌云一贯的审美追求。

写乡土散文，如果一味停留在思乡这个层面上，或者文章只是充斥着泥土味、血汗味，未免浅薄而流俗。写出农民本真的生存状态，写出历史造成的精神和物质的匮乏，体现写作者的终极关怀，这样的作品才有分量，才能在岁月的打磨中闪现思想的光泽。"除了两头正在吃草的黄牛，院子里一无所有，地上的牛粪和草渣积了厚厚的一层，踩上去软软的，脏脏的。"在《贫瘠的土壤》一文中，凌云张扬着真实的农民生存状态，揭示了物质文明建设的艰难行进历程，文字背后自然透见出一位作家鲜活的气质和性情。"许多的时候，小说的价值，不在于作家所说出来的部分，而恰恰隐藏在作家想说而未说的地方"，文学批评家谢有顺陈述的是小说，我觉得同样适宜于散文创作。凌云的这篇散文，让我们体会到了一种沉在生命底层的真痛苦、大悲悯。"刚刚给老的喂上饭，又要给小的把屎尿，农忙时节还要跟男人一起上坡下地，推车挑担，忙得跟丝瓜瓤一样无头无绪，眼见得一个嫩生生的黄花姑娘被揉搓成了黄脸瘦婆"

（《硬命的大娘》），她把低低的忧郁糅在浓浓的人文关怀之中，仿佛一杯茶，微苦之后，是悠悠的清香。读凌云的散文，随处都可以感受到一种令人颤栗的生命感知。而这种感知，来源于她对乡村生活的切肤体验和心理认同。

散文具有开阔、明朗的独立形态，它的本色是生命的质朴和心灵的真诚。一位站在西山歌唱的作家，一位抒写心灵真实的作家，她用语言的声音、气息、光线，描画了她心中的沂蒙地图。从她的散文里，我读出了一个写作者应该具有的操守和内心的风度。

来自对面的观看

《私人版本》是一部充满了女性意识和女性情怀的散文结集，分"时篇"、"思篇"、"物篇"、"逝篇"、"观篇"五辑。全书语言优雅精致，意象华美灿烂，具有浓郁的张爱玲风格。在我看来，可用两个语词来概括一己之印象：雕琢、精致。前者指的是语言，后者说的是生活。

华丽转身，具备这种姿势的女人须得两个条件，一是美貌，一是才华。这是作者洁尘的话。她本人也是美貌加智慧的。她很有语言的天赋，连笔名也起得怪怪的，把自己的名字（陈洁）颠倒过来，换上一个和"洁"意境相反的字做了笔名：洁净的洁，灰尘的尘，"质本洁来还洁去，然后，归于尘土"（黄爱东西）。《私》里尽是比较"丰腴"比较"缠绕"的文字，作家以靡丽婉约的心境，咀嚼着那些属于神经末梢的幽微细节，体现着女性阴柔的话语方式，透出了一种丝绸的质感，绵软、亚光、蕴藉、凉森森。我显然被这些纤细得令人心悸的文字击中了。"我所说的水绿，是一种酝酿之后的水，有酒意；它跟清纯无关，也并不浑浊，仿佛是一块翡翠超过饱和度地化了后凝在一起，又像沼泽里无数草根浆化后汪成的一块翡翠。……有人说他曾溺毙在某一种色彩里。我有同感"（《陷溺》），仅仅一种色彩，她玩味出了多少意蕴，幽异的也是美绝的。耽溺于汉文字的组合效果，是《私》明显的文字倾向。"要精致的美丽，要爽朗的淘气，要温婉可人的才情和玉一般的清凉坚定的个性，是啊，玲珑，世间只有林徽因"（《玲珑的生》），这是她对玲珑的诠释，也是她对林徽因的评价，笔致轻灵简洁，就这么把一个词拈到另一个词的后面，给我们带来了截然不同的审美体验。如此纤尘不染的文字，也只有她才能打磨出来。像一位工匠，最终把石头雕琢成了美玉。

　　生活中的洁尘，很善于营造诗意的空间，在琐碎的事物上发现边缘的美、细微的美、瞬间的美。她翻阅时尚的白领杂志，始终保持着对遥远、边缘、异类的偏好。我读她的作品《来自对面的观看》，知道她家有一个让人艳羡的屋顶花园，夏天最喜欢的就是早上起来浇园子，"像拿机关枪一样端着水管横冲直撞"。一种奢侈的享受，来自一个温暖的地带。"雨天的下午，我温暖、干爽、翻书的动作轻盈，翻书的手指洁净，面前是洁白的纸，等着醇厚的墨水"（《庇护》），何小竹称她为"书房型写作的女作家"，在书房中，她幽幽地守着精致，拒绝着公共意志，像擦拭瓷器一样，用文化精心地擦拭着精致，她的作品因此有了"提笔就老"的别样心情。我喜欢她的《城市心情》，也因之爱上了阿城的随笔。在北京天坛，她像"一只神经兮兮的鹤"；去乌鲁木齐，她满街乱吃着便宜得令人吃惊的西瓜和葡萄；只有在成都，她是"一条惬意的鱼，有足够的滋润"。青春与爱情、时尚与流行、陷溺与超越、唯美与虚无，给了她敏感、细腻、娇柔的心理体察，也内蕴着淡淡的脆弱与颓废。洁尘，是一个经典的唯美主义者。而这唯美是从精致的生活中提炼出来的。"碧不等于就是绿，绿得透明了进而显得很高超了，才叫碧"（《碧》），洁尘说的仅仅是颜色吗？

　　对于一种事物，洁尘很在意寻找一种观看方式。"从书房出发，我最贴近的有所感悟并得到享受的一种观看方式发生在我与植物之间，那种绿，那种植物特有的静谧深厚的品质，通过水，渗透过来。而我渗透过去的是堪称舒展的姿势和惬意的表情，以及满心的喜悦"（《来自对面的观看》），索性连题目和句子一并借来，作为我文章的题目，以及审美快感的描述，——一种瞬间摇撼全身的震荡。

第三辑　缓缓行走